世界华文文学书系
The World Chinese Literature Series

螺蛳姐姐

杨映川 ◎ 著

River Snail Sister

中国华侨出版社
·北京·

图书在版编目（CIP）数据

螺蛳姐姐 / 杨映川著.—北京：中国华侨出版社，2024.1

ISBN 978-7-5113-9059-2

Ⅰ.①螺… Ⅱ.①杨… Ⅲ.①中篇小说－小说集－中国－当代 Ⅳ.①I247.5

中国国家版本馆CIP数据核字（2023）第174401号

螺蛳姐姐

著　　者：	杨映川
出 版 人：	杨伯勋
责任编辑：	肖贵平
封面设计：	瞬美文化
版式设计：	浪波湾图文工作室
经　　销：	新华书店
开　　本：	880毫米×1230毫米　1/32开　印张：7.75　字数：153千字
印　　刷：	河北朗祥印刷有限公司
版　　次：	2024年1月第1版
印　　次：	2024年1月第1次印刷
书　　号：	ISBN 978-7-5113-9059-2
定　　价：	49.80元

中国华侨出版社　北京市朝阳区西坝河东里77号楼底商5号　邮编：100028

发行部：（010）64443051　传　真：（010）64439708

网　　址：www.oveaschin.com　E-mail：oveaschin@sina.com

如发现印装质量问题，影响阅读，请与印刷厂联系调换。

目录
Contents

螺蛳姐姐　001

孤　掌　081

一千零二夜　112

总有人看着我　189

螺蛳姐姐

一

有些食物似乎只属于年轻人,比如奶茶、辣条、冰激凌,刘四姐认为螺蛳粉也是如此。

光顾"螺蛳姐姐"的多数是二三十岁的年轻人,四十来岁的也有,五十岁以上的就少见了。螺蛳粉既辣又酸,米粉质地较硬,年纪大的即便口味重,肠胃一般也难承受得了。刘四姐自己开店一路吃过来,没什么不适应的,一天至少有一顿吃的是螺蛳粉,她挺自豪的,这说明人不老嘛!她给米粉店取名"螺蛳姐姐",听着也是年轻的。在店里累了饿了,煮上一碗米粉,然后端出去混在顾客堆里吃,熟客会跟她打招呼:"四姐好胃口,吃这一大碗啊!""吃一大碗才有力气给你们煮粉哪。"现在有人说卖啥不吃啥,她是自己卖啥吃啥,顾客看着心里也有一份保障。她吃米粉喜欢配上几只鸭掌,鸭掌用油炸得酥酥的,再浸到加了柠檬熬出来的卤汁里,吸满汁水的鸭掌变得软烂，入口即化。客人看她吃得香，抱怨她独食，店里只卖油炸鸭掌，没有配柠檬卤汁，她二话不说，拿起一只鸭掌浸满汁水直接送到人家碗里。做生意图的是和气生财，赚多一点少一点没必要太算计。到了晚间，灶上还有煎荷包蛋没卖掉的，她都会全部送出去。对面楼上那个头发乱得像鸡窝、全身弥漫着烟臭味的小伙子就掌握了这个规律，他来买米粉都是掐点的，每天到了还有二三十分钟打烊的时候，他就拎着一只不锈钢大碗进店，佝着背，东瞧瞧，西瞅瞅，把店里的客人尽收眼底后才走到柜台前交钱下单，得了赠送的煎蛋不算，小桌台上备有的葱、蒜、炸豆子、酸萝卜全添加一遍，装得不锈钢大碗直冒尖。他从不在店里吃，双手捧着碗小心翼翼地端回去。伍丽晶特别不喜欢这个小伙子，说没一点儿精气神，一看就是个长期熬夜、作息不正常的家伙，还爱贪小便宜。

"螺蛳姐姐"的店面不是租的，是刘四姐早年买下来的，不在主街道上，店面也不大，可店里生意从没差过。从早到晚，店里有一大锅汤总是滚沸的，散发出螺蛳粉汤水特有的气息，带点腐臭和酸辣，这气味能飘出店外，飘到大街上。过路的人即使不看店面招牌，光用鼻子闻，就能判断这家米粉店卖的是螺蛳粉。沸汤水上漂着一层红油，红得有点惊人，没有不辣的螺蛳粉，对顾客来说辣的程度分三等：少辣、中辣和辣，吃得了辣的红油多舀一点；要少辣的，大汤勺会把汤面上的红油拨开，舀下面的汤水。有人吃两口抱怨不够辣，端碗过来可以再加一勺红油汤；那抱怨太辣吃不下的，烫几根绿油油的青菜拌入,白送的东西,便没人再有怨言了。

彭中兴下午一点多走进"螺蛳姐姐",他不是一个人,而是牵着一个漂亮女孩的手。女孩细高个儿,巴掌小脸儿,直长发,脸形轮廓分明,小鼻子尖尖,粉嘴嘟嘟,仔细看更觉着漂亮。彭中兴平时喜欢户外运动,足球、网球、骑行、游泳全能,脸晒得黑黑的,小姑娘白生生的,站在一块,很分明的一黑一白。这时间店里刚过了一个午餐的人流小高峰,勉强能找到座位。彭中兴直接把姑娘带到刘四姐的面前介绍说:"管灵,这是我妈。""阿姨好。"刘四姐主管收银下单,闲暇时帮忙打包外卖、抹桌子,她的头发早被汗水浸透,脸也是油津津的,她觉得儿子应该提前给她打声招呼,无论带谁来,她希望自己的状态是清爽的。她挺讲究的,工作服至少有十套,颜色花样各不相同,式样却差不了多少,都是传统的壮衣样式,全是她自己设计裁剪、用缝纫机缝出来的,她觉得卖螺蛳粉穿上她本族的服饰最合适,味道都能往纯里带呢!在店里干活,就算天气不热汗也没停过,一天下来她能换两三身工作服。刘四姐冲女孩点头笑了笑,顺手拿起手边的保温杯灌了几口枸杞黄芪水,老中医给她的方子,她这两年起夜多,睡得不踏实。"我带管灵来见识一下老妈的网红店,她以前还点过咱们家的外卖呢!妈,你把好吃的都拿出来,管灵能吃辣。""去坐吧,马上给你们做。"

刘四姐亲手煮出两碗螺蛳粉,让伍丽晶端过去,另外把能加的小菜都用碟子装一起送过去,煎蛋、炸鸭掌、扣肉、猪手、空心菜、油豆腐,一张小桌子摆得满满的。"这姑娘长得可真好看，比电视里的明星好看，中兴厉害！"伍丽晶冲彭中兴伸出大拇指，也冲姑娘伸大拇指。彭中兴喜笑颜开，说伍姨就爱开玩笑。他朝母亲挥挥手，刘四姐笑着冲他们点点头，她没打算过去凑热闹。彭中兴一边热情地给管灵夹菜，一边还介绍个不停，看样子是对女朋友的态度很上心。彭中兴是独子，研究生毕业后分配回本地一家名头响当当的国企上班，算是为刘四姐争气了。他本来可以留在省会城市工作的，是这家国企的老总特别看重他，就把他劝回来了。一工作就能跟在老总身边学习，过个三四年派到一个重要部门当副主任，怎么说都是顺风顺水。别人夸儿子运气好，刘四姐没觉着是运气好，儿子从小懂事上进，得到的都是自己努力争取来的，说是运气好就贬低孩子了。彭中兴打小就招女孩子喜欢，刘四姐从不操心儿媳妇的事，但今天她有一点点操心了，儿子带来的这个姑娘长得太漂亮，是不太让人心安的漂亮。男人都喜欢漂亮女人，看着养眼，给自己脸上添光彩，可这份虚荣会招惹来多少是非甚至是祸事呢。她只愿自己的儿子平平安安、无风无浪。天马行空想了一会儿，差点给顾客找错钱，她怨自己想多了，儿子成熟稳重，事业有成，又有什么罩不住呢！

彭中兴和管灵吃完后来和刘四姐告别，姑娘夸粉好吃，她以后会多多为"螺蛳姐姐"宣传。刘四姐谦虚地摆摆手说："再好吃也是一碗粉，改天跟中兴到家里吃饭，阿姨好好给你做菜。""听到没，我妈让你上家里吃饭。"彭中兴那语气分明是替母亲认可了管灵，两人高高兴兴地牵手离开。出门前彭中兴还从冰柜给管灵拿了一罐可乐，拉开罐口递过去，管灵接过喝了一口，又递到彭中兴嘴边，彭中兴也喝了一口。刘四姐刚平复下去的心又生出一股闲气，稳重的儿子都被带出打情骂俏、当众秀恩爱的节奏了，儿大不由娘呀！伍丽晶站在一旁说："这么漂亮的儿媳妇，四姐好命啊，晚上做梦都要笑醒了。"刘四姐没有搭腔。伍丽晶嘴甜话多，并不是个能说心事的女伴。刘四姐四年前把她招来做帮手，一是原来的帮手升级当外婆带孙子去了，店里缺人，再就是伍丽晶在老公病死之后，欠了一大笔医药费，她没有孩子，也没有工作，以前是老公挣钱养家，老公死后家里啥也没有，快五十岁的人想找工作都没什么地方愿意要，凭着在公园搭伴对歌的情分，刘四姐把她招来。跟着刘四姐，伍丽晶吃喝不愁，没事还一起到公园唱歌娱乐，人又活回来了，一活过来就成了"事儿妈"。

  门店是晚上八点开始收拾，不再对外营业，八点半关门。伍丽晶问晚上刘四姐是不是要去公园练歌，过不久就是三月三，市里有对歌的演出，这一直是个保留节目。刘四姐是候补，现在年纪大，面皮皱了，不好当主力，镜头对准的是一张张花朵似的脸，候补站在最后一排，最多露半张脸。真正对歌的时候，往往后排的歌声要压过前排，更不用说某些单挑的对歌环节了，基本被后排的老将抢尽风头。刘四姐今晚有些懒，不想去，她唱歌纯粹是因为喜欢，不是为了露脸。伍丽晶和刘四姐恰好相反，相当喜欢露脸，她人长得好看，保养得好，快五十岁的人了，看起来就像四十岁上下，没生过孩子身段苗条，皮肤如墙白,齐耳根的小卷发染成栗色。这样的条件再加上喜欢出风头,伍丽晶在业余山歌队里的知名度不亚于刘四姐。

　　刘四姐住的地方离店面不远,步行十来分钟就能到。那是套二十年房龄的两居室,坐北朝南,方位好,周围生活也便利,离她经常去的宝瓶山公园就三站路。她前些年一步到位给儿子全款在新城区买了一套四居室,有书房,有客房,连孙子的房间都预备了。刘四姐的想法是早买早好,这算是儿子的婚前财产,结婚也无人能分了一半去。儿子现在住着新房,离上班地方近,她一个人住着老房,离"螺蛳姐姐"不远,也是为了让儿子有自由活动的空间。她进家门后照例是先打开播放机听歌,播放机是儿子买的,他知道母亲爱唱歌、爱听歌,就买了一台轻便的,还方便母亲带到公园去。刘四姐愿意让家里有声音,听着就热热闹闹的。耳边听着歌、嘴里哼着歌,她进卫生间把在店里换下来的衣服放进洗衣机里,洗完澡,再等衣服洗好晾上,她冲了一杯奶,热热地喝下。她在手机上看了一会儿朋友圈推荐的短视频,临近十点准时躺下。夜间,她可能会起来一次,也可能是两次。每次起来都会让她清醒好一阵子,重新进入睡眠要花上好些时间,有时候干脆就睡不着了。刚喝枸杞黄芪水那一阵子她能睡得好些,后来又不太行了。晚上刘四姐再次醒来,不是因为憋尿,是因为做了一个令她衣衫尽湿的噩梦。梦中她和彭有宝拌了几句嘴,彭有宝拿擀面杖砸她的头,擀面杖让她的脑瓜子闷响了一声,又闷响了一声,类似于西瓜熟透的声音,她痛苦地大声叫唤。

彭有宝是她前夫，两人离婚二十多年了，已有十几年未见。最后一次见面是彭中兴高考成绩出来，彭有宝上家里来祝贺，她让他们父子单独出去见面，晚上儿子回来说父亲给了三千块红包，还请吃了一顿大餐，她未做任何评价。她从不跟儿子说彭有宝的不是，但她的态度儿子是清楚的。离婚后，儿子和彭有宝一直有联系，儿子偶尔会对父亲的现状说上一嘴，彭有宝迁到外地，再婚又离婚又再婚这类信息刘四姐都是从儿子嘴里知道的。

二

螺蛳粉成为家喻户晓的网红食品是近十年的事，而刘四姐的"螺蛳姐姐"开了已有二十来年了。

刘四姐原名刘红练，她在家中排行老四并不是四姐名声叫开的原因。全国人民都知道广西有一位著名的歌仙叫刘三姐，刘三姐不仅貌美如花，更是聪慧异常，张口"山歌好比春江水"，刘三姐灵活运用"赋""比""兴"唱山歌打败了地主老财，还为乡亲们贫苦的日常生活增添了无限的生机和乐趣。壮家儿女民间有对歌的传统，各种节日歌圩兴盛，绵延至今。刘红练出身农村，能讲一口流利的壮话，热爱唱歌，幼时便追随母亲和姐姐们参加各种歌圩坡会，从不怯于在人前放歌，人虽中等姿色，歌喉算不上婉转百灵，但自有她的敞亮和机智。乡野间的男歌手经常抛出隐喻性事的歌句，羞涩的女子会掩面躲开了去，不做应对，胆大的会拳头擂过去，或是冲上前撕扯那男的下身衣裤，叫嚷着有种就动真格的。刘红练大将风度，对方抛出来的歌句有多雅她就有多雅的歌句对回去；有多低俗，她就有多低俗的对回去。她既不忸怩也不疯癫，这一来，恰恰显出她的沉稳，还有一份类似于无限可能的势头。没有两下子是不敢借着刘三姐的名头延展为刘四姐的，哪怕真的姓刘，哪怕真的排行老四。直到今天，她仍然被人称作"姐"，无论是比她年长的，还是比她年纪小的，甚至包括刚学会说话的，都叫她四姐。这当然也有刘四姐自己的引导在里头，小孩若是叫她阿婆阿姆，她会笑着摇摇头说："叫四姐。"有些孩子怯生生地叫她四姐婆，她再纠正，就叫四姐。比她年纪长的，叫她一声老妹，她也会笑着说："什么老妹？叫四姐。"

刘四姐因为唱山歌这一特长，县里有很多演出，特别是那种现场对歌的演出她都会成为女歌手队伍中重要的一员。这一特长虽没有大大改变她的人生，但二十岁那年她幸运地被招进县城百货商店卖鞋专柜，这已令她相当满意，因为不用再像父母一样当农民了。

卖鞋挺清闲的，顾客看上哪一款，刘四姐帮顾客将合适码数的鞋子取出来，顾客试合适了没价可讲，付钱走人。就算是试了好多双，一双也不合适，刘四姐最多是把散开的鞋子放回盒子，把鞋子按照码数型号归置好。她喜欢把手头上的活做出成就感来，就像唱歌要能飙出妙趣横生的歌句才有唱头，才令人心情舒畅，可卖鞋子真没有多少空间让她发挥。当时柜台没配试鞋镜，经理也不觉得卖鞋子需要试鞋镜，鞋子穿在脚上，自己的眼睛前前后后能看得清清楚楚，又不是试衣服，用什么镜子。刘四姐自己掏钱定制了一面小方镜，有人试鞋子的时候，她就把小方镜架在地上，顾客能看到自己脚上套鞋的样子，这虽不至于大大提高销售率，但顾客都挺高兴的，一边反复在镜前踏步，一边和刘四姐聊天。刘四姐觉得这样一个过程就圆满多了，不仅限于她和顾客的交流，还有一个第三者——镜子做旁证，她也高兴。

彭有宝从市里到县城收购橘子，想制作刚兴起的橘子水，他这几天跑了好几个乡，跑得有点眉目了，把一双蓝色的帆布鞋都跑穿了洞。他脱了鞋子要求刘四姐将和他脚上穿的蓝帆布鞋相似的鞋子拿几双来试试。刘四姐问出他穿的是四十码，拿了两双帆布鞋过来，一双白的一双蓝的。"白色的卖得好，穿起来也斯文。"刘四姐热情地介绍。彭有宝好几天没洗脚了，在脱鞋前他犹豫了一下，他看刘四姐虽然年纪轻，但长得一般，身上还带有几分土气，他的顾忌就少了几分。于是，他把鞋子甩脱掉，顿时一股黏稠的咸鱼味弥漫开来。要说臭脚味刘四姐闻得不少，进入秋末，买鞋人增多，几乎天天能闻着味。她出身农村，适应性较好，基本能做到面不改色、手不捂鼻、谈笑自若。但彭有宝放的是大招，臭味浓郁，刘四姐猝不及防，眉头紧蹙，退后一步，头向后偏，不小心被鞋盒绊倒，一屁股坐到地上。彭有宝惊呼一声，伸手去拉人。刘四姐满脸通红，她拒绝了彭有宝的手，迅速站起来。她觉得自己的狼狈过于矫情，会让顾客感到难堪，于是，赶紧蹲下，麻利地解开新鞋子的鞋带，将鞋子送到彭有宝脚边。彭有宝是有些难堪，但他善于伪装，他下乡跟农民收橘子也经常施展他天赋的演技，一本正经地挑人家果子的错处，苦大仇深地痛诉果子收回去烂掉一半的苦楚，再精于算计的果农最后都会同意他开出的价格。彭有宝把蓝色的帆布鞋和白色的帆布鞋都试了，也对着镜子看自己的脚踏步了。他蛮欣赏刘四姐的工作作风，这种国营商场多卖一双鞋工资不涨一分，姑娘能够这么敬业，他都应该向她学习。他一下买了两双鞋，白色和蓝色的都要了。刘四姐笑出声来："买两双好，轮换穿。"说完这话，她觉得唐突了，这似乎是在提醒对方不要死穿一双鞋，把鞋子穿成咸鱼。刘四姐给彭有宝写小票时，经理正好过来巡视，夸奖了一句："又卖出两双，刘四姐就是能干。""我本来只想买一双的，结果拿了两双，这个售货员太能干了。"彭有宝添了一把柴，经理冲刘四姐赞许地点点头。刘四姐激动得满脸通红，对彭有宝鞠躬说："谢谢，欢迎再来光顾。"

彭有宝再来之时是招募刘四姐跟他一块做生意的。他一直在他姐夫当厂长的罐头厂做采购员，长年在外跑，看做生意的人越来越多，他心思也活了。他利用罐头厂的优势，做汽水卖，汽水好做，打开销路是关键。彭有宝到各个县跑销路，经过柳城县的时候，他想到了刘四姐，他觉得若有几个像刘四姐一样的销售员，全区都能打开市场。他到百货商店鞋档找不到人，便向其他售货员打听刘四姐，别人告诉他刘四姐的弟弟结婚，她请假回家帮忙办喜事去了。彭有宝一听彩头不错，有喜事，他打听到地址赶到乡下。见面时刘四姐已经认不出他，他指着脚上的蓝色帆布胶鞋说："去年十月底在你的柜台买了两双，一蓝一白。"刘四姐双手一拍，恍然大悟："哦，是你，你看起来比那时显年轻咧。"彭有宝摸了摸下巴说："那阵子天天在乡下搞收购，胡子都没空刮，显老。""找我有事？""听说你家有喜事，我来讨喜酒喝。""欢迎得很。"刘四姐不再追究彭有宝的来由，仿佛真信了他是来讨喜酒喝的，她领着彭有宝往亲戚那几桌安排。彭有宝说带了一两件小礼物，他不辞辛苦地把两箱汽水扛来，肩膀都整酸麻了。虽然两箱汽水不够这么多客人分，但当时这玩意在乡下是个稀罕物，彭有宝用牙齿咬开汽水瓶盖前先使劲摇了摇，瓶盖"砰"地一打开，白花花的泡沫像吐口水一样冒出来，倒在杯子里发出"唰唰唰"的声音，喝在嘴里甜是一定的，口腔里还留下麻刺刺的感觉令孩子们惊叫，让大人们咂舌。彭有宝专门给刘四姐开了一瓶，刘四姐小口喝着那一瓶清甜爽口的汽水，美好的滋味在唇舌之间缭绕，在后来很长的一段时间里，她对彭有宝的印象就如同汽水的滋味一样美好。

　　刘四姐在婚宴上少不了展示她的歌喉，几对请来的歌手你来我往地对情歌，把对新人的祝愿以山歌的形式表达出来，将婚礼层叠着推上高潮。彭有宝虽然听不太明白当地的方言，但他了解刘四姐名声的由来了，这令他惊喜，一个销售员多一项才能就好比多了一件武器。他高高兴兴吃席，还喝多了，在刘家住了一晚上。第二天早上他先问刘四姐一个月的工资是多少，刘四姐说是三十六块，彭有宝说如果跟他一起卖汽水，保证她一年最少能挣到两千块，南方天气热，汽水生意好做，冬天都可以卖汽水。"两千块"，刘四姐听起来就是个天文数字，她不是特别相信，也没太往心里去，当时她的心思走到另外一个方向去了。彭有宝在婚礼上因为汽水小出风头，不少亲戚朋友都打听这男的姓甚名谁，因为是刘四姐带来的，就有说法说是她的对象，连刘四姐爸妈都问他们是什么时候好上的。弟弟都结婚了，家里人的目光自然落在她身上。旁人的看法点醒了刘四姐，她思前想后，觉得彭有宝能到这个地方来找她，肯定是对她有意思。她参加那么多歌圩，唱过那么多的情歌，心里不可能不构想、不憧憬男女情爱之事，她一直在等待着那样一个人出现，如她所唱的情歌那样有情。彭有宝好似一匹白马杀来，她才不管跟着他是卖汽水还是煮泔水，是不是能一年挣到两千块，她毫不犹豫地辞职跟彭有宝走了。

三

没过多久，彭中兴到家里来跟刘四姐提和管灵结婚的事，他手上拎了一盒枸杞子，说是管灵给买的。她接过枸杞子问为什么管灵不一块来，儿子说今天专门来跟母亲汇报，另外，他想在他住的那套房的房产证上加上管灵的名字。房子是她花了三百万元买下的，精装房，她无论如何不能同意儿子与人分这杯羹，哪怕这会挫伤儿子的面子。她已过了耍虚荣的年龄，她更不愿意儿子将来因为虚荣吃亏。"中兴，房子是妈买给你的，妈不同意分割，我们可以给他们家多一点彩礼，钱妈掏了。""妈，这事我已经跟管灵提了，如果没加上她的名字，她会怎么想？""儿子，现在的离婚率你还不知道吗？将来的事说不准啊，你就跟她实话实说，说是我妈坚决不同意，妈不怕做恶人，如果她因为这个不愿意嫁给你，说明她更爱房子。""妈，你的戒备心太重了，管灵不是那种人！"儿子嘴角上扬，又往下收了收，看得出他还有很多话想说，忍着压回去了，可说出来这一句已经足够让刘四姐了解儿子收回去的那一部分内容，儿子是想说她不能因为自己的婚姻不幸，就预想着别人的婚姻不美好。刘四姐伤心了，儿子为别的女人能戳母亲的痛处。儿子看母亲态度坚决，阴着脸走了。

一个月后，儿子打电话告知刘四姐，他买了一套两居室，付了首付，打算每月按揭还款，房子写的是管灵的名字，另外，他俩已经领证了。刘四姐正在店里调制螺蛳粉的汤水，儿子的电话让她一时间乱了阵脚，心口发闷，她把手里拿着的香料包递给莫风雷，还鬼使神差地将里头的两味中药告知对方。每天晚上打烊前她会提前把所有的汤料配好，加上清水架在火上煮第一道，汤沸的十来分钟把火停了，第二天早上到店里来重新开火煮第二道，经过一晚上的浸泡，第二道火一煮，汤料的味道很快熬出来，又香又浓。平时配汤料她从不假外人手，基本配方是不瞒人的，石螺、干辣椒、红油、桂林豆腐乳、酸笋、姜、猪筒骨、八角、沙姜、山奈、丁香、花椒、桂皮、草果、砂仁等，各家螺蛳粉店基本都采用这些配料。鸡骨架、鸡油、紫苏这些是她另外添加的配料，这她也不藏着掖着，她背着人单独添加进汤里的是两味普通的中药——罗汉果和陈皮，她把这两样东西打成粉，装了纱袋，没了原样，谁也不知道她多放了这两样东西，在店里多年的莫风雷和伍丽晶都不知道。电视台来采访过刘四姐好多回，每回问她有没有什么独门秘方把"螺蛳姐姐"打造成一个家喻户晓的老品牌。她笑着说秘方自然是有的，如果没有秘方她当年就不会卖螺蛳粉了。她有意无意地营造一点神秘的氛围，这是生意经。刚开"螺蛳姐姐"的那几年，她为了把汤做得鲜，每天都在琢磨，鸡骨架、鸡油这些都是慢慢添加进去的，很多商家都只想着节约成本，连猪筒骨都舍不得放，全靠放味精鸡精这些调料，她却愿意多花本钱，多下功夫，她觉得把一锅汤做得鲜美，香气四溢，是她每天幸福感的来源。罗汉果和陈皮并不是什么稀罕的药材，用这两样东西下到汤里，是她自己的灵感和实践的成果，罗汉果有甜味，爽喉清肺；陈皮消食化积，去油腻，还有独特的香气，两味药下到汤里，汤的品质马上提升了一个档次。螺蛳姐姐能与其他同行拉开距离，刘四姐笃定是这两味药起了关键作用，所以，她当作秘而不宣的法门。

她接着儿子的电话，示意莫风雷来接手调汤，莫风雷将食材一样一样地放进大锅里。当她听到儿子说买房写管灵名字时，心头腾地燃起火苗，强压着装作不在意，抽空和旁边的莫风雷说话："把这只纱袋里的香料放进去。""这里头是什么呀?""罗汉果和陈皮,我们的镇店秘方。"她想让电话那头的儿子听到,她正在灶上操持着,她没有那么在意他们小两口的花招,买房就买房呗,领证就领证呗,多大个事呀!她心平气和,没有波澜,她甚至不在意把镇店秘方说出来。秘方是故意说的,这个时候不弄出点动静,不来点自我伤害,都不足以对抗儿子。"哦,罗汉果和陈皮,我以前没留意到有这两味药。""以后汤就由你来调,配料你都知道了的,我跟中兴通电话呢。"四姐转回来跟儿子说:"多一套房子当作投资也不错,住一套租一套,小日子好好过。"

彭中兴带管灵到刘四姐的家里吃了一顿饭。那天刘四姐没到店里去,专心在家里做了一桌菜,做完菜沐浴更衣,把最体面的一套衣裙穿上。管灵进门改口叫妈,又给刘四姐送了一盒枸杞子。那一声"妈"把刘四姐叫得有点惭愧,她接过枸杞说前次送的刚刚吃完,她天天泡水喝。其实前次送的她还没打开呢,她不知不觉就有了讨好的意思。这段时间,她和儿子是有点赌气,她原先说过房子不能加管灵的名字,她会掏钱给管家一笔彩礼,现在买了房,彩礼她就不管了。她私下算过,儿子工作这几年是攒了点钱,但估计付完那套两居室的首付就没剩多少了,让他们有点紧迫感也好,才晓得钱不是从天上掉下来的,不是大风刮来的。管灵夸她做的菜好吃,她相信不是恭维,单单那碟脆皮兔,管灵一个人就啃了一半,还说剩下的要打包回去。一大桌菜,三个人吃,怎么吃都剩,管灵把喜欢吃的几样菜全用饭盒打包,单从这点看,这姑娘是个实诚人。这些日子刘四姐多多少少怀疑管灵给儿子吹了不少枕边风，挑火她与儿子的关系，只要管灵哭诉一句"你妈不喜欢我"就足以让儿子的心远离母亲，或者还可以故作大方地来一句："不要为难你妈妈，她一个人不容易，我们靠自己就好。"刘四姐对管灵的敌意暂时是消不掉的，她想辨别管灵对她有没有怨气，没品出来。她想多半是儿子做了好人，两头说好话。她转而又心疼儿子，当夹心饼干把人都整消瘦了一圈。她心头一软，合计着那两居室每月的按揭她帮还，让小两口的日子过得轻松点。当儿子告诉她不打算办婚礼，要和管灵到北京、上海旅游结婚时，她刚刚软下去的心肠又硬了起来。儿子知道她有多么盼望一场声势浩大的婚礼，她很多年前就跟儿子说，婚礼一定得好好办，坚决不收客人礼金，让人吃饱喝足还有礼盒带回去，办得轰轰烈烈、路人皆知。儿子当时很赞同母亲的想法，说要把亲戚、朋友、同事全都请遍，让母亲好好扬眉吐气。现在这么行事是不打算让母亲在这事上开心顺遂了。她该怎么让别人知道儿子结婚了呢？逢人就说我儿子结婚了，人家一定会问她什么时候请酒，她能怎么答，说年轻人有年轻人的想法，办酒席嫌麻烦？她越想越窝火，越想越伤心。儿子进这样一家大企业，又在领导身边工作，她认为儿子具有一份比同龄人更成熟的心智。现在她不这么认为了，儿子并没有想象中的成熟，幼稚、冲动、天真，也许他现在的状态才是一个正常男人的心态，是每一个人要经历的历程，就如她当年一样，她不应该用自己的世故来要求儿子，但是，她没有办法做到心平气和。

刘四姐最后还是给了管灵一个十万块的红包，管灵没有推辞，大大方方收下了。刘四姐也把自己多年来珍藏的一块鸡血石胸佩送给管灵，交代是有的："这块胸佩好好收着，我外公是个乡间草医，救过人命，得了这件东西做酬谢，上百年的老物件了，以后留给你媳妇，当传家宝。"管灵马上把胸佩挂在自己脖子上，在镜前左顾右盼。"谢谢妈，真好看。"过了一会儿不见她戴了，她说刚用手机查了，这等于挂一辆车在脖子上，太招人了，得买个保险柜藏起来。儿子呵呵笑了，刘四姐也呵呵笑了。

四

彭有宝脑子活，舍得吃苦，带着刘四姐和另外两个伙计跑各个县市推销汽水。他和刘四姐成了最佳搭档，刘四姐随和、不怕吃亏的性子是很好的助力，他们的汽水卖得很好，一度铺货到很多偏僻的村落。他们成了那个时代不多见的万元户。彭有宝没有克扣刘四姐，他赚得多，刘四姐的分红也不少。刘四姐对自身的价值没有很好的认知，她的心思全在彭有宝身上，她认为彭有宝是一个鬼才，对他言听计从，落实他的主张不遗余力。刘四姐努力工作还有一个原因，她认为她和彭有宝迟早是一家人，一家人的劲肯定是要往一处使，为自家赚钱不分你我。她花钱的地方不多，基本都存入银行。彭有宝踌躇满志，他不满足于只卖汽水，他计划下一步要办大厂，做易拉罐，超越"健力宝"。刘四姐喜欢听彭有宝吹牛,闲下来没事她会对他说:"老彭,吹吹牛呗。"彭有宝发家致富的构想无论听起来有多不靠谱,她都觉得是为他们的将来筹谋,她愿意与他携手闯天涯。

彭有宝把钱分给刘四姐时,每每都有炫耀的意思,说赚到了多少,分了你多少,我才拿多少,他是想让刘四姐对他感恩戴德,觉得他慷慨大方。刘四姐的表情总是让他失望,刘四姐既不大喜过望,也不拍他马屁,她接过钱直接塞进兜里数也不数。有时她会买来两瓶啤酒,他一瓶,她自己一瓶,对着瓶口直接喝。他觉得这女子什么都好,就是缺乏情趣,寡淡得很。彭有宝是谈过恋爱的,与原先罐头厂的厂花好了一年多,谈婚论嫁时,女方去广东亲戚家玩了一趟,回来后说要去广东发展。彭有宝留不住人,自此对广东方向充满了敌意,他要超越"健力宝"的宏愿也有此原因。他一心干事业、赚大钱,对刘四姐仰慕的心事一无所察,他一边卖汽水一边筹划办厂,这时他的靠山——姐夫出事了。姐夫作为罐头厂厂长被副厂长控告挪用公款,纵容小舅子下海做生意,用的全是厂里的资源,还霸着采购的位置。这并非空穴来风,彭有宝和姐夫一块儿锒铛入狱,姐夫被判了八年,彭有宝被判了四年。

事发突然,刘四姐当时是跑回老家躲了一阵,风头过了她前去探监,跟彭有宝说"我等你"。这三个字让落于人生低谷的彭有宝热泪盈眶,刘四姐在他的眼中一下成为圣母一般的存在。他们定时通信,诉说衷情和对未来的规划。刘四姐一直待在柳州市成了无业游民,家里让她回县城去,家里的哥哥姐姐都迁到县城了,她不回去,她要在柳州等彭有宝。她有一笔不小的积蓄,跟几个哥姐再借了点,在市区一条不太热闹的街上买下两间挨在一块的私宅。以前只知道柳州是彭有宝家所在的地方,她的家在乡下,现在她在市里也落户了,有了自己的房子心就安了。买完房手里不剩几个钱,她就做不要什么本钱的生意。在她的家乡家家户户喜欢做醪糟酸,笋子、豆角、姜、萝卜、辣椒、藠头全可以泡在醪糟里,腌制成酸,她就做酸卖。屋里摆放了十几只大坛子,什么酸都有。做好的酸用玻璃罐子装好,在屋前摆上一排,另外她装了一部电话,摆放在酸嘢摊旁,墙上写着"收费电话"四个大字。每月收费电话的收入足够她的日常开支,酸嘢由路过的行人三三两两带回去,生意不好不坏,反正店面是自己的,不用付租金,腌制物又能留得住,看起来是几角几角地挣,可没少挣,又没风险。这一干干到彭有宝出狱。刘四姐把两间旧屋打通,重新翻盖成两层楼。她已经年过三十岁,是个大龄姑娘了。彭有宝比刘四姐大两岁,他怀着无限的感激与刘四姐结了婚。

彭有宝本不是一个安分的人,出狱后并没有畏首畏尾,反而有一种豁出去的心志,他跑广东进货,衣服、电器四处贩卖,刘四姐跟他跑过一阵,后来怀了孩子就不跑了,安心卖醪糟酸看顾孩子。彭有宝的生意做得有好有坏,有时赚了一笔,很快又因为另一单生意没做好,钱亏了出去。刘四姐的醪糟酸倒是细水长流的收入,随着街上饭馆和米粉店越来越多,她的酸被收去做配菜的量越来越大，经常供不应求。她一边照顾孩子，一边风刮不到、雨淋不着地卖醪糟酸，觉得这样的日子安心稳当，想着长年在外跑生意的丈夫，心里就生出规劝。有一日彭有宝从外地回来，脸色焦黄阴郁，估计这一趟外出没赚到什么钱。刘四姐给男人拉了张凳子，泡了一杯茶递到他手上。"老公，中兴懂事了，你不在家时，他天天问爸爸为什么老不着家，说想爸爸，要不你在家安心陪孩子，别再跑那些没把握的生意了。"彭有宝这一趟外出是吃了瘪的，广东那边发的货不对版，又拒绝退钱，他在这边联系的几个客户都不愿意接手，他白跑了好几趟广东不说，还背了一屁股债。刘四姐的话听在他的耳里好不刺耳，这个女人就是来给他撒火的，他怎么能停下来，蹲在屋里跟她一块卖醪糟酸？刘四姐哪里知道彭有宝的怒火正如火山一样往外顶。她新近用杨桃来泡的酸很受欢迎，杨桃是老家坡上野生的，不要钱，她让哥哥给她托运了几大口袋来，一出缸就卖光了。她骑着一辆三轮车，连醪糟一起放在三轮车上叫卖，下午下班的时候，她必定出去转上一圈，顺便把孩子接回来。她用碟子盛了几块鲜黄的杨桃酸，放到彭有宝手边说："你最近是不是喝啤酒太多了，肚子鼓得像怀崽，吃点酸消肚子。"刘四姐脸上带着笑，彭有宝看这笑像是讥笑，他手一挥扫落碟子。碟子碎在地上，黄澄澄的杨桃沾了灰。刘四姐心痛碟子也心痛杨桃。"你发什么癫？好好的东西糟蹋了，造孽。"话音未落，彭有宝的巴掌扇在刘四姐的脸上，刘四姐一下蒙了，她捂着火辣辣的左脸，彭有宝又在她的肚子上踹了一脚，这一脚下了狠力，火力一旦找到宣泄点，不打完子弹是要有反噬的。彭有宝要把自己的委屈怨恨全部释放，刘四姐是一个最好的人选，在他的巴掌扇出去之后，他彻底地发现自己有多么不喜欢这个女人，他就奇怪了，他怎么会跟她结婚，还生了孩子？她那张脸油黄，她的嘴皮子泛着白霜，她的全身上下泛着乡村的土气。他怎么会忍受了这么多年？

很多时候，人与人之间的交恶是在试探中前进的。彭有宝一直在寻找刘四姐能承受的最大限度，一次又一次，他只有把对方完全打倒在地、哭诉求饶，他胸口的怒火才能降下来。刘四姐一开始是略有反抗的，她发现她的反抗会招来更大的狂怒，她怕了，她试图用哭泣和求饶来唤起对方的同情，但那只是暂时的停歇而已，不知何时、不知何故，她随时都可能引起他的怒火，再一次让她的皮肉受尽折磨。就算是这样，很长一段时间她没有怨恨他，她在替他找原因，她还想过把孩子送回乡下让父母帮助看管，自己与男人一同跑生意，他们可以像当年推销汽水一样，夫妻同心，所向披靡。当她好好坐下来跟彭有宝谈论自己的这个想法时，彭有宝轻蔑地笑了："没有我，你还在县城卖鞋，你以为是你帮衬我做生意？是我把你带出来的，乡下妹！"彭有宝极少回家，刘四姐知道他跟几个女人有暧昧关系，包括他的前女友。前女友到广东发展以后嫁给当地人，做皮鞋生意。彭有宝到广东找过前女友，两人自然而然以情人关系相处，前女友念旧情，看他过得不好，让他卖皮鞋，他觉得皮鞋生意零碎不好做，前女友又给他指了一条道，还借了一笔钱给他，彭有宝回来开了一家猪饲料厂。饲料厂生意异常好，彭有宝觉得自己的霉气排空了，开始转运了。饲料厂不断扩大生产，招了不少女工，彭有宝看中一个长得精灵古怪的，对方挺迎合，让他赶紧离婚。彭有宝以为他提出离婚刘四姐肯定满口答应，每次刘四姐看他就像老鼠见猫，他要不要她就是一句话的事。他万万没想到刘四姐咬紧牙说不离。"你还没被打够呀，还真是贱呀。""除非你打死我，我是不会离的。"刘四姐这句话招来了一次更为穷凶极恶的毒打，彭有宝每一脚踹下去都气喘吁吁地问"离不离"，刘四姐的头摇了一次又一次。

　　刘四姐咬牙不离是因为儿子需要爸爸。每次彭有宝回家，儿子比考了第一名还要高兴，围在父亲身边话没停过。有些事她反复说教儿子听不进，但她只要说是爸爸的想法，儿子立马执行，比如她时常替彭有宝代言："爸爸希望你能好好学习，将来考上一个好大学就不用像他那样辛苦四处奔波了。"这句话非常励志，儿子在"爸爸"的期冀下一直名列前茅。彭有宝不喜欢看到她，她就躲着他一点，让孩子和父亲多接触。彭有宝最终洞察了刘四姐的心思，他有一次对儿子下手了，那次下手很重。儿子惊恐地躲在刘四姐身后，发出压抑的哭声。刘四姐彻底疯了，扯着彭有宝大喊："彭有宝，你是不是人，自己的亲生骨肉都能下得了手！""你这乡巴佬能生出什么好种，你爱离不离，我反正就这样了，管不住自己的手。"说这话的时候彭有宝没敢看儿子一眼，他怕自己的眼睛出卖了自己。

　　彭有宝赢了。他以一个商人的算计打赢了这一仗，刘四姐同意离婚。他担心刘四姐要分他饲料厂的股份，伪造了向自己姐姐借钱的欠条，说厂子还有债务，只答应按月给儿子抚养费。后来饲料厂倒闭关门，抚养费不了了之。

彭有宝对自己儿子还是在意的，他对刘四姐苛刻是因为他认定刘四姐有赚钱的潜质，她不会让自己的日子过不好，她不会让自己的儿子受委屈，这是一种让他不服气甚至很是窝火的潜质。这么些年彭有宝是看在眼里的，从最初的卖鞋，到卖汽水，再到卖醪糟酸，看似平淡无奇的事情刘四姐总能打出一层光彩来，这么土气的一个女人凭什么呢？

五

彭中兴和管灵每隔两三个星期会上刘四姐的家里来过个周末，有时是彭中兴接上刘四姐到他们家里去过周末。无论在哪一头，做菜的都是刘四姐，管灵就是那句话——妈做菜好吃。给孩子们做菜，刘四姐心甘情愿，年轻人工作忙难得正经吃饭，吃的不是快餐就是外卖，哪里有什么营养？管灵的好胃口在家里就是一份欢乐，愿意多吃是好事，不像伍丽晶，五十岁的人了，成天喊着减肥，有一天收拾碗筷，头眩晕，差点摔到地上。

中午她在店里忙碌的时候接到儿子电话，说要陪领导到东南亚几个国家转转，偏偏管灵小产了要在家里养着，希望她能去陪陪。刘四姐一听赶紧扔下鸭脚，换了衣服跟伍丽晶交代几句离开店面。她到附近的便利店买了红枣、红糖、小米、生姜，再回家取了一小坛醪糟，打车直奔儿子家。管灵给她开的门，一张小脸蜡黄，头发乱蓬蓬，手叉在后腰上。她对婆婆的迅速赶来有些吃惊，中兴跟她说明天等他走了以后会让老妈过来照顾她的。刘四姐让管灵赶紧回房躺下，她跟在后头问："都没听你说怀孕，怎么就流了？""就是因为不知道怀了，不留意才流的。""你这孩子，自己的身体，月经没来不知道吗？""经常不准，就没放在心上。"刘四姐嘱咐管灵忍几天不洗澡、不洗头、不碰凉水，管灵懒洋洋躺床上点头。刘四姐给管灵准备的食谱和月子餐差不多，红枣鸡汤天天有，枣糕、红糖小米粥、醪糟糖水蛋轮流上。她在儿子家住下，早上做好早饭出去锻炼一会儿，等管灵吃完早饭，她开始准备午饭，午饭做好她才到店里去，下午六点再赶回来给管灵做晚饭。婆婆和儿媳有了一段和谐共处的温馨时光。管灵闲聊时说愿意早点要孩子，年轻恢复得快，带孩子也不吃力，中兴三十岁出头了，早该当爸爸了。刘四姐喜欢听这样的话，在生儿育女的问题上这个儿媳骨子里还是传统的。她让管灵好好补身子，不急于一时。过得两天她傍晚进门时闻到一股子麻辣的香气，茶几上堆着几只外卖的盒子，管灵斜躺在沙发上玩游戏。"妈，你晚上别给我做饭，我吃过了。""你这身子还敢吃麻辣烤串？奶茶里头不是说没奶，全是化学调料吗？""妈，天天喝那些汤，我都恶心坏了。"刘四姐听着就来气："要不是中兴特地交代，我还不想来给你做那些恶心的汤呢。"管灵从沙发上快速站起来说："妈，你别生气，我就吃这一回，绝对不敢了。"

刘四姐在儿子家睡不踏实，晚上起夜就难有睡意，睡不着只能硬生生躺在床上。早上六点，她起来给管灵把粥和汤熬上，天有点亮色便出门锻炼。这套房子选的是个好地段，附近大多是写字楼，干净安静，步行两公里外有个森林公园，是市里最大的公园。她买房的时候没想过要跟孩子一块住着养老，她很少想自己老以后的事情，虽然快六十岁了，她觉得离老迈还有挺长的路，她可以一个人独自生活。公园的早上是老年人的天地，跑步打太极跳舞的都有。路过一个器械角，有单双杠脚踏车举重器大转盘，她过去转那个大转盘，双手轮流来，活动肩膀。旁边有个老头闭目倒挂在单杠上，身子有节奏地晃动，像一只大蝙蝠。她活动完肩膀又把腿搭在一条杠上，身子往下压，她认定只要天天坚持拉筋，身子就能一直保持柔软。因为经常有演出，她对自己的身材管理还是蛮严格的。活动了将近二十分钟，看那老头还在优哉游哉，刘四姐心里生出个疑问，倒吊这么长时间不会脑充血吧？突然，老头睁开眼睛，身子一荡，双手抓住铁杠，顺势在杠上翻转了几下，落地轻快如燕。老头左右看了看，与刘四姐眼睛对上。"您这是有功夫在身啊，能倒吊这么长时间。"刘四姐主动打招呼。老头有些骄傲地点点头："长练倒吊不长白发，你看我的头发没几根白的。""哟，真是的啊，你头发又黑又密，不像我都白一半了。"老头挺胸阔步甩着膀子走了。刘四姐看着老头挺拔的背影怀想自己年轻时单双杠也是随便玩的，她双手用力一撑，人已经在双杠上，她前后荡了几下，双腿一并往前飞下。这一飞身力度过大，在空中飞跃过高,是属于年轻人的高度,她落地痛快地摔了个屁墩,腰上随之而来一阵剧痛。她想坐起来,又是一阵撕裂痛。这一时冲动兴起玩了个大尴尬,她冲着不远处的人招手求救,有人小跑过来问情况,她指着自己挂在杠上的小背包,那人把小包递给她,她掏出手机想打管灵电话,最后还是打了120。

到医院检查后,医生诊断是腰椎压缩性骨折,要马上动手术。她没办法只能给管灵打电话,让她帮忙收拾一些简单的行李带来,顺便作为家属签字,还特地嘱咐不要告诉彭中兴。管灵急匆匆赶来,肩头上挎了一只大口袋。"妈,你可别吓我了,这早上出去一趟怎么就进手术室了?""老了,身上这些零件老化了,摔一跤就散了。"一个护士走进来看了管灵一眼说:"刘红练,这是你家属吧?你们先去交一下手术费和住院费。"刘四姐愣了一下,她早上出门锻炼只带一些零钱,连钱包都没带,刚才给管灵打电话只记得让她收拾行李,忘了提这事,看来只能让她先垫这笔钱了。刘四姐还没张口,管灵把肩上的大口袋卸下来,从里头取出一只钱包递给刘四姐。"妈,我帮你收拾衣物,顺便把你的钱包也带来了,你看我是用哪张卡去帮您交费?"刘四姐听得清清楚楚,也看得明明白白,是她的钱包没错,她接过来,取出一张卡递给管灵。管灵接过卡,出门交费去了。刘四姐躺在床上,没觉得腰有多疼,反而觉得胸口疼,这儿媳妇跟她是不是连客套都省了?这一个星期来伺候她全是自掏腰包自带伙食,任劳任怨、无怨无悔,她没想过别的,只要孩子们好就好。现在轮到她了,人家可是和她算得清清楚楚的，她会占他们的便宜，借钱不还？她拿起手机调出微信，给儿子写了几句话，想问问他如果她得了大病，需要花大钱来治，他给不给掏钱。写好了删，删了又写，终究还是没有发出去，她想，我可不能咒自己。

做完手术，刘四姐眼睛闭着、嘴闭着。管灵申请了陪床，刘四姐只得开口说医院有护士又有护工用不着，何况管灵自己的身子还没恢复好。管灵还是坚持留下来陪床。"刚做完手术哪有不陪的，我这么不懂事，中兴该把我休了。""那谢谢你了。"刘四姐郑重地跟管灵道谢。在医院里成天躺在床上，管灵也是躺的时间多。婆媳俩吃的是医院的营养餐，管灵负责打饭，抽空跑出去买麻辣烫和奶茶躲阳台上吃喝。刘四姐装作看不见，人家能陪着已经够意思了。

刘四姐出院后回自己家去住，在床上又躺了一个多月，她特地请乡下的大嫂来照顾自己。大哥大嫂的两个孙子已经上中学，夫妻俩平时在家里就种种菜，晒晒太阳，闲得很。等她能起身活动后，就让大嫂回去了，给两个侄孙一人买了一块手表做礼物。儿子和管灵经常过来看她，她刚下地走路那阵，管灵每天晚上都过来陪她走路，搀扶着她慢慢走，走累了她会歇一歇，管灵抽空在手机上玩游戏，还让她一块儿玩，她说费眼睛没玩。她们走到路灯亮起来才回屋。看得出管灵没在外头交什么朋友，彭中兴应酬多，管灵平时就一个人待在家里。这儿媳妇陪她一个老太婆虽说不上用心，但耐心是有的。她想她不应该记管灵的仇，毕竟这不是自己的孩子，就算是自己的孩子也未必能做得更好。

养病期间刘四姐委托莫风雷给店里招了两个人，等她正常上班后莫风雷问这两个人要不要都留着，他跟他们说过是有三个月试用期的。刘四姐说如果人不错就都留下，大家能轻松点。多了人手，刘四姐没再从早到晚待在店里，她到处走动，先是拜访了一些老朋友，又回了一趟老家。在回老家前她走访了两家养老院，市里就两家养老院，都不在市区，在与郊县接壤的边缘。其中一家有一个过去熟悉的姐妹住着，她拎了两箱牛奶去探望。这个姐妹比刘四姐大几岁，也姓刘，出过一次车祸，行动不便，有一个女儿在外地工作。刘姐住的是单人房，收拾得挺干净，就是隐约透着一股潮湿的尿骚味。"住的单人房呢，看起来不错，过得还好吧？"刘姐眼神可怜巴巴的，眼睑外翻发红。"到这地方来就是等死的，能好到哪里去。""孩子常回来看你吧？"刘姐举起手机说："在手机里一年能见着几回。""刘姐，放宽心，你住到这来不就是不想拖累孩子吗？你等着，过几年我来和你做伴。""看你这状态，再过二十年也用不着养老院。四姐，我托你一件事，如果我过世了，你可不可以到西来寺请个师傅替我超度？"刘四姐听到这话眼泪都流出来了，她拉着老姐妹的手说："你啊，好好的就想身后事了，日子还长着呢，有空我再来看你。"与老姐妹告别后，刘四姐又转了转，让养老院的人给她介绍这儿的情况，对方想着她是潜在客户，介绍得很仔细。院里不少老人还是很乐观的，下棋、聊天、在小花园里散步甩胳膊腿，看起来精神状态都不错。刘四姐的心安下来，至少还有这样一个地方只需要交钱，便可以不麻烦任何亲朋好友自己过了。另一家养老院她也去看了，条件要差一些，虽然员工穿了统一的蓝色制服，但像是从附近乡镇招来的，说话粗声粗气，脾气也大，跟老人说话像是在训斥孩子。她想自己能与这样的人干上——也不一定，老了，吵架力气不够用了。

刘四姐回了一趟老家，他们兄妹五人，除了大哥还在乡下，其他都陆续搬到县城去住了。大哥大嫂曾经在县城住过一段时间帮带孙子，孙子大了又回到乡下。大哥的屋子是刘家的老宅子，十年前翻新过，起了一幢三层小楼，当时刘四姐还赞助了两万块钱，大嫂说楼上有一个房间是专门留给她的。大哥七十岁出头，身体还好，大嫂比大哥小两岁，也没什么毛病，两人每天种菜，养了两头猪，还学会了打麻将。听说她回来，两个侄儿都带着老婆孩子从县城回到乡里看她，一家人热热闹闹吃了顿饭。刘四姐交代两个侄儿："你们爸妈年纪大了，你们要经常回来看看。"大侄儿说："开车不到一个小时，我们经常回来的。""四姑如果回来和你爸妈住，你们给不给养老？""四姑跟我妈有什么区别，想回来就回来，我上高中还是四姑给的学费呢，这我能记一辈子。""是啊，我唯一的一件皮衣还是四姑买的，现在还穿着呢。"大哥好像看出刘四姐有点异样，问了一句："你是真心想回来？要回来这里就是你的家，我的儿子就是你的儿子，他们敢不孝敬你，我揍他们！"

每天早晨和傍晚刘四姐和哥嫂在乡间的路上走动，如今的乡间道路是宽阔了许多，灰尘也多了许多，商店多了许多，垃圾也多了许多。幸运的是，刘四姐从来没对她的出生地有陌生感，来这一趟让她又得了几分安慰，就算没有儿女养老，她还有家乡，还有肉血相连的亲人。

六

刘四姐在单身生活的二十多年里，拒绝过无数次的相亲，无论介绍人将对方的条件吹得多好，她都不见，她内心并不是排斥再找一个伴侣，而是希望这一份缘不是凭空来的、生硬来的，她要主动牵着那根线头，越扯越长，最后绕成一个圆圆的线球。遗憾的是，她的这个心愿二十年过去也没实现。在她的生活当中，向她示好的男人并不是没有，最近身的一个就是莫风雷。这些男人都无法让她心动，都没有当年彭有宝到乡下送汽水那样的不同寻常，这一对比是无意识的，她自是不知道彭有宝这个魔终究还是影响了她的下半生。

莫风雷在"螺蛳姐姐"干了有十年了，凡稍重一点的活、需要男人出头的活全由他承包。他是刘四姐的同乡，原先在彭有宝那个罐头厂当工人，这让他和彭有宝刘四姐都成了熟人。罐头厂后来大裁员把他裁了，他下岗后四下打零工，做过搬运工、洗车工、保安，三十大几才讨到老婆，女儿莫珊珊十岁那年长了脑瘤，做完手术没多久老婆就跟人跑了，他一直一个人照顾女儿。有一段时间珊珊总生病，他做着保安三头两头请假就被辞了，刘四姐让他到"螺蛳姐姐"来干，家里有事说一声就行。虽然刘四姐说得轻松,莫风雷知道那是一份好心,没有几个人能做到。他到"螺蛳姐姐"来偶尔是会请假照顾珊珊,但店里的活他没有偷过一点懒,早上蹬三轮车去采买,他没有贪过一分钱。店面二楼有好几间房,有的用来堆放杂物,有两间铺有床,刘四姐偶尔在上面休息,有一段时间变成珊珊的休息室,莫风雷上班时把珊珊带来,珊珊在店面附近玩耍,累了就上楼休息。珊珊生活能自理后,才渐渐少上店里来了。莫风雷对刘四姐的感激,日积月累转换为一种为奴为婢、以身相许的情谊,他当然是自卑的,所以他没有死缠烂打或是深情款款地对待刘四姐,他的态度是:"无论你来或不来,我都在这里。"刘四姐不接受他的原因也正在于此,刘四姐认为,恩是恩,义是义,情是情,如果混为一谈就没劲了。

刘四姐近段时间与亲朋好友走动多了,碰上以前相识的一个姐妹,这个姐妹听说她还一直单着,提出要给她介绍一个老伴,这次刘四姐没有拒绝,见人去了。见面地点是一家面馆,两人见面后都认为不是第一次见,一起往后翻日历,还真翻出来了。刘四姐从森林公园双杠上摔下来那天,正是此男倒挂于杠上给她带来的冲动。是刘四姐先记起来的,她启发了一下对方,森林公园,倒挂金钟。对方哈哈大笑:"对的,早认识了。"介绍人在一旁说:"缘分。"两人都笑得很开心,打开桌上的菜单又得出一个共同的结论:"这天气,应该吃火锅。"他们拉着介绍人出面馆,吃火锅去了。

男的叫蒋晋,是一名退休警察,比刘四姐大五岁,前年老伴去世，有一个儿子已经结婚生子。刘四姐觉得此男相貌堂堂，身上有一股英气，状态很好，言语和行动上便主动了些。蒋晋对刘四姐也表现出一定的好感，两人就交往起来。蒋晋不像刘四姐那样有店要管，退休后的日常生活就是锻炼、吃饭、睡觉、打牌、看电视。和刘四姐交往后，他偶尔到"螺蛳姐姐"来看看，仅仅是看看，没动手帮忙。刘四姐给他泡一杯茶，他端坐着喝完茶就走。伍丽晶很好奇，问蒋晋是不是当官的，刘四姐说不是，退休前是个警察。伍丽晶说难怪长得既威严又帅气，伍丽晶又问刘四姐蒋晋是不是她的男朋友，"男朋友"这个词让刘四姐挺害羞的，太年轻的词了。她说刚认识没多久，得处处才知道合不合适。蒋晋也陪刘四姐去对过几回山歌，这是他不太了解的领域，一大群四十岁以上的中老年人聚在公园湖边的树荫下，先是用壮语唱上几首流行歌曲、革命歌曲，暖场之后慢慢进入对歌环节。有人拉起二胡，也有人弹奏琵琶伴奏，大部分是男方先抛出引路歌，有时候也由女方来唱引路歌，唱完就开始抛出对仗较为工整的歌句让对方唱和，一般都能对上，对得好不好、妙不妙是另外一回事。山歌题材广泛，体裁纷繁无定式，歌手们凭着自己的才华，编出神妙的词句来取胜，还需通俗、押韵、字字明白、声声入耳，唱起来好懂好听。

"哥讲念妹妹不信，不知哪样讲得清。可惜华佗不在世，华佗再世哥破心。"

"大风吹过石山顶，水过鸭背不湿身。哥讲时时哥念妹，不知哄妹是哄人。"

"想哥想得泪汪汪，春到杨梅开满山。拿条手巾抹眼泪，六月日头晒不干。"

"门口有竹哥不破，何必越岭去找藤。塘中有鱼哥不打，何必五湖去放罾。"

刘四姐经常有神来之句，引得笑声雷动。蒋晋能听懂七八分，看得出刘四姐在这个团体当中有一定的威信，旁人对得好或不好，她指出来没人有非议。伍丽晶在这个场合就像刘四姐的跟班，给刘四姐递水递毛巾，她自己也唱得响亮，基本是重复他人的歌句，没有原创，不过，人长得漂亮，在这样的场合自有她的耀眼处。至少，蒋晋朝刘四姐所在的方向看过去的时候，总是先看到伍丽晶。

刘四姐去过蒋晋的家，和彭中兴的住处相隔一两公里，所以他们才会在同一个公园碰上。蒋晋住的是单位的福利房，三居室，收拾得挺整齐，阳台上种满了花草。刘四姐以前也在自家阳台上种花草，总是疏于打理，隔得一阵全死光了，她看见别家郁郁葱葱的阳台都好生羡慕。蒋晋会做饭，会做包子，刘四姐吃过蒋晋亲手包的包子，馅大皮薄，她一口气能吃三个。刘四姐没有成天和蒋晋泡在一起，她有工作，她像一个上班族，基本上把和蒋晋约会的时间放在周末和下班以后。蒋晋有一段时间就在她快下班的时候到店里来，等她下班以后，在店里一块吃晚饭，吃完再出去散步，或者一起去公园参加歌会。刘四姐对蒋晋挺满意，她想如果蒋晋提出结婚，她就答应了。

发现蒋晋和伍丽晶好上的不是刘四姐，而是莫风雷。

伍丽晶一向巴着刘四姐，除了到公园唱歌一块去，还经常跟刘四姐一块回家，住在刘四姐家里。她说自己的家冷冷清清的，一个人住着背发冷、脚发凉，刘四姐就像一只火炉，靠近就暖和踏实。刘四姐虽对伍丽晶的浮夸虚荣有点不以为然，但她一向任由伍丽晶靠着、依着，伍丽晶比她小十岁，在她眼里就是个小妹。

有一阵子蒋晋没有跟刘四姐联系，也没到店里来，刘四姐没太往心里去，因为伍丽晶请假，店里缺人手，她忙得顾不上。莫风雷把女儿珊珊叫到店里来临时帮忙。珊珊早年做过脑瘤切除手术，术后康复得不是太好，长了一身虚肉，走路身子往右边斜，二十岁出头的年纪，在外面打过几份工，做不得几天总被人嫌弃辞退。莫风雷很早就动过心思让珊珊到"螺蛳姐姐"上班，但他自己得了刘四姐照顾，不好意思再安插身体不太正常的女儿，伍丽晶的缺勤让莫风雷逮到了一个机会，他让珊珊临时来做帮手，其实内心还是希望刘四姐能看到珊珊的表现。"螺蛳姐姐"没什么重活，洗洗涮涮、切切煮煮的，珊珊能应付得来，桌上用过的脏碗停留不超过五秒她马上会收走，她用两张抹布抹桌子，一张旧的，把脏东西擦干净，另一只手上的干抹布再擦一遍。刘四姐认为珊珊做事比伍丽晶做事认真多了，小姑娘和外边的人接触得少，单纯、干活一根筋，肯定是听了父亲的话，不叫休息不会停下来。店里现在一天能卖几百份外卖，客人的要求各不相同，她一份份打包好，认真核查，送到取外卖小哥手里还交代一句："注意别把汤洒了。"伍丽晶干活听歌、看手机，打包出过不少差错，少装一只卤蛋或是少装筷子和勺子，遭客人投诉本是要扣工资的，她基本都不承认，都说是对方昧了、吃了不认账。刘四姐严肃批评她的老油条作风，她嘻嘻哈哈搂着刘四姐的肩膀说："四姐你就饶了我吧，更年期了，记性差得有时都想扇自己耳光。"

  晚饭时间，莫风雷煮了白粥，炒了香葱蛋、空心菜，煎了一条鱼，莫家父女和刘四姐三个人吃。"四姐，要不喝点？"刘四姐觉得身上有点乏，她点了点头。莫风雷起身从冰柜里拿出两罐啤酒，珊珊说："爸，给四姐拿没冰过的吧，冰的对胃不好。""哟，我家姑娘懂养生了。"莫风雷另外从柜台下拿了未冰过的，拉了盖递给刘四姐一罐，刘四姐喝了一口说："我们做餐饮的，懂点养生是好事。"珊珊高高兴兴点头："四姐，你现在每天喝枸杞黄芪水挺好，只不过用保温杯好像不太好，因为保温杯是金属的，金克木。""哦，还有这一说，那用什么来装好呢？""用陶瓷或玻璃的杯子好些。""真的假的？珊珊你别给四姐胡说八道。""我听着有道理，珊珊真是学了不少东西，有本事。"珊珊人胖饭量小，吃得小半碗饭就进厨房收拾去了。莫风雷把啤酒喝干，捏了捏罐身，罐身"卡"地瘪了下去。"伍丽晶请假有半个月了，她可能不回来了。""不回来她能上哪去？""她不是不想回来，是没脸回来了。"刘四姐听莫风雷话中有话，翻了一个白眼说："有屁快放！""伍丽晶和蒋晋好上了，真不要脸！我昨天找到她说理，她说我多管闲事，还挠了我几下子。"莫风雷偏过头，耳旁是有几道猩红的抓痕。

前些天莫风雷采买回来的路上碰到伍丽晶和蒋晋，一大早的两人就穿了样式和图案都相同的运动衣，莫风雷目送着他们手牵手登上一辆公共汽车。伍丽晶住在附近，莫风雷分析昨晚上这两人应该是住在一块的。这些天伍丽晶请假没准就是和蒋晋在一块。莫风雷肚子里骂了几十次不要脸，蒋晋到店里来过好几回，和他们都吃过饭，算是熟人了，他对蒋晋印象不错的，真心希望刘四姐能得一个好姻缘，想不到会出这么翻天覆地的丑事，他本想马上告诉刘四姐，又觉得还需要再证实一下，这就有了他约见伍丽晶的事。他质问伍丽晶，伍丽晶很无辜地说蒋晋和刘四姐只是处处，根本没敲定关系，蒋晋找对象的条件是女方比自己至少小上十岁，四姐比蒋晋才小五岁。伍丽晶说这些时流露出满满的优越感，她比刘四姐小了十岁长得又漂亮，还有，她无儿无女，没有什么家庭纠纷，蒋晋选她是自然。莫风雷骂伍丽晶不要脸、没良心、老妖婆，伍丽晶十根长指甲就往他脸上招呼了。

刘四姐听完原委，骂了一句粗口，起身又去拿了两罐啤酒。她在莫风雷跟前放下一罐，自己开了另一罐："风雷，你没老婆也快二十年了吧，我老早以为你能跟伍丽晶好上，你们怎么就没成呢？"猝不及防话头一下转到自己身上，莫风雷像被截在死胡同里的逃犯，上蹿下跳，语无伦次："我怎么看得上她！她也看不上我！这种女人谁摊上谁倒霉！""不说她了，她要跟蒋晋能成也是好事，反正他们结婚我们不随礼就是了，气死他们。风雷，你才五十五岁，对男的来说还是花样的年纪，现在珊珊能自己独立了，你好好找一个，人生还有几十年呢。""要找你先找，你找到合适的，我就找。""有时候我们该学学伍丽晶。"刘四姐把啤酒喝光，拿上衣服大踏步走出店外。莫风雷看着她的背影在门口被灯光晃了一下，人没跟跄，影子跟跄了。

刘四姐给伍丽晶打了一个电话，问她还要不要回来上班，伍丽晶在电话那头顿了顿说："莫风雷都跟你说了吧。""说了，怎么了，你打算一辈子都不见我了？""我对不起你。""你是不太地道，小算盘打得比谁都精，不过我们这么大年纪犯不着为这种事撕破脸，分分合合谁没经历过呢。""四姐，我就知道你肚量大，不会跟我计较的，'螺蛳姐姐'我不回去了，过两年我就能领社保了，蒋晋说他能养得起我。""好，那你有空来把工资结了，别后头又说替我白打工了。"

伍丽晶来了店里一趟，连衣裙、小坤包、高跟鞋，打扮得像明星妈妈。她给刘四姐带了一大包包子过来，说是刚蒸出来，自己包的。刘四姐把准备好的工资给她递过去，伍丽晶接过来放进包里，她看一眼正在打包的珊珊说："莫风雷倒是好意思，手脚不灵便的都安插到店里来了，真是吃定四姐心善啊。""小姑娘没出过差错，一心一意做事，这样员工多几个好。"伍丽晶意识到话多了，转了口风说："反正姐就是心善，包子趁热吃，喜欢吃给我说一声，以后包了给你送来。"伍丽晶转身出店，好像比之前更婀娜多姿了。刘四姐从袋里拿出一只包子，果然还热乎，皮软和、香菇肉馅、鲜得很，她吃过蒋晋包的包子，这应该是蒋晋的手艺，她还能以这种方式吃上蒋晋包的包子，说没缘分还真说不过去。她记得第一次吃蒋晋包的包子，刚一出锅她就能往嘴里送，一口气吃了三个。她今天是一小口一小口地吃，香菇肉馅的美味渗透她的味蕾，三个包子下肚，她突然有一点领悟，自己容易被美好的味道打动，比如她记了一辈子的橘子汽水，这一次她仍然记住了蒋晋手工包子的美味，即便是换了馅料，她也能吃出这是出自同一人之手。当然，她相信所有的美味都与灵魂相随，就像她的螺蛳米粉。

"妈"，突然听到叫声，刘四姐看往店外，是管灵在叫她。她应了一声，看管灵没动，意识到对方是想把她叫到店外。她走出去，管灵拉着她的手往人少的地方走，她有点莫名其妙，都上店里来了，难道粉都不吃一碗？怕是出天大的事了。"妈，彭中兴在外头有女人了。"刘四姐心里"怦"了一下，果然是出大事了，她眨眨眼，让心神稳下来："好好说，怎么回事？"管灵"叭叭叭"地像放炮一样述说彭中兴的出轨史。前阵子彭中兴迷上骑自行车，加入市里一个自行车俱乐部，每个周末都与一群人到郊外骑车，有时还在外头露营。那些人当中有一个叫杨如景的，彭中兴每次都和那女的在一起，拍照都站一块儿。最近，两个人出去喝过咖啡、吃过饭、看过电影，手机频繁互动，已经不是正常的交往。刘四姐问是怎么发现的，管灵说是查手机查出来的，又补充说她一直很信任彭中兴，要不是这段时间他们老吵架她也没想过查手机。刘四姐听完管灵的描述，当时就信了儿子和那个叫杨如景的关系不正常，但她不能这么跟管灵说，只表态她会尽快查实，若真有什么她绝不偏袒自己儿子。

刘四姐跟儿子打电话说想吃西餐，彭中兴没耽误，当天就把母亲带到一家西餐馆。刘四姐问为什么没把管灵一块带来，彭中兴说是母亲想吃西餐，专请母亲。刘四姐撇嘴："才结婚几天呀，就不带媳妇了？"彭中兴是聪明人，本来就觉得母亲闹着吃西餐这事有猫腻。"妈，管灵是不是找你告状了？""先帮我点餐吧，我听说牛尾汤好，来一份。"彭中兴给母亲点了牛排牛尾汤和沙拉，刘四姐说沙拉是凉的她不吃，彭中兴就吃了两份沙拉。其间彭中兴电话响过一次，他站起来出去接了。回来时刘四姐说："儿子，妈可以看看你的手机吗？"彭中兴笑嘻嘻地坐到母亲身边，搂住母亲的肩膀，把手机递过去："我在老妈跟前哪有隐私，随便看。"刘四姐先是在微信里调出杨如景的名字，看到儿子和杨如景是有不少聊天记录，几乎是每天都聊。彭中兴坐在一旁顺手帮母亲翻页，他说要有暧昧他早就删了，不会留着。刘四姐说："谁知道你有没有删掉关键的内容？留下来的都是烟幕弹。""妈，你得相信你儿子，我工作忙、压力大，忙里偷闲运动放松一下有错吗？"彭中兴抱怨管灵一点不喜欢运动，骑自行车他邀过她，家里自行车也买了两辆，管灵只骑过一回就不愿去了。这下好，疑神疑鬼不说，还到俱乐部去闹，让他都没脸待在俱乐部，只能退出来了。"以前你不是挺喜欢打篮球吗？打篮球的都是一群小伙子，不怕人家乱想。""打篮球要凑人，和水平臭的凑在一块打没劲。""自行车不用凑人，你一个人骑难道骑不动，非要加入什么俱乐部？""妈，你还真向着管灵啊！""人当初是你自己选的，你图她漂亮，她已经够漂亮了，其他的你再挑三拣四，是不是贪心啊？我警告你不要搞婚外恋，搞得身败名裂。""哪有这么严重！您赶紧喝汤，凉了就不好喝了。"

七

刘四姐知道管灵开奶茶店的消息是在奶茶店开张以后，管灵打包了八九杯奶茶到"螺蛳姐姐"来，先让刘四姐尝尝再分发给店里的服务员。刘四姐不知道儿子为什么会同意管灵开奶茶店，事先没跟她透露只言片语，无论怎么说她算是个商人，事先不能先讨个建议吗？有可能就是不想要她的建议，怕她阻碍着。或者，彭中兴是因为先前出轨的事心虚了，就任由着管灵想干什么就干什么？"你平时不是要上班吗，奶茶店怎么管？""我雇了人的，下了班以后我再过去帮忙。""挺好喝的，年轻人都爱喝。""是啊，我想生意不会差。"依刘四姐的判断，管灵不是块做生意的料，一是人懒，二是不太会算账，这两点就已经很致命了。管灵来这一趟是想让"螺蛳姐姐"帮忙着推销她的奶茶，"螺蛳姐姐"的外卖单子数量不小，每天好几百单的生意。管灵想借"螺蛳姐姐"捆绑销售奶茶的建议刘四姐觉得挺好，但她提出一个问题："我们两家店又不挨在一起，这订单下了，还要送外卖的跑两处？"管灵显然没想到这点，原先兴致勃勃的情绪一下消散了许多。"搭在一起卖怕是不现实，但是'螺蛳姐姐'帮打广告是没有问题的，估计会有些效果，我们的粉丝很多都是铁粉。"管灵脸色又好了起来："好，那就谢谢妈了。""不用谢，做生意就是要想尽办法扩大影响，多宣传。"那款爽福奶茶的广告画就在"螺蛳姐姐"门店张贴出来，爽福奶茶的资料刘四姐让人给上传到网上，和"螺蛳姐姐"的各款米粉挂在一块。有不少人打听"螺蛳姐姐"是不是卖奶茶了，刘四姐发了一个小声明，说是友情赞助，自家只做米粉的生意。

住养老院的刘姐突然去世了。刘姐的女儿从外地赶回来，电话通知刘四姐，先是哭诉了一会儿母亲的曲折人生，说去了也是解脱，再问刘四姐可不可以帮她料理母亲的身后事。刘四姐立即想起老姐妹托付过让她到西来寺找师傅超度的事，满口答应下来。刘姐的女儿不知怎的，母亲的尸身从养老院送到殡仪馆，她全程呆若木鸡，既不说话，也不动手，刘四姐问她寿衣有没有买，她一边摆摆手，一边呕吐。刘四姐搀扶着她，问是不是怀孕了，这女儿摇头说没有，眼睛骨碌转，说她肯定是被什么不干净的东西缠上了，殡仪馆天天有死人，太不干净了。她说母亲生前让她有事就找刘四姐帮忙，现在她只能靠刘四姐了。她给刘四姐交代完，打车逃离殡仪馆，看那神态，真像是觉得后头有人追着似的。刘四姐跑了一趟北路街，把一整套寿衣买回来，然后和殡仪馆负责仪容的工作人员给逝者换新衣上妆。在火化前，她给刘姐的女儿打电话让过来见母亲最后一面，对方有气无力地说全身哪都痛，实在是动不了，让刘四姐全权代理。刘四姐跟随完整个流程，一具肉身化作一小坛骨灰，捧在手上，轻飘飘的。她没有流泪，心里只有一声叹息，将来她也会如此，既然如此，为何每日还要把自己搞得这么沉重？想想，不是肉身沉重，是那些萦绕在肉身之上的想法沉重。刘四姐把骨灰坛带到西来寺，与院僧登记寄存骨灰盒四十九日，再请师傅专门诵经七日。那七日里她天天前往西来寺，师傅诵经时，她也拿起经文跟着一起助念，诵念中她感觉到空气当中声波的振动，让一切变得庄严肃穆。她在这之前从未接触过佛门的仪轨，但她希望她的姐妹能借助这一份庄严往生极乐。

刘四姐没想到会在西来寺碰到蒋晋，蒋晋手上捧着一大把黄菊花。他问她为什么到这儿来，她说是帮一个亡友做超度，要连做七天。他说想不到她还信佛，她没有否认。蒋晋说自己是来帮逝妻请个牌位的，他最近梦到妻子了。她随口说那再请师傅诵经吧。蒋晋不置可否，突兀地问了一句："我们两个如果哪一个先走了，另外一个可不可以都帮忙找师傅做超度？"蒋晋的表情是严肃的，这个提议好不奇怪，刘四姐想他应该对伍丽晶说才合适，她一下都不知道怎么应对，蒋晋也没有等她的答复，转身走了，手上的黄菊花还掉落了一朵在地上。刘四姐想蒋晋大概是心情不太好，也许今天是他亡妻的忌日，也可能他要来跟逝者交代一下，要娶另外的女人了。

珊珊二十岁生日那天，莫风雷想提前下班带女儿在外头逛逛买几件衣服。刘四姐问他们是不是要在外头吃晚饭，莫风雷说珊珊想吃牛肉面，刘四姐笑着说："这孩子要求也太低了，我跟你们一块儿去，你们请我吃饭行不？"珊珊抱着刘四姐说："请你吃、请你吃，跟我们一起去。"刘四姐建议到花桥商场去，那儿衣服有得卖，面也有得吃。到了花桥商场先逛女装部，珊珊偏胖，年轻女孩的衣服没能找出她的码。珊珊依依不舍地在那些青春靓丽的衣裙前摸了又摸，悻悻离开。刘四姐有经验，带珊珊到布料专柜，让她挑喜欢的面料，珊珊挑了两块。刘四姐从手机上调出刚才珊珊摸过的那几款裙装，她偷偷拍了照，她问珊珊是否喜欢，珊珊点点头。刘四姐粗略算出布料尺寸，让售货员剪了布。刘四姐拿着布料跟珊珊说："放心，我能给你裁成你喜欢的样式，等半个月吧。"珊珊高兴地搂着刘四姐说："四姐是大裁缝师傅，如果不卖米粉，也能开店给人做衣服。""这嘴真会说话。"莫风雷说："四姐费心了，我们请四姐吃面去。"

在面馆坐下，隔着玻璃窗能看管灵爽福奶茶店的一角，刘四姐让莫风雷先下单，她去去就回。奶茶店没什么生意，一个服务员正在看手机，她要了三杯奶茶。"你们老板娘呢？""不知道。""就你一个人在岗，上厕所怎么办？""上厕所就挂牌。"服务员推出一块木牌子，上面写着"马上就回"四个字。看来管灵雇一个员工有一段时间了。"生意怎么样？"服务员笑而不答。刘四姐带了三杯奶茶回去，珊珊认出是"螺蛳姐姐"店面打广告的那一款奶茶，接过来喝了一大口说："如果'螺蛳姐姐'卖奶茶一定好卖。""为什么？""米粉是辣的，吃完再喝上一杯又冰又甜的饮料，会有做神仙的感觉。""我们家的米粉一碗十块,一杯奶茶十二块,我觉得吃十块钱的米粉就有当神仙的感觉。"莫风雷赶紧批评珊珊:"这么喜欢吃甜的,还没长大吗?"

今晚上莫风雷比莫珊珊还要兴奋,脸色红润、说话大声、妙语连珠。刘四姐知道那是因为他们现在这样子像极了一家三口。在她的眼里,珊珊和她的孩子没什么区别,她看着她长大的,她成天和他们父女待在一块儿的时间比谁都要长。珊珊问她要不要在面里加点醋,她点点头。珊珊起身去取,肥硕的身体不太灵便的步伐,经过之处,引人侧目。"风雷,好好经营'螺蛳姐姐'这个牌子,我会立个遗嘱,有一天我不在了,这个品牌会留给珊珊,我相信她能守得住,你放宽心,珊珊将来会衣食无忧、平平安安的。"莫风雷从未想到刘四姐会给他们父女这么大的福利,他这段时间一直为自己把珊珊留在店里的私心感到羞愧,他嘴唇动了动,感激和推辞的话都未说出口,眼泪已流了出来。珊珊把醋拿来放到刘四姐的跟前。"咦,爸,你怎么哭了?""你长大了,爸高兴。""来,奶茶当酒,我们祝珊珊健健康康,长命百岁!"

莫风雷在北海的亲戚捎带了几箱海鲜来,莫风雷让刘四姐给彭中兴带两箱,儿子爱吃海鲜,刘四姐就没推辞,打了车给儿子送到家里去。有很长一段时间没上儿子家去了,儿子这段时间好像总是出差,母子俩就偶尔在微信上说两句话。管灵和刘四姐更是少联系,刘四姐看管灵的朋友圈发得勤快,每天都有励志篇章和人生感悟。不是亲生骨肉,总是隔着一层,刘四姐看管灵就是个爱耍小聪明又不太聪明的姑娘。

下午三四点的时间家里没人，刘四姐蹲在厨房里整理海鲜，看着不太新鲜的归一堆，新鲜的冻起来慢慢吃。弄完她想着还是给管灵打个电话，如果他们能回来吃晚饭，她就给他们把鱿鱼和濑尿虾做好。她拨管灵电话时，隐约听到有铃声在响，她循着声音寻找，发现声音来自儿子的卧室。管灵一直没接电话，难道是电话落家里了？她满腹狐疑拧开卧室的门，看到床上睡着一人，她走近了，那人似有觉察，回过头，正是管灵。管灵泪水婆娑、头发凌乱，左脸上还有一只清晰的掌印。看到婆婆，管灵迅速把头埋进毛巾被里。"你没上班，不舒服？"管灵摇摇头，不说话。刘四姐没再问，退出房来。她回到厨房，给儿子打电话，说带了海鲜过来，问他回不回来吃饭，儿子说晚上有应酬就不回了，听着语气平稳，不似有异。"如果不是什么重要的应酬就回来吃吧，管灵没去上班。"儿子的语气有些犹豫了："好吧，我尽量早点回去。"

　　刘四姐把菜做好，再次去敲卧室的门，让管灵起身吃饭。过得一会儿管灵出来，梳洗过了，换了一身衣服，头发披散着盖住半边脸。刘四姐指着几盘海鲜，让她赶紧吃，凉了就不好吃了。管灵说了句"谢谢妈"，坐下来拾筷子吃饭。海鲜让管灵的心情好起来，她夸这些濑尿虾一只只都有膏，吃得过瘾。刘四姐说是店里的老莫叔送的，冰箱里还存了很多，想吃随时自己做。管灵点点头。刘四姐想知道她脸上的手掌印是怎么来的，心里猜到七八分，不敢再往深处想。当年，彭有宝的家暴就是从一巴掌开始的，后来她的腿骨被砸裂，好几颗牙齿被打松动甚至打脱，那些伤口用了二十多年才渐渐平复。她的牙齿是她在自己身上花钱最多的地方，装了假牙，还做了烤瓷。在牙齿完全修复之前，她一直做着循环噩梦，男主角彭有宝一次又一次在梦中摧残和踩躏她的肉身。她确信口腔是将噩梦释放出来的门户，残缺的牙在夜里让那些黑色的、灰色的梦境滑出来，把她拽入深渊。直至有一天她在牙齿诊所的大镜子前，张嘴看到两排齐整咬合的牙，她才放心了，噩梦再没有了穿越的门户，她冲自己笑了。

刘四姐还想到了遗传和传染这两个词语，她有些后悔放任儿子与彭有宝保持联系，就算基因里没有遗传，最后也被传染了。吃完饭，她收拾碗筷，管灵抢过去，让她去看电视。刘四姐难得拿一回遥控器，随便打开，是一档综艺节目，好些漂亮的明星在比拼才艺。管灵洗完碗也凑过来看，评价某女过度整容，脸瘫了，再评价某女长了一副清纯像，其实就是个"烂货"。"烂货"这个词刘四姐听得有点刺耳，她觉得这个词非常粗俗，不应该是管灵这样的美人说出来的，更不应该是她的儿媳妇说出来的，她知道另外有很多词是这个词的同义词，比如说"绿茶婊""狐狸精"，用这些词都没有"烂货"这么低级。不过，管灵能这么投入地看电视，想来对脸上的巴掌没有那么在意了。儿子在这个时候进门了，管灵装作听不见动静，她起身问儿子吃了没，海鲜还有。儿子凑到饭桌边说晚上没吃好，拿起一只虾啃起来。她移步过来陪儿子吃饭，管灵回卧室去了，儿子当没看见，连啃了几只虾，赞母亲手艺好。刘四姐说是海鲜好,她就放清水煮,一点佐料都没放。看儿子拿起盘中最后一只虾,刘四姐说:"你打管灵了?""她跟你说了?""我没问,她也没说。""是我打的。""她在外头有相好了?""没有。""那还有什么事能让你动手?"儿子没吭声,默默把虾吃完。"彭中兴,你受过高等教育,不是流氓!""管灵,你出来,你来跟我妈说说,我为什么给你一巴掌?"彭中兴气恼地朝着卧室的方向喊,刘四姐听得心惊。管灵很快跑出来,神色惝恍地走到刘四姐跟前说:"妈,我对不起你,我把你给的鸡血石卖了。""卖了?祖传的东西你怎么就卖了呢?""奶茶店亏损得厉害,我想继续开下去,中兴不支持我,我只能把石头卖了维持运营。""那现在赚钱了没有?""没怎么赚,持平吧。""我早就说过不要弄这些玩意,天天跟我闹,好了,开不下去还死撑。"彭中兴吼道。"管灵,你这就不对了,这么大的事应该拿出来和家里人商量,不是自己做主,这样家庭矛盾不就出来了吗?我去看过你的奶茶店,没什么特色、没有优势,现在说这也没什么用了,我建议尽快止损吧。""早就让她这么干,不愿意呀,到现在我都不知道到底亏了多少。""中兴,开奶茶店这事肯定是你同意的,不然开不起来,现在开不下去了,你也有责任,你不是搞企业的吗,你有没有给她做过分析好好谋划过?你的能耐就是打人?"管灵一听婆婆为她说话,马上搭了顺风车:"妈,他今早上一巴掌打上来,我都想跳楼了。""跳啊,你倒是跳啊?想想你说过什么屁话?你说亏这点钱算什么,以前有人给你开美容院送房子你都没嫁,好像嫁我算是便宜我了。""停,在我面前就不要吵了，亏的钱亏了就亏了，管灵你愿意把奶茶店关了吗？""愿意。"管灵答得还挺快。"你把鸡血石卖给谁，过后把买家信息详细发给我，你以后不要再想做生意的事，你把精力花在家里更合适，钟点工就没必要请了。中兴，你还想和管灵过吗？还想过就给她认个错。"彭中兴有点不甘不愿地说："行，我错了，以后不会了。"

从儿子家中出来，刘四姐觉得两边太阳穴胀痛，耳朵边吵吵闹闹的。管灵这事出来，她觉得是好事，年轻女孩都爱折腾，这次亏了就长记性了，以后安心过日子，只是儿子出手打人让她的心一直悬着，她竟然不相信儿子能管住自己今后不再动手打人，她隐隐为管灵担忧起来，她无法想象这么漂亮的一个女孩要遭受她以前遭受过的。脑子里想着事，又走过了一个公共汽车站点，她没力气再往前走，一转身，迎面而来的是蒋晋和伍丽晶，俩人正手挽手散步呢。刚经历儿子的糟心事，她对这对半路夫妻生出一份幸灾乐祸。儿子和管灵难道没有手拉着手吃饭都舍不得放开？难道没有眼睛看着对方流出蜜来吗？难道没有私下里的山盟海誓、天涯海角？她难道没有跟随彭有宝走南闯北、患难与共？都曾经美好过，就看谁能扛到最后了。她没有避开，更没有装看不见，她迎上去说："小两口散步呢？"

八

听到管灵怀孕的消息，刘四姐很高兴，这应了她的想法，折腾到没得折腾，心就安稳了，安稳了就安心生儿育女了。这次管灵又是怀了两个月才发现，好在没出什么意外，这被打了一巴掌没有引发流产离婚惨剧的情况让刘四姐谢天谢地了。管灵怀孕到八个月，把自己母亲接来了。刘四姐让儿子请客，与亲家母在外头吃了一顿豪华大餐。"往后这段时间得辛苦亲家母了，伺候坐月子太不容易，我预定了一个金牌月嫂给亲家母当帮手。"亲家母不像是个能说话的，只说照顾自己女儿天经地义，看儿子的神色，轻松愉快，想来和管灵之间已经和好如初，但愿成为父亲之后，更加成熟稳重。两月之后，孙女出世，大名彭欢语，小名欢欢。有月嫂和亲家母的照应，刘四姐很轻松，上门纯粹就逗弄孩子玩耍。月嫂按常规只做一个月，刘四姐掏腰包订了三个月，三个月做满换了另外的保姆，薪水降了差不多一半。

欢欢八个月，亲家母要走，刘四姐万般感激，准备了一个红包。儿子瞧见了，问她是不是红包，她说是。"你以为她免费来帮看孩子的吗，说我小舅子要结婚，让我们赞助二十万元买辆车。"刘四姐一听，对亲家母的好感顿时消失殆尽："凭什么呀，结婚最多给个红包，哪有这么强要的，她照顾孩子辛苦，可以给她付工钱，一码还一码，参照金牌月嫂费用，一个月八千。""妈请的金牌月嫂和保姆才是干活的主力呢。""管灵是什么态度？""这次她没有向着她妈，和她妈也生气呢。""她还在哺乳期，你别让她为这种事烦心，会影响孩子的。""知道了，我会处理好的。"亲家母走后，刘四姐往儿子家里去得勤快了些。欢欢虽然有保姆看着，管灵上班以后刘四姐担心没了监督，保姆不尽心，她经常不定时地杀上门去，算是搞突击抽查。

"螺蛳姐姐"又拿了一个奖，全市十大优秀传统食品奖，颁奖典礼轰轰烈烈，有电视台的采访，有市长来亲自颁奖，还有三万元的奖金。颁奖仪式结束后有个晚宴，刘四姐与其他获奖者相谈甚欢，喝了点酒，走出酒店时冷风一激，好像脸更热了。她没有打车，悠悠哉哉地借着一股酒劲逛回到自家楼下，自从腰伤后好久没这么逛了，不敢走太久，怕引发旧伤。

家门口猫着一个人，脚边还有一只礼品盒。从花白的头发上看，年纪不小了。花白脑袋抬起来，冲她笑了笑，脸上皱纹深深浅浅，像开挖过的菜地，眼睛浑浊，嘴角耷拉。"你有应酬啊？"让刘四姐猜一万次，她也猜不到彭有宝会出现在自家门前。这坏人变老怎么看起来这么可怜巴巴的？她没有回答，把刚才掏出来的钥匙放回包里。彭有宝把礼品盒拎了拎说："知道你肾不好，给你买了这个。"她想肯定是儿子跟前夫说的，他还会关心自己肾好不好？当年他一腿踢到她腰上，让她尿血了几天，这怕是忘干净了。"有事吗？""没什么事，好久不见了，想来见见你，我现在有孙女了，全亏有你呀。""如果没有什么事你请回吧，我要休息了。"彭有宝没有再纠缠："好，你早点休息吧，改天我们吃个饭。"他进了电梯，礼品盒还留在原地，她没有喊他回来拿的心情，更懒得碰那东西，打开房门进去，把门快速反锁上。她坐下来时，耳边犹自响起刚才彭有宝留下来的话，"改天我们吃个饭"，看来他近段时间都在柳州，肯定和彭中兴联系过了，说不定还去过儿子家，抱上欢欢了。想到这刘四姐就气不顺，这老家伙脸皮怎么这么厚，他有什么资格享受儿孙满堂的欢乐？借着酒劲，刘四姐拨通彭中兴的手机。"你见过彭有宝了？""见过，他回来一阵子了，姑夫去世了。"这个姑夫就是当初那个罐头厂的厂长，刘四姐和彭有宝的姐姐姐夫从一开始就没什么来往，彭有宝娶她那会儿，他姐夫还在坐牢，他姐姐压根就没拿正眼瞧她，仿佛她弟弟就算是坐过牢也不应该娶个乡下姑娘。彭中兴和他姑姑也有来往，毕竟都是姓彭的，她倒成外人了。"你少跟彭有宝说我的事，我不想见他。""妈，要我说现在你们年纪都大了，过去的事就算了吧，犯不着一见面还像仇人，你们中间还隔着个我呢。""哟，我让你难做人了？彭有宝给了你什么好处，值得你脚踏两只船？你认他就好，别认我！"刘四姐把电话挂了，再不挂要爆粗口了。优秀传统食品奖的奖杯还拿在手里，她一个小时前还对着摄像机发言，算得上是个公众人物了，行事说话要有风度要体现素质。她默默坐了一会儿，把奖杯从盒子里取出来，认真看上面印刻的字，再放回去。

  第二天刘四姐出门有点晚，彭有宝带来的礼品盒还在门外，她拿起来看里头是一条保健护腰带，放进屋里去了。她赶到店里，发现彭有宝正在和莫风雷聊天，他们是旧相识了，她没搭理他们。她把昨天拿到的奖杯摆在店面正中的展示橱窗里，那里头已经有八九个奖杯了，记录的是"螺蛳姐姐"一路走来的光荣。莫风雷跑过来，摸了摸奖杯说："我们的'螺蛳姐姐'又获奖了,今天店面搞个优惠活动当庆祝?""行,你赶紧上楼写个告示贴出去,就说为了祝贺'螺蛳姐姐'获得优秀传统食品奖,今天进店消费一律打七折。"珊珊说:"网上是不是也得出告示呀,下单的可能会倍增呢。""这个就交给你了,小姑娘。"大家都领了任务忙去了,彭有宝跟在莫风雷屁股后头,帮莫风雷打下手。他们把告示写了贴出来,刘四姐发现告示共两份,一份是优惠活动的告示,一份是专门广而告之"螺蛳姐姐"获奖的告示。刘四姐知道莫风雷没有这么灵活的心思,这主意一定是彭有宝出的。今天店里的客人比平时要多出许多,网上的订单也多了一倍,彭有宝帮忙收拾脏碗,帮客人端米粉,忙得一点儿没把自己当外人。他还能跟顾客拉家常:"辣度合适吗?""要不要再加点酸笋?""今天打折要不打包给朋友带一份?"店里的员工好像都知道彭有宝是刘四姐的前夫,他们好奇而又欣赏地看着彭有宝。刘四姐实在是不想眼前有这么个人在晃,走到彭有宝身边低声说:"我这里不缺人手,你快走!""我就过来和老莫叙叙旧,顺手帮个忙,又不搞破坏活动,你别太紧张哈。"刘四姐只能随他去了。没承想,这家伙天天来,刘四姐有两三天还避出去了。她想这事没这么简单,就算彭有宝是回来探亲,闲得没事也犯不着天天到店里来看她的冷脸,这家伙肯定是打了什么坏主意,坏店里的生意不至于,会不会是想和她重修旧好,老鸟归巢?这个想法把刘四姐吓得要出心脏病了,半天才恢复正常思维。她和彭有宝分开早已恩断义绝,再加上十来年不见面,死灰复燃完全没有可能,可彭有宝也不是吃回头草的性子，她想到这心稍定了些。

彭有宝在"螺蛳姐姐"简直如鱼得水，他做了几款饮料，绿豆冰沙、酸梅水、薏米枸杞水，店里的员工尝了都叫好。莫风雷拿给刘四姐尝，刘四姐尝了确实好，她尝出这几款饮料彭有宝用的都是黑糖，还都放了她喜爱的陈皮，比其他店面的同款饮料口感要好出许多。见刘四姐没有反对，莫风雷开始售卖这几款饮料，一改"螺蛳姐姐"只卖瓶装饮料的习惯。彭有宝还是和年轻时一样有经济头脑，在这方向刘四姐承认她有不如他的地方。她一直求稳，这些年不少人来找她合作开分店或者做连锁，她一律拒绝了。她想如果"螺蛳姐姐"做了连锁，她不能保证各家门店的味道和质量都和现在这家一样，到时候把整个品牌砸了后悔都来不及。踏踏实实做好一家店已经够她忙了，钱也够用，她不愿意再旁逸出去给自己找事，算是管住了贪心。彭有宝到店里来转得几天，竟然把莫风雷给说活动了，莫风雷来找刘四姐说可以在城东找个合适的地方开一家旗舰店。如今城东那一带商业区有几个大商场，人流量大，好几个品牌的米粉都在那儿开有分店。"人流量大，房租也贵啊，赚来的还不知道抵不抵房租呢？""我亲自去考察了，那儿米粉店的生意都不错，卖螺蛳粉的也有，你猜人家一碗螺蛳粉卖多少？"刘四姐摇摇头。"贵的有卖到一百多块的，最便宜的也要二十块。"刘四姐本来不信，彭有宝凑上前来说他去吃过了，味道不如"螺蛳姐姐"，但店面装修和其他小菜比"螺蛳姐姐"更有品位。刘四姐见彭有宝插嘴，就不太爱听，彭有宝照样说得唾沫横飞，

"就拿饮料这一块来说,人家除了罐装饮料,还自制各种水果饮料和奶茶、果茶,消费一下就上去了,我给我们家配的绿豆冰沙酸梅水才卖三五块一杯,人家的饮料都卖十几二十的。"刘四姐没听完,出门去了,留给彭有宝一个拒绝对话的背影。

她在街上逛了一会儿,打车前往城东三和广场,找到彭有宝他们所说的那家螺蛳粉店,店名叫"快乐老家"。"快乐老家"够宽敞,面积足有两百平方米,中央空调,分几个区,墙上挂有米粉生产的流程图,是用了心思的。现在是下午两三点的时间,不是饭点,但至少有一半座位坐满了,刘四姐里外走了一遍。顾客很少只点米粉,一定配上饮料或是配菜。配菜的种类就太多了,烧鹅、叉烧、烧肉和各种海鲜,这一对比,她店里那些小菜确实上不了台面。她找了张桌坐下来,认真学习桌上的菜单,是有160元一碗的"海底捞",配有大虾、螃蟹、鱿鱼、生蚝。她点了一份68元的套餐,米粉配一小碟烧肉,一杯甘蔗汁。十分钟以后,服务员把粉菜上齐了。她迫不及待拿起筷子品尝,烧肉皮不够脆,甘蔗汁有半杯是冰块,至于螺蛳粉的汤水不值一提,可就这样,顾客掏了68元。要挣68元,她的"螺蛳姐姐"得卖七碗米粉呢。刘四姐愤愤不平时,彭有宝在她对面落座,笑眯眯地说:"比我们'螺蛳姐姐'差远了吧?现在的人就爱赶时尚,好像消费得越贵自己越高级一样,店面越卖出天价,菜品越能吸引人,'螺蛳姐姐'要卖,最贵那一款就取名'财神到',要卖888元。""888元?人家上饭馆都能大吃一顿了,干吗要来吃你的米粉!""这要的就是个炒作的噱头彩头,'财神到'可做成供三到四人消费的套餐,我都想好了,用小鲍鱼当钱币,小章鱼当元宝,摆盘绝对好看又有品,这造型、这名头一出来我保证能上本地新闻。"彭有宝还是如当年一样有说服力,刘四姐也还是如当年一样,对彭有宝的生意经除了佩服还是佩服。她现在是恼了这个人,心里憋着劲,要跟他对着干:"我没钱搞这么大的阵仗。""'螺蛳姐姐'这么好的品牌资源想贷款就是分分钟的事,你还是弘扬传统文化的优质商家呢,顶着这么一大顶高帽只开一家小店太可惜了。""年纪大了,不想劳累了。""有科学家研究证明,年龄就是人类给自己的心理暗示,你认为自己老了就真要老了,若不以为自己老就不会老,难道六十岁就该吃饱了甩手散步在孙子屁股后头跑?四姐,你是一块璞玉,以前找你卖汽水我就知道你有无限的潜能,别笑,真的,你自己都不知道自己有多大的能耐,你真要甩开膀子干没几个人能赢你。我跟中兴说过,你别以为你一个工商硕士有什么了不起,你妈虽然没上过几天学,但要让她干你们集团的董事长,她照样能胜任。"

从来没有人对刘四姐说过这些,刘四姐觉得挺滑稽的,这个曾经无情摧残她的人无疑是最懂她的人,如果她真是一块璞玉,他就是第一个把她从土里挖出来打磨的人。儿子说过老妈开米粉店就是为了打发时间,还说米粉店是小打小闹的小贩行业,难道他不了解,是老妈卖米粉养活了他,还给他置办了房产?管灵以为人人都可以开店,开个奶茶店不是赔钱倒闭了?老娘若是要玩大的,孩儿们你们只能跟在后头吃尘土。这个年纪积累了大把的经验，心态打磨得平整光亮，若不放手大干一场，岂不是浪费才华和资源？在那样一个下午刘四姐作出决定，她要开一家旗舰店——"螺蛳姐姐"旗舰店。她没有否定彭有宝的功劳："彭有宝，你的想法我采用了，回头给你付版权费。"彭有宝咧开嘴笑，一口乌黄的牙，多年的烟垢给他的牙齿上了锈。男人的不洁净让她反胃，她庆幸她对他的厌恶不消失。彭有宝显然有点得意忘形，他开始赞美刘四姐："四姐，你的牙真好。"刘四姐的牙再一次经历被打脱的疼痛，有的人你不跟他开撕，他是不会认识到这世上真有永生难忘这回事。"我把牙整得这么好，是因为我想有一天要咬死你。"刘四姐恶狠狠地向彭有宝龇了龇牙。彭有宝一瞬间想起曾经做过的恶："四姐，过去的事我从来没有跟你道过歉，今天我跟你道歉，我错了。"刘四姐站起身说："你的道歉可真有诚意，被逼出来的吧？我不接受。"

　　刘四姐没有拖延，她决定的事就立即着手准备，她找相关部门打听，像她这样的优质品牌要开分店或是扩大规模，贷款一点问题都没有。按照某商会领导的原话，她这么做还有助于螺蛳粉文化的传播。刘四姐摸清楚心里有底了，才开始贷款找门店。这期间彭有宝消失了，她想他是回家去了，他有他自己的家，在柳州不过是暂住。她和莫风雷最后敲定的门面前身是一家咖啡厅，原来的装修部分可以用得上。在讨论装修时，莫风雷用手机给刘四姐传了一份装修草图，这个方案给店面设计了一间螺蛳粉博物馆，在里头展示螺蛳粉的发展历史，等于是个小作坊，还设有产品专柜。这简直就是个闪闪发光的"金点子",有了这么一间螺蛳粉博物馆,这家旗舰店不仅是"螺蛳姐姐"的旗舰店,就是所有螺蛳粉的旗舰店都担得起。莫风雷看刘四姐这么欢喜,没有贪功,说这些图纸是彭有宝设计的。"他还会这个?""听说他这些年在外地都是帮人做装修设计呢。"刘四姐采用了彭有宝的方案,店面在装修中,彭有宝又从外地回来了。刘四姐对他敌意减轻,让他参观新店面,提意见,彭有宝二话不说,直接成了监工。

刘四姐忙得不可开交,要招聘新人,公司还要考虑几款成品的生产和上市,袋装螺蛳粉是最先要推出的,后续还要推出各种醪糟酸成品。新门店的很多事情彭有宝主动承担了,除了装修,到后来的桌椅板凳碗筷杯碟的设计和采购彭有宝说什么就是什么,刘四姐一是管不来,二是相信彭有宝的能力。招人培训人她得亲力亲为,店是死的,人是活的,她得把人培训好。很少过问店面事情的儿子竟然给她整了一个培训方案,导师请了四个,十天培训时间,刘四姐自己也是导师之一,负责讲"螺蛳姐姐"的历史和现实案例。儿子破天荒用自己的关系把几位导师请来,这些人在业内都是有些名声的,刘四姐有了众人相助的感觉,做一番大事业的豪情在胸中澎湃激荡。她把伍丽晶的重新归来也归于这一范畴。伍丽晶那天在老门店等了她许久,她在外头办事,路灯亮了才回到店里。伍丽晶和珊珊一边收拾一边聊天,看见她迎上来说:"四姐,新店快开张了吧,我看你忙瘦了一圈。""是啊,要知道这么累我就不干了,这真是吃饱了撑的。"嘴里这么说,刘四姐可是精神焕发,中气十足的。"旗舰店招了多少人啊？""上上下下四十多个。""妈呀，养这么多人，姐真有大企业家的气魄，我预祝咱们家的新店生意红红火火。""谢谢了。"刘四姐进厨房喝了几口水出来看伍丽晶还在忙，问她怎么有空跑这来，不和蒋晋饭后百步走了。伍丽晶没答她，一张笑脸瞬间塌方，抬手抹了把泪。"哟，这是怎么了？""姐，我现在又是一个人了。""矫情，这年纪别动不动玩分手的戏码，互相搭伴儿过日子，心放宽一点。""蒋晋半月前突然中风，你说这人身体好好的，一早起来就半身不遂了。""啊，蒋晋那身体不该呀，这人真是说不准，你不会是把他给甩了吧？""我能怎么办啊，我连自己都养不活，怎么伺候别人。姐你可怜我，就让我回店里来呗，我在这儿做习惯了，你们都是我的亲人，和你们在一起心里才踏实。"珊珊在一旁说："四姐，让伍姨回来呗，她跟我忙一个下午了。"看珊珊那胖乎乎的脸蛋，想来吃了伍丽晶不少糖衣炮弹，就算是没吃，刘四姐也不会拒绝伍丽晶的请求，她都能开这么大一间店面，又怎么容不下一个人？

九

旗舰店开张那天，是刘四姐人生当中的高光时刻。祝贺的花篮摆满店外，多家媒体的摄像机早早安放好。刘四姐一身宝蓝色的壮家衣裙，梳着椎髻，扎了花布头巾，胸前挂着叮当作响的银饰。山歌队的老友们也都穿着盛装来捧场，坐唱的只有她一个，其他的都是陪唱的。男歌手一个个轮番上台对歌，是车轮战也是表演赛，观众当中凡自告奋勇上台来与刘四姐对唱，且顺利经过一局的，奖励一张贵宾卡，可在店内消费888元。不少观众跃跃欲试冲上台去，拉开嗓门就唱，刘四姐是能控场的，时不时放一人过关，让参与者拿到贵宾卡欢天喜地地向台下人展示，赢得欢呼声一片。对歌环节结束，刘四姐一边唱山歌，一边亲自煮米粉招待顾客。第一天顾客消费全部打六折，店内坐满了人，店外头还排着长长的队伍。长长的队伍有山歌队唱山歌送茶水，人排多久都乐意。从开张那日起，旗舰店的生意就很火爆，那款888元的"财神到"套餐店里一天能下十来单。如彭有宝所料"财神到"被媒体争相报道，作为老品牌与时俱进的典范，被谈论了相当长的时间。功臣彭有宝没有请功，也没来参加开张庆典，他又消失了。

　　刘四姐过生日，彭中兴要在酒店摆一桌，刘四姐由着他去没管，到了酒店后看到彭有宝，说是刚回柳州，这种情形下主角刘四姐只能坐下。彭有宝抱着欢欢不撒手，一张老脸贴着一张小嫩脸，亲个不停。仔细瞧，欢欢长相随彭有宝，大眼睛圆鼻子薄嘴唇，彭有宝借欢欢的口称刘四姐为奶奶，自称为爷爷，彭中兴和管灵管他们一个叫爸，一个叫妈，这任谁看了都是和和美美的一家人。寿宴结束，儿子开车送刘四姐回家，彭有宝自己打车走，到这个点上，才显出各回各家，天下没有不散的筵席。在车上，儿子问刘四姐有没有想过和他爸和好，"什么屁话，能同桌和他吃这顿饭是给你面子，还能好到哪去。"管灵"扑哧"笑了。"妈,我看爸对你还是有感情的,你这么多年没伴,肯定是没有合适的,现在爸想回柳州养老,你就原谅他呗。"刘四姐听管灵这么说立时警惕了:"他跟你们说什么了?"儿子说:"爸在外边这么多年,想回柳州,落叶归根。你们能和好,对我们来说是天大的好事。""这天大的好事千万别扯上我,你们以后再自作聪明搞撮合,别怪我翻脸。"

听儿子说彭有宝要回柳州养老,刘四姐没来由地就烦起来,她也不知道自己烦什么,柳州是彭有宝的老家,人家要回来天经地义,和她没有半毛钱关系。可这一来,这家伙肯定会经常出现在自己的视线里,这半年来老店新店彭有宝来去自如,不知内情的都当他是老板,刘四姐只是老板娘,她没有澄清的原因是不想人们因为好奇去挖掘更多的内幕。她提醒自己往后要打起精神,不能让彭有宝有空子可钻,早觉得这人不可能无事献殷勤,原来是为了自己回来铺路呢。

旗舰店聘了一位有经验的经理,再配两名副经理,其中一名副经理刘四姐让伍丽晶去当。伍丽晶怎么都没想到自己能到新店去当一名副经理,她在刘四姐跟前又抹了眼泪,感谢四姐对自己的信任,原本就想在老店做到老,新店这么排场她怕是上不了台面。刘四姐说老店新店除规模不一样外没什么区别,让她去当副经理是因为她是自己人,这么大一个店面没有一个自己人她终归是不放心的。伍丽晶的眼泪流得更欢腾了,抬手"噼噼啪啪"扇自己的脸跟刘四姐忏悔,说她跟蒋晋好是她做过最后悔的事,那时就是鬼迷心窍发了情。刘四姐拍拍她的肩膀说："妹子，如果你能和蒋晋白头到老我就是半个红娘，也算功德一件，可到头来一场空，你也没捞着好，以后这事不要再提，早过去了。蒋晋现在怎么样，平时谁照顾？""听说他儿子给他雇了个钟点工。""别听说了，你有空就去看看人家，毕竟好过一场，人家不可能赖上你的。""这多尴尬呀，见面都不知道说什么好。"

刘四姐抽了一个中午到蒋晋的住处，仰头看阳台上的几盆花草，花草说不上郁郁葱葱，但也没有一盆是枯黄的，刘四姐心里稍稍轻松了些。她没提前打蒋晋的手机，这么来访也许不是那么明智，她只是记得他说过的那番话，来做个了结吧。她敲了敲门，意外的是，门不一会儿开了，是蒋晋亲自开的，人坐在轮椅上，右边身子歪斜，右手也耷着，开门用的是左手，费了一些力气，手微微颤抖着。看到是刘四姐，蒋晋两只眼睛盯着人转也不转，不知道是吃惊还是木讷了。刘四姐扬扬手里的袋子说："给你送点水果。"蒋晋应该是笑了笑，脸痉挛了一下，吐出含糊不清的"欢迎"二字。她把轮椅往里推，路过餐厅，看到桌上摆了两只饭盒，有一只饭盒盖已经打开了，这时间是午饭时间，电视是开着的，正在播一部武侠剧。"准备吃午饭了？你这午饭和晚饭都是提前做好的？"蒋晋"嗯嗯"回应。她摸了一下饭盒，饭菜都凉透了，估计钟点工是早上来把饭做好就走。她把饭盒拿到厨房里的微波炉热了热再拿出来："趁热吃，你这手用微波炉应该没有问题吧，还是热了吃好，别再把肠胃给整坏了。"蒋晋没动手，她把勺子放到他手里，他又放下了。"说说——话,先——不吃。""好,那我给你剥个橘子,我买的是苹果和橘子,橘子要剥皮,你让钟点工给你剥好。"她把一个橘子剥成一小片一小片地放到一只小碟子里。"蒋晋,像你这样,我觉得不如住到养老院,随时有人照顾,你的退休金应该够费用的,市里两家养老院我都熟,要不我帮你联系?""工资卡——儿子——拿了。""这套房子是你的吧?我要是你,就把房子卖了,住养老院高级病房去。"蒋晋的眼中闪着泪花,流露出示弱的信息,她知道,他做不来这样的事,房子最终是要留给儿子的,他只能在这屋里逐渐老去。"好吧,有什么需要我做的,就告诉我一声,打电话、发信息都可以。""记住——西来寺——说过的。"刘四姐当然不会忘记,她今天来正是因为她记得。那一天在西来寺蒋晋说如果他们当中的任何一个先走,另一个就帮忙找师傅诵经,那时她就觉得怪异。"为什么是我?""你是朋友。"最后这句话蒋晋顺畅地说出来,带着坚决和不容置疑。刘四姐心里涌上来万千感慨,她知道自己没有那么好,她不仅仅是为了探望蒋晋来的,好像也是为了显示自己大度来的,蒋晋的话让她惭愧了,无论他有没有选她当伴侣,他心中都是把她当朋友的,而且还是可以托付的朋友。

　　陪蒋晋吃完午饭刘四姐才回到店里。莫凤雷问她吃过午饭没有,她摇摇头。彭有宝抢着给她煮了一碗粉,拿出她爱吃的鸭掌。他一块坐着吃,识趣地坐到相邻的另一张桌上,他吃的是粥,给自己炒了一盘芥蓝。"我昨天嘴馋吃了点辣,一晚上胃痛得难受。""你肠胃一直就没好过,喝酒喝出来的,活该。""早戒了。""戒了好,到了这年纪就是比赛谁长寿了。"刘四姐还在想蒋晋的事,如果能帮蒋晋办到养老院就好了。"四姐,我想回柳州养老。""你家就在这儿,回来好啊。""我正在办离婚,对方要五十万元赡养费,我筹了二十万元,想来想去只有你能帮我,你能不能借我三十万元?""呵呵,三十万元,你真好意思开口,我孤儿寡母这么多年来没找你要一分钱,你倒来找我要钱?"这没皮没脸当她是白痴还是花痴?刘四姐觉得彭有宝敢这么跟她提出想法已经是对她的侮辱,看来这阵子她太给他脸了,他给"螺蛳姐姐"出力为的就是这一出吧。"我是借你的,给你打借条,我回来以后打工还你,'螺蛳姐姐'若要我,我无偿打工,不要我,我找别的行当干。""你帮忙'螺蛳姐姐'做事,工钱我会算给你,只多不少。"刘四姐没有吃完,扔下碗上二楼去了。

  过了两日,儿子让刘四姐上家里吃饭,刘四姐警惕了,说那人在她不会去,儿子说没那人的份,是家宴,有喜事。刘四姐听了高兴,照例买菜去做了丰盛的一桌。彭中兴在席上宣布,他升职了,企业组建队伍开了一家新的公司,他要到新公司当二把手,一把手是由企业的一名副总兼任,他实际上就是新公司的一把手。这是件值得庆祝的事情,刘四姐和儿子干了几杯梅子酒,管灵举杯加入。"你还喝呀,论文有进展吗?一个中级职称对你怎么就这么难?""不是让你帮我找个枪手吗?""你长点心眼好不好,我能干这种事吗?传出去怎么办?做什么事从来就不愿意动脑子。"管灵虽然不服,又无言以对,低着头不说话，欢欢在一旁玩，手里的木枪敲到自个脑袋上，张大嘴哭喊起来。她过去把木枪抢来扔到地上，呵斥保姆："这种玩具以后不要让孩子玩，这不是培养暴力分子吗？"彭中兴冷冷抛一眼过去，低声对母亲说："撒气呢，这木枪是我爸买的。"刘四姐听了好笑，附和着说："买什么不好，买枪我也反对。""妈，你就原谅我爸吧，你帮他一把，他回柳州我们多一个亲人了，互相照顾多好。""你觉得他会照顾我们？""前些天我带我爸出去应酬，他不仅帮我挡酒，还特别能说，我们领导都夸他有水平。人总是会变的，爸老了，肯定早反省过了，你就给他一个机会，他回来多少能帮到你，这半年来他为新店开张不是出了不少力吗？我要负担房贷，要不我就赞助他了。""凭什么你要赞助他？他未养你小，你不用养他老。""我和他一个姓，不能不管呀。"

　　刘四姐其实已经被儿子说动，当年她一开始不愿意离婚，就是不想让儿子没有父亲，儿子在意自己的父亲，看来这么多年过去，彭有宝在儿子心目中的地位一直没有改变。她没有一份完美的婚姻，让儿子有父有母守在身边却是她能够做到的。她同意给彭有宝借二十万元，打了个折扣，并附有条件。彭有宝返回柳州后要在"螺蛳姐姐"旗舰店做保洁员不少于五年，五年期间无薪。彭有宝没有异议，还挺开心地说当保洁员好，能锻炼身体，能愉悦心情。无论说的是不是心里话，他打了借条，签了协议，拿走二十万元。

　　伍丽晶被经理投诉好几回了，说喜欢拉帮结派、说是非、破坏员工团结。刘四姐一听就知道不是诬告，伍丽晶仗着身后有她这棵大树依靠，副经理当得是颇为豪横，根本不把经理放在眼里。刘四姐计划等彭有宝把事情处理好，回来就顶替伍丽晶的位置，当副经理，而不是做保洁员。等了小半年，不见彭有宝的踪影，她问彭中兴怎么回事，彭中兴说那边有点难缠，需要时间，刘四姐就没问了。旗舰店的营业额虽说是老店的两倍，但还没达到刘四姐预期目标的一半，她可是跟银行贷了一大笔钱的。她这个时候真是有点盼着彭有宝赶快回来给支些新招。她经常参加新店例会，听经理汇报，听员工谈顾客反映的问题，她只要在店里，就会换上和服务员一样的衣服，做和服务员的一样的工作，帮顾客下单、上菜、收拾桌子。她想只要她工作在第一线，自然能发现问题，能学习更多的东西。很多人进店不仅仅是吃一碗螺蛳粉，还喝果汁、吃烧鹅，果汁怎么打出来好喝，烧鹅怎么烤出来更香，这个已经超出她的经验，她不会，她不想放手也只能放手。在这种时候，她体会到很多时候只能看结果，没有精力去跟踪整个过程的。

当刘四姐在旗舰店看到彭中兴和杨如景坐一块吃饭时，她体会更深，她是没有精力跟踪整个过程了，只能看结果。杨如景在她的记忆里已经消失了三年，突然再出现，她预感彭中兴和管灵完了，前次还能救，这次是救不了了。彭中兴不怕碰到母亲，坦然地招手打招呼。刘四姐冲儿子点点头，她没有过去，不想靠近这种不正当的关系。彭中兴往杨如景的嘴里喂了一块烧肉，杨如景拿起面纸替彭中兴擦了擦嘴。儿子带管灵到老店吃米粉的情景与眼下这个情景好像是按了重播键，刘四姐有些发瘆，她觉得这种重复有一就有二、有二就有三。她出到店外给管灵打了一个电话，问她在干什么，管灵的声音像是刚睡醒，声音有点哑，说欢欢昨天晚上发烧，刚好了些，她请假在家里陪着。刘四姐心里腾起一股小火苗，恨不得冲进店里把儿子揪起来扇上两巴掌，孩子病着还有心情和别的女人暧昧，就算是亲生儿子，她也忍不了。"管灵啊，孩子是两个人的，你让中兴也多陪陪孩子，不要把自己变成家庭妇女，都什么时代了。""妈，没关系，我一个人能行。"刘四姐知道指望管灵来按"暂停键"是指望不上了。

十

管灵脸胖了一圈，脸本来小，这么一胖，出双下巴了，脸色暗黄，黑眼圈重得跟画了眼影似的。欢欢前个月上全托，保姆就辞退了，管灵是下班回来自己带孩子。刘四姐有点惭愧，最近只顾着店面的事，孙女这头冷落了。虽说老一辈没有义务照顾孙儿辈，但大部分家庭都是老人帮衬着，若是没帮衬上心里总是有愧。管灵看孩子还是尽心的，煮了姜茶，欢欢嫌辣不喝，她一小口一小口柔声细语劝说喂下去了。感冒发烧她很少让孩子用药，感冒喝姜茶，咳嗽喝白萝卜水，退烧用冰敷，说这些是自然疗法，不伤孩子身体。刘四姐说保姆是不是不该辞掉，再雇一个。管灵摇头说不用，欢欢白天都在幼儿园，保姆在家里没什么事干。她职称评不上，没有职称工资不涨，搞不了事业就安心做好家庭主妇。彭中兴说了，她再不把家看好，就里外不是人了。管灵一边说话一边撕扯手指头上的死皮，应该不是死皮，扯下来一片血渗出来，她好像没觉得痛，再撕，又有血渗出来。刘四姐看不下去，摁住管灵的手说："你要不要戴个手套？"管灵意识到自己好像有点失态，赶紧把手握成了拳头。尽管管灵说话语调轻柔舒缓，但刘四姐听出了焦虑和自卑，这是一个自认没有事业的女人，心甘情愿地把重心放到家庭上，以此来换得一点存在的价值。"你要不上个什么班再进修一下，读个研究生文凭？我帮你请保姆，你安心学习，有了文凭，再写好论文，职称迟早会解决的，这么年轻怕什么！""我脑子笨，一看书就犯困，学不进去。"管灵打了一个哈欠，满脸的倦怠。刘四姐对儿媳妇没有恨铁不成钢，她惋惜的是眼睁睁就这么看着一个人滑下坡去，你呼救也好、伸手也好，滑坡的人还在睡觉。滑坡有自己的原因，也因为身边人不断地否定和打压。刘四姐很想跟管灵好好聊一聊自己的过去，但这个姑娘好像真是很困了，她让刘四姐看看孩子，她去眯一会儿。

那晚刘四姐在儿子家住的，陪孙女玩了一晚上。过了十二点儿子才回来，被她堵在客厅。儿子警惕地说："妈，你这么晚怎么还不休息？""管灵虽然有些毛病，但她是顾家的，过日子要一心一意，如果想着家里有一个，外头有一个，是搬石头砸自己的脚，传出去你还有什么前途？""妈，我的事情自有分寸，你就不要管了。"

彭中兴和管灵提出离婚，闹到刘四姐这儿来是有两件事悬而未决，彭中兴要孩子，管灵也要孩子，还有财产的分割，他们现在住的这套房是婚前财产，不存在争议，争议是他们自己买的两居室，那套房当时买的是期房，去年刚交房，原计划做个简单装修租出去，一直没装修也就没出租。刘四姐后悔当初不让在房产证上加上管灵的名字，若是加了，儿子想离婚是不是能多些权衡？再想想多半也是无济于事，儿子用管灵名字买的两居室不照样分割不清？婚后财产基本分割就是一个人一半，如果管灵带孩子，彭中兴应该大方点，把房子给女方，如果男方带孩子，女方房产照样有一半权益。彭中兴可不这么看，他分得很清楚，房产一人一半，存款一人一半，孩子判给谁，对方就按月付抚养费，如果管灵想要那套两居室，就先得把房款补给他。管灵自然是拿不出钱的，彭中兴说她连落脚地方都没有，凭什么养孩子。另外，当初付这两居室的首付，彭中兴管父亲彭有宝借了三十万元，有打借条的，借条上有彭中兴和管灵的共同签名，两居室若卖了，先要还这三十万元再谈分割。房子每月还在按揭，这么算下来，到管灵手上没几个钱。刘四姐从这件事上窥见了儿子的心机，当初她以为他的结婚是冲动的，用管灵名字买房也是冲动的，现在看来，他未必没有留有一手。至于跟彭有宝借了三十万元付首付，她是一点儿也不信，管灵竟然还在借条上签上自己的名字，不知道当时是怎么被彭中兴洗了脑。刘四姐不敢再往深里探究她一向引以为傲的儿子，她越来越发现这个儿子更随他爸。

刘四姐理不出头绪,想装聋作哑,不管这桩离婚的是非。可管灵找到她,撸起袖子露出乌青说彭中兴经常家暴,如果他不把孩子给她,不给她分一半房产,她就要告他。管灵手臂上的一道道淤青,将刘四姐彻底打落到暗无天日的深渊,落下去,再反弹上来,似是回光返照的亢奋。"管灵,我会帮你请律师,告彭中兴家暴,让他付出代价,争取你应该得到的利益。"管灵难以置信地看着刘四姐:"妈,你不用说气话,我不会真的告中兴,他怎么说也是欢欢的爸爸,他不爱我了,我也不想赖着他,但孩子是我身上掉下来的肉,我找您是想您为我做主,劝中兴把孩子给我好不好?""你既然相信我,我一定为你做主。"

刘四姐劝彭中兴把欢欢给管灵,反正肯定会再婚,会再有孩子,没有必要和管灵争,这点彭中兴接受了,但他不同意把两居室给管灵。"管灵就是个败家精,我要把房子给她说不定过两年就卖了,我扣下来也是为了欢欢,孩子我可以给她,抚养费我一定准时付,其他就别想了。""你想让她带着孩子租房子住?""孩子是她抢着要的,没人逼她。""你不怕她告你家暴,婚内出轨?""她敢,除非她以后不想要抚养费!再说了,谁手里又没有要命的证据?妈,你以为我在生意场上这些年都白混了?我们不用怕她。"刘四姐从儿子的脸上读到傲慢和冷漠,她的面前有一片雪花,雪花越落越密,把她淹没在一片冰冷的世界里。

她去见杨如景,在去之前她就预判这是一次被打脸的行动,但这是她能做的最后努力。杨如景打扮得很知性,细麻长裙、白丝巾，鼻梁上架一副眼镜，像换了一个人似的。这个姑娘未来可能会成为自己的儿媳，刘四姐心里有说不出的滋味，她觉得就像自己改嫁一样。"一个会打自己女人的男人，你认为和他在一起会有好结果吗？"刘四姐没有废话，直入主题。杨如景笑着说："以前中兴跟我说我还不信，现在我信了，阿姨，你不觉得你对自己儿子太苛刻了吗？这像亲妈能说出来的话吗？可怜中兴自小就缺爱，所以他才渴望得到真正的关爱。我和他是相爱的，他的缺点我都能包容。"原来儿子对自己有怨，自认缺爱，刘四姐像被剥光了皮的树，仍然挺立着，只是一丝丝的风都让她疼痛难忍。"姑娘，有些缺点不是包不包容的问题，它是致命的。""哈哈，你有创伤后应激综合征吧，中兴就是太缺爱了，才会有这样不合适的婚姻，我懂他，我们会好好的。""好吧，祝你们幸福。"

  与杨如景分开后，刘四姐奔出咖啡馆，快速登上一辆的士，她在车上丢盔弃甲，放声大哭。司机从后视镜里看她："大姐，你还好吧？""不用管我，专心开车。""门边上有纸巾。"她放开了哭，鼻涕眼泪糊了一脸，十来分钟后哭爽了、哭透了，她让司机找个合适的地方把她放下来。她走在大街上，眼泪不用擦，风一吹就干了。她和"螺蛳姐姐"的法律顾问通了一个很长的电话。过了几天她搬到"螺蛳姐姐"老店二楼居住，她住的那套房让给了管灵和欢欢。她做了一个公证，房子赠予孙女彭欢语和管灵。管灵拿到公证书抱着刘四姐痛哭："妈，我会好好照顾欢欢的。""我们一起来照顾。你这么漂亮，好好收拾自己,减减肥、练练瑜伽什么的,以后追的人大把抓,不过眼睛得擦亮点,要找个老实巴交的,要真的碰到合适的想嫁了,带孩子不方便就把孩子给我,我能照顾好。"管灵摇头说这辈子都不会再嫁了。刘四姐笑了:"年轻人动不动说一辈子,不到棺材盖上盖那天,谁有资格说一辈子呢?"

刘四姐只带了衣物和一些日常用品住到老店二楼。她想将来有一天住到养老院去,从家里带走的也就一只行李箱,现在不过是提前让她做好准备。老店二楼有大床有卫生间,家仅仅是用来盛装一个需要休息的身体,一张床足够了。早上洗漱完,下楼来到店面,煮点什么吃都方便,若不想煮,附近好几家卖早点的丰盛得很。锻炼更没有影响,多走几步路搭三站路公车就到龙泉公园。莫珊珊和伍丽晶偶尔会留下来陪她过夜,她带她们到公园参加山歌队的活动,唱完歌一块吃夜宵。珊珊总是说要减肥,她说吃完了再减。晚上她还是经常起夜,起夜后再睡着的概率较低。从一楼弥漫上来的螺蛳粉味儿经久不散,她闻着味儿想事情,想得最多的是自己年轻那会儿四处赶歌圩的情形。那时候真是精力旺盛,一大早天未亮起床,走十几里山路,到了歌圩唱到太阳下山还赶夜场,夜场能唱到天蒙蒙亮。如果困了靠着树背眯上一会儿就能再战,这样的歌圩能连唱七天。想着这些刘四姐的嘴角会情不自禁上扬,年轻真好啊,就像唱山歌一样随心所欲,大杀四方。

有天夜里,她起完夜回到床上看了一眼床头的钟,三点过半。睡不着的人能听到时间在走,像水流、像风刮,也像人的叹息。她闭眼默默数数,数了好几千下。有人上楼的脚步声打乱了时间流动的节奏,难道是珊珊?这大半夜的,不应该啊?莫不是小偷?刘四姐脊背如有蛇窜,人挺坐起来。一楼是店面,大门口有拉闸门,窗户平时是不开的,厨房有后门,专门装了防盗门,每晚上扔掉垃圾后莫风雷肯定会检查,保证关严实。二楼为了方便走动,在沿街搭了一个简易梯子,谁人都可以上来,虽说入口安了防盗门,但往旁边攀一攀,就能从阳台翻进来。人走动的声音停在隔壁,隔壁用作办公室,里头有一只半人高的保险柜。保险柜只有刘四姐和莫风雷父女能开,除了一些重要的文件,应急备用金放了一万块,再有的现金就是昨天营业收到的现金。现在顾客下单多是用手机付款,收到的现金不多,打烊后暂时存放在保险柜,第二天早上九点以后会拿到对面的银行存。刘四姐估摸着这笔钱不会超过三千块。她知道这人迟早会摸到她住的这间房,她不能束手待毙。她赤脚下地,拉开门就要往楼下冲,行动失败,那人已经堵在门外,从后头用胳膊卡住她的脖子,她被拖到隔壁,黑暗中一道寒光。他说:"你不怕刀捅就叫。"刘四姐闻到了一股熟悉的味道,虽然蒙着面,说话压低嗓子,她立时辨出是对面那幢楼,那个浑身烟味、精神不济,经常晚上打烊前才过来买米粉,蹭免费荷包蛋的小伙子。"把保险柜打开。"她顺从地把保险柜打开,他把她推到一边,把里头的东西全扒拉出来,用手电筒照了照,几本合同和一万多块的现金。他把钱装进事先准备好的布口袋里。"你应该找份工作,这钱用不了多久,天天吃粉也吃不了多久。"刘四姐知道这句话说出来意味着什么,对方的刀子极有可能马上刺过来,把她灭了口。她的冒失好像没有来由,又好像是因为对方是个几乎每天都光顾"螺蛳姐姐"的客人,她觉得他们是熟人,是可以聊家常说说话的人。对方愣了一下,盯紧刘四姐说:"我妈都不管我,你管我!"话音未落刘四姐被拍晕了。

刘四姐过得半个时辰醒来,头痛、手麻。她给莫风雷电话,没多会儿莫家父女赶来。他们在楼上的过道发现散落的一袋作案工具,里头有刀、有砖头、有扳手。莫风雷要报警,刘四姐摇头说她不想报警,她知道贼是谁,她描述外貌特征,莫风雷莫珊珊都知道是谁了。莫风雷说这种人不能留,有第一次就有第二次。刘四姐说对方当时知道她认出他了,没有对她下毒手,应该还有点人性,她想先跟小伙子谈一谈再决定后面的事。莫风雷看说不动她只得先张罗把二楼的阳台都装上防盗网。刘四姐嘱咐珊珊,这两天如果那个小伙子到店里来,马上通知她。事情办完,刘四姐躺床上继续休息,没在店面走动。小伙子头两天没见人影,第三天快打烊的时间来了,东张西望好像在找什么,伍丽晶接过他手中的搪瓷碗问是不是老样子,他说老样子,伍丽晶把碗搁到取粉的小窗前交代了一句。珊珊早已上二楼通知刘四姐。刘四姐下楼,米粉刚煮好,小伙子在小桌台边加配菜,米粉上仍旧卧着一只赠送的荷包蛋。小伙子看到刘四姐愣了一下,端碗向另一边走。"小伙子,吃了我家这么长时间的米粉,提提意见呗。""好吃,好吃。"小伙子没有放慢脚步。"前两天我说的话你有没有考虑?"小伙子停下脚步,压低声音对刘四姐说："你的钱要不回来了，我已经充值买游戏装备了，你要报警就报警！""你十天半月也不换件衣服，一身烟臭味，给自己买两件衣服也好呀，弄那些虚的什么装备能当衣穿，能当饭吃？""我说过了，不用你管！""你如果去自首，事情处理完，'螺蛳姐姐'一定会给你一份工作。"小伙子不再搭理刘四姐，快步走出店外，那一碗粉洒出汤，滴答一路。一直警惕守在一旁的莫风雷凑上来说："他真能去自首？"刘四姐没有回答，她招呼珊珊："把这地拖一下，汤水洒了。"

十一

管灵和彭中兴离婚后，刘四姐和儿子的联系少了，再加上她找过杨如景，又把房子让给管灵住，母子的矛盾一直在升级。彭中兴知道刘四姐把房子让给管灵住，打电话来吵了一架，说母亲一直拆他的台，把他变成恶人、小人。她没有回应。儿子有意见她理解，但她不认为自己做错了什么。刘四姐这段时间没少回顾总结自己的人生，无论她的前夫、儿子、朋友们怎么看她，她自信从未亏欠过任何人，无论是钱还是情，要说亏欠，只有别人亏欠她的。既然如此，她又何必介意别人怎么想、怎么看呢？

街道派出所打电话把刘四姐叫了过去，所长亲自接待，说刘四姐是这一带的名人，又说名人容易树大招风。刘四姐问是不是"螺蛳姐姐"被人投诉了，所长反问她最近有没有丢失财物，这一问刘四姐知道和那小伙子有关联了，她点点头说丢了一万多块现金。所长问她为什么没有报案，这个问题有点难回答，答不好就是包庇纵容犯罪，想了想，她还是照实说了，是想给对方一个自首的机会。所长将一只大信封推到刘四姐跟前，让她打开看。大信封里有一封自首书，还有将近一万块钱。刘四姐终于知道这个小伙子大名叫徐胜天，徐胜天坦白了自己的整个作案过程，偷来的钱花了四千多块，他保证一年之内还上这笔钱。刘四姐问人是不是可以从轻处理，所长说小伙子将信投放到派出所的收发室就跑了，他们去家里调查过，家里人都说不清楚他的去向。"肯定是畏罪潜逃了，我们会通报各地的！""我觉得他是到外地打工去了。""哈哈，大姐，但愿如你想的这样。"刘四姐在派出所做笔录办好手续出来，她念叨着徐胜天的名字，心里挺高兴，这名字取得有气势，她一点也不怀疑，他们有一天还能在"螺蛳姐姐"碰面。"徐胜天，你去的地方有没有螺蛳米粉吃呢？"

莫风雷说在街上碰到彭有宝了，刘四姐不信，自从拿走二十万元，彭有宝就音信全无。她平时跟彭有宝就没联系，微信都没加，他到店里来帮助那阵子，倒是留了一个电话号码，说是新办的本地号码，刘四姐一次也没拨过。她问过彭中兴两回，彭中兴也不清楚情况，总说肯定是忙着善后，搬个家不容易。她想如果彭有宝回到柳州，怎么都应该在她面前露个面，又没有人逼着他还钱，这样消失大半年不见算个什么事？刘四姐让莫风雷帮忙打听彭有宝到底有没有像他自己说的那样，迁回柳州养老了。莫凤雷作为罐头厂的老员工，打听八卦不缺门路，过了三五天就找刘四姐汇报来了。原来彭有宝三个多月前就搬回柳州了，只不过不是他一个人回来，他的现任妻子也跟来了。这个现任妻子前两年生了一种怪病，随时随地会突发晕厥，柳州这边有一个名中医定期给女人做针灸治疗，有些效果，这两年来回跑，彭有宝就是为了方便女人治疗才迁回柳州的。莫凤雷不知道彭有宝跟刘四姐借过钱，对彭有宝此举还颇为赞赏。"老彭对这个老婆也算是不离不弃，有情有义了。"这话真如针一样扎到刘四姐的心，没入深处，不见伤口。"这是他第四任老婆了吧？""是的，小他十来岁。"

　　刘四姐回家翻出彭有宝打的借条，她有打上门去的冲动，彭有宝借二十万元是用来做治疗费还是安家费？这种冲动好似一颗深水炸弹，从深处炸开，把她从里到外炸得疼痛，又将她淹没在黑夜中，全身再无一点力气和勇气。这个男人打她、骂她、欺她、辱她，无情无义、流氓无赖。可是，他有自己的一份深情相付，只不过对象不是她而已。她的脑海里出现彭有宝端着药碗笑盈盈的脸，面对他愿意付出的女子，他的笑容真实体贴、柔情似水，当这张脸转向她，笑容仍在，只是那笑容是面具是逢迎。刘四姐被自己想象的画面惹哭了，她努力在心中嘲笑彭有宝的狼狈不堪，却还是被他一本正经的努力惹哭了。她把恨和怨高高举起，却很难用锤和摔的姿势完成动作的流程，捏在她手中的借条早已被搓揉得细细碎碎，碎成泥。

　　那一天，刘四姐参加旗舰店的例会，经理向她汇报，最近在做"螺蛳姐姐"会员方案,实现办卡消费,还要搞一系列会员回馈活动。刘四姐觉得这个提议不错,经理告诉她虽然项目还没有真正落实,已经有三四个单位有意向团购近五十万元的会员卡了。刘四姐夸经理用心,这一来营业额应该有个较大的增长幅度。经理笑着说团购都是彭大哥帮忙牵的线,刘四姐以为自己听错了:"哪个彭大哥?""还能有谁?他今天正式报到上班了,我让他专门管销售,刚才例会他没参加,是在外头跟别人谈业务。他说跟您说好了,不拿工资,只要求工作时间灵活机动。"刘四姐忍不住想这"灵活机动"应该是为了照顾他老婆吧,这一次她发现自己的醋意了,不过彭有宝的归来让她有功德圆满的感觉。"彭有宝的工资提成你照样给他算好,领不领是他的事。"

刘四姐和经理谈完出门,正好碰见彭有宝。彭有宝穿着白衬衣,灰黑色西裤,头发新理过,短短的一茬,手上还拎了一只皮包,真有跑业务的状态。"哟,回来了?够精神的。""要和你的企业匹配才行啊,我现在是你的员工,还债来了。""家里还好吧?""好,都好。"说话间刘四姐新配置的专车过来了,司机把车停好,还未来得及下来给刘四姐开门,彭有宝抢先一步把门打开了。刘四姐坐上去,朝他挥了挥手说:"忙你的去吧。"彭有宝点点头,站立在原地,等车子远后再走进店内。刘四姐坐在车里,她和奔驰车辆一样,把很多东西甩在身后,那些负重都化成了飞尘。就是刚刚那会儿,她第一次觉得,彭有宝和其他人一样,和她无冤无仇,可以擦肩而过,也可以促膝长谈。人在没有任何期待之后，收获的都是春天青芽般的清淡。"螺蛳姐姐"牌醪糟酸马上要上市了，刘四姐此行就是要到郊区新租下来的厂房去视察，负责人昨天跟她汇报说了一句将来可以用做醪糟醋的广告金句："有了酸，谁吃醋。"

彭中兴和杨如景结婚，在一定范围内请了客，他们没有邀请刘四姐，理由似乎说得过去，只请亲密战友。刘四姐只是收到儿子发来的一张照片，是儿子和杨如景结婚证的照片，她发回去"祝贺"两个字，她本来想写"祝你们白头偕老"，感觉这具有讽刺的意味，怕儿子多心，又想或许只是自己想得太多，这些话被说出来的时候，仅仅就是祝愿，没人在意结果。至于宴请，刘四姐是看儿子的朋友圈了解的，她仔细研究了照片，儿子看起来精神状态不错，和杨如景站在一块，不再是一黑一白，俩人都黑得可以，黑得精神抖擞，真有夫妻相。"儿子，祝你们白头偕老。"刘四姐对着照片说。

刘四姐抽空去了一趟儿子家，把去年赎回来的鸡血石胸佩送给杨如景。鸡血石装在一只檀木盒子里，刘四姐把曾经跟管灵说过的话跟杨如景又说了一遍，她告诉杨如景这是她外婆传给她的，是要往下传的传家宝。儿子打开盒子，替杨如景把鸡血石戴到脖子上。"如景，你给我妈斟碗茶，磕个头吧，我妈认你这个媳妇了。"杨如景照做了，端着茶碗，跪在刘四姐跟前，管她叫妈。

管灵知道彭中兴再婚，哭了好几场。刘四姐经常上家里来看欢欢，和管灵什么都聊，她知道管灵还存有一份异想天开和彭中兴复婚，她宣布彭中兴的婚讯，让管灵彻底断了念想。管灵有一次脱产学习的机会，本人不想参加，刘四姐坚持让她参加，管灵到省会学了半年，半年期间刘四姐雇了一个住家保姆，她也搬回去陪欢欢住。管灵学习结束回来以后要辞退保姆，刘四姐没让，说等欢欢上了小学再说。管灵下班回来让保姆带欢欢上舞蹈班，她自己也上舞蹈班，很快的，她那苗条身段又回来了。她这一勤快还把舞蹈的底子给翻出来，以前她上学曾是舞蹈队的，会跳孔雀舞、新疆舞，她再捡起来能当舞蹈班的教练，这和开奶茶店不是一回事，刘四姐大大鼓励，让她系统学一学，能不能当上教练且不论，先把自个气质、形体给管理好提升好了，还可以教自家孩子。管灵的业余时间便交给舞蹈了。欢欢虽说才四岁，跳起舞来就像个小精灵，每天晚上给刘四姐演出，一会儿肚皮舞，一会儿踢踏舞，刘四姐的巴掌都拍红了。

　　管灵气色越来越好，身材已经恢复到婚前水平，笑声一串串的，刘四姐预感到管灵的春天迟早要来的。在一个周末的晚上，管灵终于跟她摊牌，说最近谈了个对象，是脱产学习时的老师，对方人不错，离异，有个男孩，她想换地方开始新生活，只是欢欢不方便带去，一是怕欢欢不适应，二是怕自己照看不过来。刘四姐点点头说："你离婚那会儿我就说过，如果有一天你有了合适的人，孩子不方便带就交给我，不过你还是要经常回来看看孩子，这关系孩子的一辈子呢。"管灵哭得眼睛红肿，拼命点头说她会经常回来的。有一天她把欢欢送去上学后离开了，晚上欢欢哭着说想要妈妈，刘四姐说妈妈又去脱产学习了，每个人都要学习，欢欢要学习，妈妈也要学习。刘四姐说了好多好多，说得像唱歌一样，欢欢哭声渐渐收住，抽抽泣泣坠入梦乡。孩子的睡姿肆意舒坦，看上去与悲伤没有一丝关系。刘四姐拍着孙女的小屁股，吟唱家乡的歌谣。

刘四姐也想起了自己的母亲，她的第一首山歌就是跟母亲学的，她试图回想她学的第一首歌的旋律，轻轻哼唱着，她也在歌声中睡着了。

刘四姐经常把欢欢带去参加山歌队的活动。欢欢有舞蹈功底，听到旋律就起舞，还会学大人把粗犷的山歌喊出来，只是，每每会变成柔细的歌谣。

"砍柴才上这个坡，捉鱼才闹这条河；寻妹才走千里路，连情才来唱山歌。"

"要吃竹笋三月三，要吃莲藕等塘干；要吃大鱼放长线，要想连妹耐得烦。"

山歌队队员听了大声叫好，夸刘四姐后继有人。刘四姐用歌声答："螺蛳壳里做道场，姐姐江上高声唱；山歌越唱心越开，河水越流越有来；情意不绝歌不断，树老逢春花又开……"

（原载于2022年第7期《人民文学》）

孤　掌

一

王云筝的手掌辣痛过后一阵发麻，如吃花椒过后口腔内的微跳，手还举着，掌心鲜艳如染。战栗的心脏，拧巴的思绪，沮丧的心情，是巴掌声音过后身体的反应。每一个巴掌打出去之前都觉得非打不可，打完会有迎刃解乱麻的痛快，可是，痛快从来没有到来，只有永远不会说出口的悔意。

程道捂着脸羞恨交加冲出家门，虽说不是第一次挨巴掌，但哪一次没有羞耻感呢？

别人请上一顿饭，娇滴滴叫上几声大哥（这是王云筝自己想象的），敬酒的时候身体合理碰撞几下（这也是她想象的），就真以为自己是大哥，义薄云天金钟罩了。好了，给人做担保，对方还不上钱，自己的木材加工厂连坐被诉讼保全，不挨一巴掌能反省吗？王云筝打巴掌的理由都是在打过之后梳理出来的。无论如何，她告诫过自己不能再扇程道耳光，她是爱他的，是要和他过日子天长地久的，耳光扇完她没有一次不后悔，又没有一次能防住自己的手。她不止一次疑惑地观察自己打过人脸的手掌，它仿佛受控于一个莫名的所在，在某一信息波的刺激之下突然爆起，斩钉截铁、横刀立马、不留后路。她自己都不相信自己了。

程道是她正儿八经处的男友，她和之前几位有过一定程度交往的异性最终没走到一块儿百分百缘于"耳光劫"，男子汉大丈夫谁受得了这个呀？裸奔都不比这绝望。

除打耳光外，王云筝并无恶言恶行、不嚣张跋扈、知书达理、温良恭俭，算得上善解人意的女子，甚至可以作为泼妇的反义词。了解她的人最初都不相信她有这一手，又考虑到或许是情急之下失控之举，但这种事情若一而再再而三地发生，人们不会停留在相信上，而会通通地把这看作一种病，类似于羊痫风发作，说不准什么时间什么地点，突然就抽这么一下，口吐白沫、咬牙切齿，平复后居家过日子仍为良人，如果无人介怀的话。

王云筝芳龄二十九岁，她打男人耳光的历史得往回倒十年，十九岁那年她拿一个叫周意的男孩开张以后，扇耳光便如有法器藏身于她的手掌，定时得拿人脸来祭一祭。王云筝应该经历了什么，其实，在那一天她只是想起了点什么。

那是个星期六，大二学生王云筝如往常一般前往离学校不远的市图书馆看书，看得个把小时后她去上厕所，厕所在走廊的尽头，她经过一间讲堂，里面有人在搞讲座。图书馆周末都会有公益讲座，国学、文学、网络育儿等什么话题都有。王云筝扭头看了一眼讲台上讲话的女子，挺拔、白净、清丽，长发飘飘、大花裙子，这种款一直是她努力成长的方向。她带着美好的一瞥印象上厕所，猜测漂亮女人做的是什么讲座，礼仪？美容？返回时她推开讲堂后门，探了小半个脑袋，本想听上一耳朵就走，没想到她听到了哭声，美丽女人在哭泣，梨花带雨，让人不免心有戚戚。震惊之余王云筝推门进去，在后排匆匆找到一个空位坐下。

女人抽泣着说："那一年我才五岁，那个作为我继父的男人，他说我做错事了，要打屁股，他把我的内裤脱下来，手打在我的屁股上，打完后他一边教育我要听话，一边手不停地摸……"

虽说演说者部分自述是忧伤的，但整个讲座的目的是唤醒妇女自我保护的意识，激励妇女走出童年阴影，活出真我风采。这是一场妇联组织的公益讲座，演说者如今是一位成功的女企业家。

王云筝完全没有跟着节奏走，她停留在美丽女人那一段可怕的回忆中，美女讲述的许多细节她感到似曾相识，在同情心强烈溢出的同时，那一段自述莫名其妙地拥有了催眠唤醒的功能，王云筝某一道被脑褶皱淹埋的记忆被翻了出来，浮上了岸，像海浪把垃圾带上岸，一片狼藉；又像闪电穿透黑云，炸出惊雷一个。这些记忆与一个名字有关——康幸。十几年来，她从来没有想起，一次也没有，那时她那么小，还是幼儿园的娃娃，这能算是"史前记忆"了！

或许是美女故事的惊悚度激发了不敢轻信自己是漏网之鱼的潜意识，也或许那本是一段被故意忘却的故事。具有相似性的画面——被唤醒并推到台前来，在那个周六临近中午的时候，王云筝突然忆起稚齿时期康幸叔叔用舌头和嘴替她清洁口腔的画面，还伴随着甜蜜的味道……

记忆与巧克力有关。或许是香甜的滋味给它上了一层保护色，人们深刻于心的多半是苦涩，甜美太过舒适，舒适到随时都能抛于脑后。小时她有一口烂牙，睡觉总是流口水，能把枕巾洇湿。母亲不让她吃糖，连同冰激凌蛋糕这些甜点她都很少能碰。她馋，很想吃，却也无计可施。偶尔有人上家里来，带有一些糖果，母亲转手就送人了。康幸叔叔是家里的常客，他不像别的客人那样不走心，他给她准备的礼物是巧克力，藏在裤兜里，在房里给她讲故事或陪她玩耍的时候会掏出来，分成一小块一小块的，让她慢慢吃完。等她吃完后，康幸叔叔会帮她检查嘴巴，检查的工具是康幸叔叔的舌头，康幸叔叔说他用舌头帮她把巧克力的味道嘬出来，这样她妈妈就不能发现她吃糖了。另外康幸叔叔的舌头很厉害，能把蚜虫一块儿卷走。康幸叔叔的舌头很软很灵活，伸进她的嘴里喜欢顶着她的舌头，过得一会儿再用嘴唇用力吸她的舌头，有时会吸得她喘不上气。她不喜欢让康幸叔叔检查嘴巴，她闻到康幸叔叔的口水味，甜中带腥，也能闻到叔叔鼻腔里喷出来的油腻味。还有，叔叔的脸和她贴得这么近，她担心那上面一颗颗红色的痤疮碰到她。但是，她更担心妈妈能闻到她嘴里巧克力的味道，那样她再也吃不到巧克力了，她只能让康幸叔叔帮她清洁了。

康幸叔叔个头不高，是个小胖子，脸上红通通的痤疮很是显眼，让他总有一种油腻的感觉，但康幸叔叔穿着讲究，很少见他穿松散的休闲装，衬衣西裤是标配，皮鞋一律锃亮，款式必定时尚。他比王云筝的父亲小十岁，俩人是羽毛球友，经常搭档打球。因为两家住得近，再加上康幸没结婚，康幸常到王家蹭饭。王云筝的母亲是个热心肠，不停地为他介绍对象，可惜康幸叔叔和那些女生见了面吃了饭，最终都没有牵手成功。私下里母亲跟父亲说康幸出身农家没钱没背景，长相又不出众，要命的是眼光还高，这婚姻是真正难了。

王云筝不关心康幸叔叔的婚姻大事，她挺盼望康幸叔叔上家里来的，一来她就有巧克力吃了，吃完叔叔会帮她清洁干净，妈妈再精明也没有发现过。后来，康幸叔叔工作调动迁到另外一个城市去了，王云筝再没有见过他，小孩心性，见不着就想不起来了。父母倒是还会说起，谈论最多的还是康幸叔叔的婚事，日子久了，他们也不说了。

少女被恐惧笼罩全身，她不是没有听过类似的事情，从来没觉得能与自己发生联系，可现在她知道了，她没能幸免，她是其中一人，她也曾被肮脏的唾沫浸染，也曾被猥亵玩弄，她还自我感觉良好悠然长到十九岁。

图书馆里一切声像变得虚幻，讲台上那位美女早已幻化成一团肮脏的色块，漂浮在灰色的布景之上。王云筝觉得好多人有看穿别人心思的本事，她得赶紧把脑子里的画面收起来、折起来、藏起来,就像今天以前一点也记不起的那样。她整理脸部的表情,抿抿嘴,叩叩牙,试图让五官生动活泼,她搓搓手,把掌心的湿汗抹去,再甩甩头,让长发飘起来。不能让人知道,不能跟别人说,更不会像今天这位美女这样当众哭泣自揭伤疤,那不是把屁股亮出来再让人看吗?王云筝咬紧牙关拿定主意,她收拾东西跑出图书馆,跑到对面的街心公园,找了一个僻静的角落坐下。

康幸,大流氓!你该打光棍一辈子、该被枪毙、该被车撞、该被阉割,王云筝诅咒着。如果再见到康幸呢?这不是不可能的事,虽说现在他人在另外一座城市,但距离她居住的这个城市乘高铁不过两个小时。王云筝一阵紧张,她一只脚踩在另一只脚上,小白鞋上蒙上灰黑的印子。康幸一定很得意吧——她就是个傻妞,贪吃的傻妞。不要脸的流氓,他会不会以为她记不住了,会不会以为她即使记住了也拿他没办法!是啊,她还能找上门去?康幸,不要让我再见到你,但凡让我见到你,我会立马上去一耳光,把你的嘴打烂,把你的脸打歪!

"王云筝,你好!"

这一声问好像来自天边,王云筝用了好一会儿才反应过来说话的是站在三四米外冬青树丛边的周意。周意是同年级的同学,他们一起做过墙报,他能写一手正楷,她会画卡通人物。她冷漠地看着他,此时她不想见到任何人,不想和任何人说话。

周意手上捧着一顶白帽子:"你的帽子忘在桌上了。"

王云筝心脏一阵收缩,他怎么知道这是她的帽子,他怎么知道她在这里，他刚才是不是在图书馆里也听到了什么、看到了什么？她仔细看他的脸，他的脸上带着笑，笑什么？她站起来冲过去要把帽子抢过来，周意的手往后一收。"你不谢谢我吗？""怎么谢？""至少一杯奶茶吧！"他嘴巴朝广场右边努一努说："那里就有一家奶茶店。""快还给我！""不请客就不给。"

周意那张笑盈盈的俊脸在王云筝看来邪气满满，她挥起手，用尽她的力气甩出去，她刚刚臆想的那个巴掌有了着落。帽子她不要了，转身就走。

周意的耳朵发出悠长的鸣叫，像有一列火车开出去，"他整个黑屏了"，脸上的疼痛他完全忽略，王云筝眼里流露出的厌恶才让他心碎。他喜欢这个长头发、细高个的女孩很久了，偶尔发现她周末到图书馆来，他也悄悄跟来。他从来没有打扰过她，刚才要不是觉得她不开心，他不会逗她。看着女孩远去的背影，他感觉有些话再不说就永远没机会说了，他撒开腿追上去挡在她前面，把帽子塞到她手里，绝望地吼了一句："王云筝，我喜欢你！"

王云筝抓住帽子脚下没有放慢，她跑得更快了，经过一个公交车站，一辆公共汽车正好停下来，她不管是哪一路，立刻跳了上去。车子开动，走了一站又一站，王云筝的手持续麻痛，连带手臂都有拉伤的痛感，她想，她这只打人的手如此痛，那张被打的脸又该有多痛啊！周意，算你倒霉，这巴掌本来应该打在康幸的脸上，要怪你就怪那个死变态。

二

　　火锅汤底、肉料和蘸料点的是外卖，王云筝另外准备了将近十个小菜，几罐啤酒，摆了满满一桌。电话她打了好几次，程道没接，她又发短信，说回来吃饭吧，火锅开了。

　　她一直坐着等，火锅用了保温功能。她看着窗外的光线暗下去，黑下去，然后一盏盏灯光亮起来，她没有打开屋里的灯，她就这样坐在阴暗里，她觉得二十九岁已经好老，一手好牌全部打烂，唯有阴暗才不反衬她的颓败。如果有一天程道跟她说分手，她不会觉得突然，也不会挽留，除非她能确定她的手不再失控挥舞。

　　在周意之后，她大概还扇过七八个男人耳光吧，她不太愿记这些，越往后的她越记不住。周意之后的那个，算是第二个，她记得最清楚，因为那个男人她是喜欢的。他们一块儿到郊外骑车踏青、看电影、吃烧烤，情人节那天，他给她的礼物是一盒精美的巧克力。每一块巧克力的造型都不一样，他挑了一粒心形的放进她嘴里，巧克力在她口中融化，他的嘴凑上来，她推开他，她想先把糖汁咽下去，但他很着急，他说："我想吃你嘴里的糖。"他嘴里的热气压过来，电闪雷鸣，她的手扇出去，打到他鼻梁上，那鼻子喷血，洒到衣服上。他退后两步，手抹一把鼻子，看到手上的血，他愤怒而激动地喊："神经病！"喊完，人迅速消失，留她一人在原地。"神经病"这三个字在王云筝耳边响了一晚上，这次出手她能理出头绪，线索清晰，关联到巧克力，关联到嘴，她笃定地把账再次记到康幸身上——康幸，这又是你的替罪羊。

她再不吃巧克力、不吃糖，努力将关联切断。后来她再打人巴掌，或因人说她性感、赞她腿长，她没敢把账记到康幸那里。他们还骂她假正经，她把头发剪短，露腿的裙子收起来。再后来她出手的原因越来越模糊，可能是因为忌妒、愤怒，也可能因为臆测，就像程道挨的巴掌，无辜莫名。手长在她身上，她是施暴者，她早忘了还有一个遥远的源头在。

王云筝在黑暗中坐了很久，适应了黑暗，屋子里的摆设样样分明。她用这段时间找到一线生机，有一件事虽然有些疯狂，但她必须去完成，刻不容缓——无论康幸在哪，她要找到他，她要狠狠地给他脸上印上一巴掌。她运用的是"时空穿梭的机制"，她将要打出去的这一巴掌似乎是滞后的，但只要打出去，便有消灭本体的意义，这些年来她扇出去的耳光不过都是幻象，在本体消灭之后，它们终会灰飞烟灭，未来她将能守望。王云筝有了一丝底气，只要去争取，好日子会有的，程道值得她这么做。认识之初，她对他不来电，嫌他烦，有一天一巴掌就甩过去了，他没有捂脸也没有走，他定定地站在原地，看着她的手说："你手痛吗？"她说："有点。"他说："下次少用点劲。"

临近十二点程道回来了，阴着脸一身烟味，鞋子不脱直接进卧室，她追着跟进去，他躺到床上，她拉他手说吃饭，他翻身朝里说吃饱了。她到客厅涮了一小碗牛百叶，抹上芝麻酱，拿进来捉一片塞进他嘴里，程道鼻孔里发出"嗯嗯"声，表示反抗，但没把吃食吐出来。王云筝说："你不起来吃，我就喂你。"说完又捉一片塞进嘴里去。程道"呼"地一下坐了起来，嘟囔着："厂子被封我心里不好受，你还打人。""还不是气你着了那个整容脸的道，这么轻易用厂子给人做担保。""她是我亲戚，我不帮不行，我也后悔呀。""不说了，先起来吃东西，吃完就不难受了。"她亲亲他的脸，拉着他的手。

两人吃着火锅，亲密度随火锅温度上扬，算是和好如初了。他们议论起目前木材成品价格不断上涨，厂子被封只能干着急，有钱赚不到。王云筝说干脆把她这套房拿去抵押弄点贷款。程道说缺口太大，她这套房最多贷几十万元出来，那边被封的厂子要解套首先就得先拿出两百万元。她给他盛上猪肝、粉肠、莲藕："先吃饭，不急，慢慢想办法。"

他们喝了不少酒，趁着酒劲好好亲热了一回，她躺在他臂弯里，听他响起鼻鼾，她轻轻离开他的手臂，给他掖好被子，在被她打过的脸上亲了一口。他们睡一块儿两年了，他竖过三根指头发誓要给她买一套高档公寓，有了家再娶她。现在他们住的是王云筝父母留给她的一套旧房，父母另外买了一套宽敞的新房，月供他俩一块儿供，说白了新房最后也是王云筝的，父母不急着放权是怕女儿吃亏。王云筝的父母看不上程道，觉得以前那几个都比这个强，自己女儿名牌大学生，药厂的技术员，他一个木材加工厂的小老板，房子都没挣出一套来。程道不是没有自知之明的，所以他要有自己挣出来的房子。

第二天王云筝回家，两个目的，一是问父母借钱，二是打听康幸的下落。

母亲已经退休，父亲明年就退了，经济大权掌握在母亲手中，说通母亲就可以。她平时可不那么乐意回家，两个老人闲来无事，她回去他们电视不看了，闲庭散步不散了，专门对着她。她不提前打招呼，都是突然间杀回去，好歹不让他们有更多的准备。

刚进家门，鞋子还没脱，母亲从阳台上走过来说：“姑娘家衣服也不穿鲜亮些的，一天到晚两个色，不是黑就是白，头发还剪这么短，怕别人把你当女的呀？”女儿长得清秀，身材又好，母亲当然希望在人前女儿能大放光彩。

王云筝在这个问题上默默地跟母亲斗争了好些年。王云筝说：“妈，你就不懂了，你看那些时尚杂志，看那些模特，有几个是穿得花里胡哨的，能驾驭黑白色才叫气质呢。”

"行，有气质，有气质不会连裙子也不穿吧？要不是你和程道待一块儿，我真怀疑你有病了。"

"哪有亲妈这么说自己女儿的？我看着蛮好，庄重。"父亲出来救场了。

王云筝感激地看着父亲，拿了保温杯，给父亲泡了一杯黑枸杞，顺带说那枸杞是程道买的。

父亲说："这小子如果不是要当我们的女婿，我会夸他两句，要做我们的女婿水准还差点。"

好不容易从母亲口下逃脱，父亲这头又开场了，这借钱一事还怎么张口呀。"你们放心吧,我这辈子不嫁人了,等我和程道过腻了,自然就分了。"

父亲说:"这个心态好,这才是文明。"

"什么文明,这是堕落,你不想抱孙子我还想呢!"

"不结婚也未必不能有孙子。"

"我早就看出来你心眼活了,不要教坏我女儿。"

母亲和父亲杠上,王云筝抽空到厨房冰箱拿了一只香瓜,啃了半边出来听到父亲说:"昨天跟康幸吃饭,他跟我说打算要二胎呢,他不才小我十岁,你这么厉害要不也生一个?"母亲拾起手边的坐垫扔向父亲,王云筝伸手替父亲挡开去。"爸,你刚才说的是谁呀?""康幸呀,小时候经常到我们家里来蹭饭的那个小胖子,以前还老让你妈给介绍老婆呢,你太小,记不住了,他调回我们市当银行行长了,我早就看好他,聪明,能吃苦,不是池中物啊!"

王云筝把瓜吃完,瓜汁沾了一手。冥冥自有天意,康幸把自己送回来了,便利快捷到让她有点措手不及,这是多大的"瓜"呀,怎么吃,她得好好合计。

三

王云筝做了好几套方案,心里也排演了一番,等打通康幸的电话,方案通通作废。王云筝说自己是谁谁的女儿,电话那头康幸立马把她的名字叫出来,很亲热,等她表明要请康行长吃个饭,康幸说一家人哪用客套,他让她上他家里,当晚就去,认认家门。王云筝不怕,到家里去就到家里去,她现在可不是幼儿园的女生了。

她按地址找上门,摁下门铃那会儿颇有点单刀赴会的悲壮,门内传出细碎的奔跑声,门打开,一个十岁左右的女孩看着她说:"是云筝姐姐吗?"她点点头,脸上挤出笑,一路来鼓足的硬气被这小女孩卸掉大半,女孩长得也太好看了,乌黑长发,齐齐的刘海,嘴唇红嘟嘟,偏茶色的眼睛圆溜溜,皮肤白得发光,一身粉红色公主裙,白色长袜,身体纤细,怎么看都看不到康幸的半分基因,康幸怎么能生出这样一个天使?他不配。

女孩俯下身给她拿拖鞋,王云筝抢着自己拿,走进客厅,康幸从厨房出来,身上戴着围裙,笑着说:"哇,云筝,大姑娘,走在街上认不出来啰!"

见到康幸本人,王云筝没敢认真打量对方,扫一眼,人还是那个人,长相身材无二,但洋溢出一份体面,整个人圆润光滑。康幸招呼她坐下,说再炒个菜就能开饭,就又进厨房去了。小姑娘乖巧地往她跟前放了两罐饮料。她疑惑为什么没看到女主人,很快发现女主人挂在墙上,那是一张巨幅美人照,照片中的人明眉皓齿,虽然有可能借助技术手段达到明星效果,但能看出小姑娘长得像母亲。小姑娘如此,王云筝相信她的母亲不会差。小姑娘看她注意照片,在一旁解说:"我妈妈去练瑜伽,马上就回来了。""你叫什么名字?""康谷雨。""进新学校了吗?""进了,就我们家对面的香江小学。""喜欢这儿吗?""我挺喜欢的,我妈不太喜欢。"

菜摆上桌,女主人回来了,一身飒爽的运动服,背着一个大大的背包。王云筝吃惊于女人的年轻,本以为墙上的照片属于青春期的念想,没想到真人看起来比照片还年轻。她那一声婶婶无论如何是叫不出口了。康幸给他们两人介绍,让她就叫对方名字李苏,后来她才知道李苏只比自己大四岁,生下康谷雨时刚二十岁出头。李苏身上有一股子高傲,不热情、说话少,吃饭时还戴着耳机。康幸对此熟视无睹,还不时地给李苏夹菜。王云筝暗想,康幸怕是很难降服这样一位少妻吧,活该,自找的。

康幸一直在说话,说起过去常到王家去蹭饭,跟云筝父亲搭档打球,让云筝妈帮介绍对象,那些旧事说起来热情洋溢的,听起来两家关系真是要好。但他没有提到巧克力,王云筝不信他记不住了,她今晚来这儿不是为这顿饭,既然要回忆就还原度高点吧,不能光说正史。她说:"你还经常给我买巧克力呢。"康幸的笑容没有变化,呵呵笑,点点头,滑过去了。

晚饭过后,康谷雨有线上英语课,李苏陪着进书房去了,客厅就剩下王云筝和康幸。王云筝直奔主题,她要康幸帮忙程道的木材加工厂弄贷款,详细说明了一番情况。来之前她知道以他们的条件贷出两三百万元是根本不可能的,她把这个难题推给康幸,她等着他说"很难、不好办"。然后她会说,她现在一颗烂牙都没有,这得感谢叔叔小时候帮她清洁得干干净净。她希望这对康幸能构成一种威胁,哪怕他不害怕,不以为然,她也要让他知道她记得清清楚楚，往下他可以选择帮他们的忙也可以选择不，如果选择不，她准备好的那一巴掌不会再等待。

康幸一边听王云筝讲，一边提问，问得很详细，他说木材加工是不错的产业，还说城南开发区的工业园有厂地廉价招租，让他们把厂子规模扩大，贷款的事不用愁，包在他身上，让程道来找他办，他和程道再好好聊聊。康幸一点没推辞，不但把贷款的事揽到身上，还让他们多贷，把厂子办大。他没沦落到受胁迫，她的巴掌也没能打出去。王云筝相当失落，虽然她有求人办事的私心，但对结果并未抱有希望，她认为像康幸这样龌龊却聪明有权术的人是不会把她这样的一个小女子放在眼里的。她更有心把这当成她出手的一个缓冲和过渡，可是，落空了。

王云筝回来跟程道讲起这事，程道大喜过望，马上去与康幸联络，手续很顺利，前后不到三个月六百万元贷款就批下来了。程道在这三个月当中，用康幸介绍的关系在城南开发区的工业园租了二十亩地，准备建新厂。程道忙碌亢奋，嘴里全是宏图展望，还有对康幸的感恩戴德。每每听到这些，王云筝的心都会揪一下，她心里绷着根弦，那个源头巴掌没有还回去，就等于雷埋着，说不准什么时候就引爆了，王云筝早对自己的管控能力丧失信心。她对康幸的恨意也没有因此消减半分，康幸帮忙，只是让巴掌落到脸上的时间延长了。

木材加工厂设备运回来，招聘的工人培训完毕，程道的厂子热火朝天地开工了。工厂开工前弄了个开工的剪彩仪式,程道热情地邀请康幸来剪彩,康幸婉拒了,给王云筝特地来电话解释这种场合他出面不合适。王云筝表示理解感谢,她和康幸平时没有任何联系,现在与康幸联系勤快的是程道,她成了局外人。临近八月十五,程道计划要给康幸送礼,一会儿计划送购物卡,一会儿计划送名表。程道征求王云筝的意见,她说不用送,程道说她不通人情世故,不要仗着是熟人就不走关系,以后关系就透支了。她不服气程道教育他,要说人情世故她才是程道的老师,可争论这有什么意义呢?她说送什么都无所谓,康幸不会嫌弃,他是个重感情的人。这句随便扯来的话让她陷入了沉思,康幸这么卖力地帮他们,是因为他是父亲的朋友,还是因为他有一段和她同样的记忆?

　　后来,程道的礼物是买给康幸夫人李苏的,据说是一套首饰。王云筝不关心,随程道自己去折腾,后来她想拿程道的药店会员卡去买药的时候,无意中看到购物小票,从钱包里翻出来了。因为消费金额较大,她多看了一眼,看到是首饰就想起程道说过送礼的事,本来要滑过去了,她偏偏看到其中有一款项链买了两条,有必要送两条一样的项链吗?她拿着小票问程道,程道说有一条是给他妈买的。程道说话时走到镜子前,拿起梳子梳了梳头,显示自己非常自然和不在意。王云筝笑了:"我给阿姨打电话,看她有没有收到你的项链。"程道把梳子摔到台上,气急败坏:"那天我去买东西的时候正好碰到彭晶晶,她帮我选的礼物,后来,就顺便送她一件了,怎么了,我挣的钱我买件礼物送人怎么了？让你帮我出主意，你就一句随便，人家热心我送人情不可以吗？"程道满脸通红、唾沫四溅。王云筝平静听完，她完全相信程道的解释，她了解程道，幸亏他开的是木材加工厂，如果开的是饭馆，免单的金额大过利润也不奇怪。她见过彭晶晶，厂里的出纳，挺本分勤快的一个姑娘，长相普通。她说："送就送了，只是，送项链容易让人想多了。""想多的人是你吧，我那天还问了彭晶晶，如果结婚能不能允许老公出轨？她说可以给三次机会，你可不可以学习人家那份大度。"

王云筝一直盯着程道，程道说话时脸上的表情风云变幻，紧张、恼怒、松弛、傲慢、得意、轻视、嫌弃——呈现，不可以演内心戏吗？王云筝没有在冲突最激烈的时候挥出巴掌，这时候出手了。程道捂着脸，像被雷劈到一样。这一份戏剧化的滞后也把王云筝惊到了，事情不是已经说开了吗？就因为程道的表情她就要使用暴力？程道突然把手举起，热量已经扑到她的脸上，是要还手吗？"来吧，扯平了最好。"她盯着，眼睛不眨。他的手僵硬地握起来，伸出一根指头指着她的眉心："王云筝，我警告你，这是最后一次，下次别怪我对你不客气！"

王云筝从他的眼神看到一份狠，还有恨，她不怀疑下一次他真能还击她一掌，这不是她害怕的，他说的也不是这个意思，他想表达的是决裂。

王云筝后悔了，她走错了一步棋，她去见康幸的那次，应该只做一件事，就是把巴掌打在他的脸上。她自以为聪明谋划得当，其实是贻误战机断送的是自己的幸福。

她捉起手边的电话，她不会再等，康幸的手机关机，她找上门去，要她等还不如让她跳楼。

康幸不在家，接待她的是李苏。李苏穿着睡衣，素颜，两眼通红，精神状态明显不对。她问康谷雨在哪儿，李苏说在亲戚家。她猜想是不是夫妻吵架了，男人负气待在外头不回了？正思忖着怎么开口，李苏凄惘地说："你这么快就听到消息了，传得真快啊！"她一脸懵懂："怎么，出什么事了？"李苏轻声抽泣："老康早上被公安局的人带走了。""是单位的事吗？"王云筝没办法不往经济腐败一路上想。"不是，他昨天用刀捅了人，那人现在住着院。""叔叔这么斯文的一个人，怎么会？"李苏说："谁知道他发什么神经，惹这一身祸！"

王云筝没再问出什么，也不好意思问，多问一句都是往人家伤口上撒盐，她给李苏留了手机号码，说有需要就找她，孩子如果要她帮忙看，她也是有时间的。对康谷雨，王云筝有莫名的好感。

后来，王云筝是从父母口中听到了比较可信的版本，虽然有些过于香艳，一句话可以这么表述：康幸跟踪老婆，捅伤奸夫。

王云筝用这个爆炸新闻把已经有两晚不回家的程道召唤回了家。两人还是吃火锅，喝啤酒，不可避免地展开联想，用可以描述的语言来描述不可描述之事。程道算是有良心，一再叹息康幸不值得，红颜祸水、英雄末路。王云筝倒是借机有了样本，敲山震虎，勉强也为自己那一巴掌脱罪。程道变聪明了，喝了好几罐啤酒思路越发活泛，他说："好好的人都是被逼上梁山的。"王云筝听出来了，怨还在，她也有怨啊！

　　王云筝好像是高兴了几天，觉得康幸真是报应了，乍眼一看成功人士、娇妻美眷，原是头上绿草成茵。程道有个老同学在公安系统工作，他积极打听康幸会怎么判，王云筝想无论怎么判，银行行长终归是不能干了吧，公职能不能保住还难说，反正，前途算是毁了。程道得来的内部消息是，尽管康家包括李苏在内与受害人试图讲和，但全被拒了。王云筝回家跟父母说起这些，父亲不信，说解决问题的关键在李苏身上，父亲比程道更加痛心疾首，说康幸穷苦出身有今天太不易，忍功一定超好，走到这步肯定是忍无可忍。又说既然王云筝与李苏认识，让她好好去劝一劝，一日夫妻百日恩，何况还有一个女儿。王云筝不认为自己和李苏有多熟，上门去做这类妇联工作，她万万是做不来的，何况在她心中康幸没那么大的委屈，她还是当个吃瓜群众合适。

四

　　程道签了两单合同，订金入账，说话明显有底气了，王云筝为了让男人更有成就感，请求男人赏一趟五日豪华游。程道把卡拍她手上，让她张罗去。他们前往某森林公园，王云筝喜爱大自然风光，但不喜走路，程道就在山中的酒店订了房，有大幅立窗的那种，人躺在床上也能看奇峰峻岭。他们在房中看风景、吃饭、泡澡，王云筝有那么一会儿把自己当有钱人了，她穿吊带睡衣，妖娆地舒展玉体说："有钱真好！"程道吸着烟，吐出一口白雾，有掌控一切的酷和满足。王云筝想与这个男人结婚，她不算隐晦地说："如果有机会旅行结婚我选日本，冬天去北海道，认真看看雪是怎样的。"程道把烟掐灭，表情突然变得严肃，他说："康叔现在生死不明，我想为他请个律师。"王云筝"北海道抒情的雪"碰上了六月炎炎的骄阳。听出来了，这男人有大佬的侠义精神。他们住在山顶上，面对的是风起云涌的雾岚，峰峦叠嶂，不似在人间。

王云筝说："墙倒众人推，现在不知道有多少人在查康幸的账呢，你那六百万是康幸出力帮贷到的，你出头去帮他打官司，关系真铁！"

程道的脸一下阴了下来："我出去走走，出来玩不走动有什么意思？"程道随意披上一件衣服出门了。

王云筝躺回床上，她的蜜月旅行竟然还受康幸的影响，可笑不？

酒店有温泉泳池，王云筝午睡起来去泡澡，发现有些小池子是专为情侣弄的，程道不愿意泡，说泡了心脏跳得像打鼓，她一个人就不往小池子去了，何况那是要另外付钱的。王云筝经过一个小池子，遇到一个她万万想不到会在这儿遇上的人——李苏。李苏穿了水红色的泳衣，小腰肢全露着，盈盈一握，两条腿又长又光，要不是这身抢眼的红和小腰，王云筝未必会注意到。李苏是坐着的，依偎在一个男人的怀里，他们的腿泡在池子里，谈笑甚欢，目不斜视。男人年纪不大，与李苏像是同龄人，看上去很般配。王云筝有点惊慌，第一反应是要躲开去，第二反应却有些蛮横，她还没体验过当场揭穿别人奸情的快意恩仇呢！康幸有过这种经历，还用上了刀子，她好歹感受一下，就像平时在试验室检测那些药物样品，重点是看反应。

于是，王云筝挥手叫了一声"李苏"。李苏脑袋转向她，用了一点时间认出她。李苏从男人怀里出来，朝她挥手回应，够坦荡。王云筝走过去，李苏迎上来。王云筝问她是什么时候来的，李苏说刚刚到。看得出李苏并不想提及池子里的那个男人，她的身子有意无意挡住那男人。王云筝头偏了偏问："你男朋友？"李苏点点头。那男人似乎知道他们议论到他了，热情挥手招呼："美女好！"王云筝懒得搭理，只对着李苏说："康叔叔的事现在有结果了吗？""应该没大事，他同意撤诉了。"李苏的嘴撇向那男人。王云筝大吃一惊，那个被捅的就是池中人？发现王云筝又看过来，那男人招呼："李苏，让你朋友过来坐坐，晚上一块儿吃晚饭嘛！"王云筝心头涌上来一阵反感，这作派就是个花花公子，难怪会被人捅刀子，倒没看出李苏尴尬，还挺通情达理地附和："他就喜欢热闹，有空我们晚上聚聚呗，你是跟谁来的？""跟我男朋友，晚上我们联系。"

王云筝压根就没打算与他们聚，临近晚餐时间，她给李苏发信息说男朋友感冒，以后再聚。李苏回复也快，也是说以后再聚。王云筝没有跟程道说这事，不说是顾全程道的侠义精神，这种情形，不是为难他吗？担心在餐厅碰上那一对，王云筝点餐在房间里吃了。晚上，她的脑子里一直闪现那男人的形象，半撮小胡子，笑容满面，长得还挺帅，他会不会成为康谷雨的继父？想到这王云筝烦躁起来，看李苏和他相处的情形，十有八九是了，出这么大的事，李苏和康幸哪里还能过下去？

王云筝不管鸡不鸡婆，给李苏发了信息："你会和康叔叔离婚吗？"李苏回复："已离。""谷雨跟你？""是的。"

李苏和康幸离婚不是王云筝关心的重点，王云筝关心的重点是谁将会成为康谷雨的继父。如果是那个嬉皮笑脸的男人，她全身麻了一麻，她不能坐着看热闹了。小谷雨那么漂亮的一个小女孩，怎么能跟陌生男人生活在同一个屋檐下？

旅游回去后，这事一直在王云筝心上悬着，她想她要去看康谷雨是名正言顺的，她是康家这头的，当是替孩子的父亲去看孩子合情合理。王云筝就给李苏打电话，说要去看康谷雨，说她父亲给孩子买了些礼物。李苏那边没什么，痛快地邀请她到家里去做客，给了她一个新地址。周末，王云筝带着礼物上门，她又见到那男人了，陪着康谷雨在搭乐高，李苏在打扫卫生。那男的自我介绍叫李乔智，给王云筝倒了茶。王云筝坐在客厅里，看李乔智与康谷雨亲密地挨在一块儿玩，不时夹杂着说笑。她心里很不是滋味，先是怪李苏心太大，再也怪康谷雨才半年时间就把自己亲爹忘了，与仇人亲密无间。再转念想，李苏肯定瞒着孩子，没说实情，孩子只把李乔智当作叔叔来看，天啊，孩子眼里只有叔叔！

"李苏，我带谷雨出去转转，中午我就带她在外头吃个饭。"

康谷雨跳起来说："太好了，我要跟云筝姐姐出去玩。"

李乔智说："我们本来还计划中午点外卖呢，你们出去吃也行。"

康谷雨出门前跟妈妈说再见，也跟李乔智说叔叔再见。

王云筝问康谷雨想到哪儿去玩？康谷雨说想去儿童公园玩太空游。她不懂这个项目，康谷雨说是用AI技术，模拟太空游，特别刺激，她前个月和叔叔来玩过一次，她还想要再玩一次，换另外一种模式的。王云筝心里搁着事，陪着玩，那太空船高高低低起落，又是碰撞又是射击，停下来时她头晕目眩、干呕不止。康谷雨笑她，说她妈妈也不行，只有李乔智叔叔可以。她们休息了一会儿，往餐厅去。王云筝看餐厅都是人，打包了薯条鸡块，寻了一处僻静的树荫与康谷雨坐下。

"在学校有没有男生欺负你？""没有，姐姐说的是校园欺凌吧，我们老师说过，如果有马上报告，爸爸以前也告诉我不要怕。"康幸倒是把女儿教好了。"你挺喜欢乔智叔叔的？""他对我挺好的，对妈妈也好。""你想你爸爸吗？""当然想啊。""李乔智和你爸爸，两个人只能选一个，你选谁？""妈妈选谁我就选谁。"

康谷雨的回答竟然是这种模式。"你的亲爸爸是康幸。"她差点就要脱口说出康幸捅伤的是李乔智了。康谷雨不说话，沉默了一会儿。"姐姐告诉你一件事，你千万千万要放在心上，不要轻易相信别人，你知道的，有些人说是你爸妈的朋友，有可能是人贩子，特别是男的，我们女生要保护好自己。姐姐把电话号码给你，如果谁欺负你，你马上打电话告诉姐姐，记住了，不要怕。""姐姐，我知道的。"康谷雨的脸很平静。王云筝不知道还能说什么了，她没勇气跟康谷雨直说要防范李乔智，要是孩子回去跟妈妈说，她可是挑拨离间了。

李乔智来电话，问她们吃了午饭没有。王云筝心想，你倒是比人家亲妈都要热心。挂了电话后，王云筝咬咬牙说："姐姐不喜欢李乔智，你爸爸也不喜欢。"

康谷雨低着头说："姐姐，我知道的，是妈妈对不起爸爸，可是，我是李乔智的女儿，我不讨厌他。"

王云筝心脏揪了一下，她顾不上周围人的目光，大声嚷起来："疯了，什么鬼话，你能和李乔智扯上什么关系？你妈一定是骗你的。"

康谷雨拉着她的手，眼泪扑簌簌往下掉："是真的，我原来也不信，妈妈因为我不信，带我上医院做检查，有医院的亲子鉴定报告，我还听医生亲口跟我说的。"

王云筝的脑袋彻底迷糊了，天啊，敢情人家是再续前缘，当年康幸都干了些什么呀？接盘侠？夺人所爱？被美色迷住了眼睛？

"你难道不打算认你爸了？"

"不，我永远爱他，我现在只叫李乔智作叔叔，李乔智也没逼我叫他爸爸。"

天上的乌云悄然堆积，天暗了下来，风挟裹着泥沙流窜，康谷雨乌黑的长发随风飞舞，王云筝的眼睛让一粒沙眯住了，忍不住用手揉，沙子随着眼泪出来了。李乔智的电话又来了，问要不要去接她们，怕下雨车难打。王云筝说："打不到我们就等雨停了再走，急啥？"

五

前后消失了七八个月时间，康幸被放出来了。他出来没几天就给王云筝的父母打电话，报平安。王父执意要给他洗尘，说是去去晦气。父亲让王云筝一块儿去，王云筝推说她和程道会再作安排，各聊各的，多几场热闹比较好，父亲就带着母亲去了。回来说原单位没有开除康幸的公职，但他自己辞了职，在老家租了几百亩地，准备回去种菜、种果树。

"等我退休了，没事就过去跟他住一段时间。"看父亲的神态，挺高兴的，说明康幸那一方给他提供的信息是健康积极向上的。父亲成天叫嚷着退休以后找个风景秀丽的地方，种种菜、养养鸡，康幸提前给实现了。

父亲还记得王云筝说过请客的事，催促她说，人家帮过你们，早点安排。程道对康幸出来的事一无所知，一开始积极打听的劲头早过了，曾经闪念一过给康幸找律师的豪情也消失了。他现在每天都有应酬，好像有几个人要给他投资，再把厂子扩大。王云筝是反对的，说小富即安，股东一多意见也多，到时光处理矛盾都要浪费不少精力。程道没听进去，笑她格局小，她就闭嘴了。

王云筝万万没想到康幸会主动联系她，手机进来的是一个陌生号码，第一次没接，第二再打进来的时候接了。听到是康幸的声音，王云筝抢着说正打算和程道约他吃饭。说完她觉得自己好像很心虚的样子，她有欠康幸人情吗？那是他还她的好不好，那他们之间算不算两清了？当然不算。永久创伤怎么能用一时恩惠来弥补。

康幸说："饭不吃了，现在不想抛头露面，听说程道的厂子做得不错，让他好好干。"王云筝说："听我爸说你有计划要去搞农业，挺好的。"康幸说："又回去当农民了，是挺好。"他们停了一会儿无话，康幸咳了几声，声音好像一下变苍老了："云筝，我想见见谷雨，你可不可以帮帮忙？李苏一听我的声音就挂电话。"王云筝想李苏自然是不想让这对前父女见面的，多尴尬呀。康幸没听到王云筝的答复，追着说："你帮帮我吧，我想我的女儿。"康幸的语气有哀求的味道，王云筝鼻子忍不住酸了。康幸会不会还被瞒着？他并不知道康谷雨不是自己的女儿，一定是这样的，他这么精明的人怎么可能当接盘侠呢。不如让他们父女见上一面，康谷雨会告诉他实情的，死了心也好。

王云筝说："我帮你把孩子带出来，程道的人情算我还你了，你以前欠我的，事后我还要讨还。"那边一点犹豫也没有："没问题。"双方心知肚明说的是哪一桩事。

王云筝没有给李苏打电话，她给李乔智打的，不知道为什么，她觉得跟李乔智联系会顺畅一些，果然李乔智没多问，同意她带康谷雨出去。那天一切顺利，王云筝从李乔智手中接到康谷雨，就往与康幸约好的地址去，还是她前次带康谷雨去的儿童公园。王云筝跟康谷雨在路上说清楚前因后果，有意无意地暗示康谷雨，她有名无实的爸爸应该知道真相，不知道康谷雨理解没有，这好像有点为难孩子。但王云筝没看出康谷雨有多大的心理压力，康谷雨的兴奋点在于等会儿可以和她爸爸一块儿坐太空飞船了。

大半年不见，康幸胖了许多，原来就不瘦，现在变成一个纯胖子，农民的生活对他应该是适合的。康幸的木讷和迟钝有点明显，说话走路都慢了一个节拍。王云筝故作热情的问候没有得到相应的回馈，康幸看着康谷雨才有点笑意，那笑也是慢吞吞浮现出来的。王云筝把康谷雨交给康幸，说两个小时后她会回到这里接孩子，康幸点了点头。

两个小时办不了什么事，王云筝到附近一家商场闲逛。前几天程道抱怨内裤勒了，这家伙天天在外头吃喝，胖了十斤不止。她先给他挑了一打内裤，买了两瓶酵素，再逛到中庭，路过一家香港茶餐厅，一眼看到彭晶晶在里头坐着，穿了一身碎花蚕丝套裙，化着精致的妆，人变漂亮了！彭晶晶的对面坐着一对老人，看着面熟，王云筝仔细一看，原来是程道的父母。王云筝隔一两个星期会到程家走动走动，这段时间程道说忙，他不回去，王云筝也懒得去。彭晶晶一个出纳，是有任务陪公司老总的家人吃饭吗？彭晶晶很是孝顺的样子，夹菜、倒茶，老人们点头、微笑。王云筝想，一会儿程道不会要来吧，出现就是一家团聚了。

王云筝选了一个角落坐着，看他们吃完买单离开，程道没有出现。她好像有点失望，不是高兴。她打通程道的电话，问程道在哪儿，对方说正跟人在郊区看林木，不耐烦地把电话挂了。

王云筝准时去接康谷雨，康谷雨临别前抱了抱父亲，康幸胖乎乎的脸没有什么表情，挥手与她们告别。他跟王云筝轻声说："我过后找你。"是记得他们的约定呢。

王云筝在车上问康谷雨："你告诉他了吗？"

康谷雨摇摇头："我不想让他觉得自己什么都没有了，他就是我爸爸，他还有我。"

王云筝摸摸孩子的脑袋："孝顺孩子。"

当晚，程道没回来住，说是明天早上还要早早上山，就不回来了。王云筝用电脑登录程道的支付宝，就在一个小时前，程道有一单酒店的消费，这之前也有。王云筝出门打车找到酒店，门上挂了请勿打扰的牌子。她敲门，门未开。她说："程道、彭晶晶，开门吧。"

门开了，程道披着酒店的睡衣，把身后的门关上。

"快动手吧，打完我们两清！"

程道根本不看王云筝，他的目光盯着走廊上的灯，把侧脸完全让给王云筝。王云筝相信他真的很希望她的巴掌印到他的脸上，然后一切都了结了。

如果一个耳光就能清空两者之间的关联，那真不赖。王云筝把脸凑上，她说："要不，你打我？我之前打过你那么多回，我错了。"

程道脸上闪过万马奔腾的慌乱，他说："云筝，感情的事是勉强不来的，我们还是好说好散，都保持点自尊，好吧？"

他当她是不要脸、主动求打、放低身段为挽回？她真心想把欠他的还他，不要就算了。她点点头说："好的。"

王云筝忙了几日，程道搬出去她把房间好好收拾了一遍，扔了一些旧东西，添了一些新东西。康幸来电话约她出去吃饭，她知道他是主动来还债了，否则，要吃饭怎么不叫上程道。

她说："要不改天，我这两天有点忙。"她心里清楚，自己多少有点怯场了。

他说："明天我要回老家了，如果改期，你得等一段时间。"

她问："知道你欠我什么吗？"

"知道，康谷雨生下来那一年，我就知道了。"

他们的见面地点在王云筝所住小区附近的一个奶茶店。地点是王云筝定的。奶茶店很小，只有两张桌子，他们就像坐在马路边上。王云筝点了大杯的，加了珍珠和椰果。

她说："我想没有人不爱喝奶茶，太好喝了，我怕胖，有高兴的事情才奖励自己一杯。"

康幸笑笑说："谷雨也爱喝，不过，我不让她喝这些东西。"他点了一瓶矿泉水。

王云筝喝了一口，确实是很久没有喝了，感觉特别好喝。今天的天气很热，路上的人看起来都带着焦虑和热度，王云筝喝下的第二口后，有了远离那些焦虑和热度的轻松。她看着康幸，他的表情好像有一点亢奋，他的手握着矿泉水瓶没有打开，他的目光飘移不定。王云筝喝下第三口，香甜塞满她的牙缝，她没有一颗蛀牙。

她确定那个时刻到了，她要穿越了。她凝神聚气，把所有打出去的巴掌收回来，合成一个，她的手抓起面前的奶茶杯子，用力泼出去，泼到康幸的脸上，奶茶从康幸脸上流下来，白色的T恤衫一片污黄。这么一泼，她用尽了力气，坐下喘了一口气。

他舔舔嘴唇，把流到嘴上的奶茶吸进嘴里。"太甜了，还是少喝吧。"

她没有说话。他掏出一张面纸擦了擦脸。她想离开了，他没有让她离开。他的身子挡在她的面前。

"王云筝，我是个坏人，比你想象的要脏要坏，不要心软，我已经作好准备，无论你对我做什么，我都能接受。"

"你知道我想对你做什么吗？"

他摇摇头，他的眼睛似乎不经意地瞟过她的包。她笑了笑，刚才，在意识中她的巴掌已经走完整个流程。"我的包里没藏凶器，我只想扎扎实实打你一记耳光。"

他的头微微上仰，等待着。

她举起手掌看了看，手掌缺乏血色、也不圆润、骨节偏大、掌纹散乱,"要不,我先存着,像存钱一样存着,银行家,你会给我算利息吗?"

"好吧,算你利息。"

他们告别时,他又给她买了一杯奶茶。

(原载于2022年第9期《北京文学》)

一千零二夜

一

曾白青面前摆了好些照片，那是一个人成长的粗略印迹。

小时候人长得圆滚滚，很结实、很能出汗的那种，在木马上、花园里、长城上，有哭有笑。上学后人抽条了，衣冠楚楚，小西服，锃亮皮鞋，要不就是白衬衣扎进西裤里，有臭美的心机。成人后喜欢戴帽子，衣着看似随意，却是随意中的讲究，中等个头，有点佝背。不戴帽子的时候，才能看清楚眼睛，眼睛其实是挺大的，并且是那种水分很足的水眼，据说有这样一双眼睛的人多情。

徐姐有一双漂亮的手，手骨细小，手掌多肉，粉润，指甲一律留了半厘米的圆边，涂着透明色的指甲油。这双好看的手不断往曾白青的面前推送照片。

"我阿弟从小到大没让人操心，孝顺、大方、体贴，顶好的一个男生。"

曾白青附和着，努力从照片上发现更多的优点。她心中充满疑窦，徐姐突然这么热情地介绍她的弟弟，一个已经年届五十的男生，究竟是为何。

今天天气不是太好，来的时候风很大，尘土刮得满天飞，闷热，动辄汗湿，雨随时要下的样子。徐姐说要请她吃泰国菜，曾白青抹不过面子答应了，她口味清淡，不喜欢在外头吃饭，每次在外头吃了会特别口渴，回家一杯接着一杯地喝水，好像是要把肚子里的东西赶紧稀释掉。要说她和徐姐的关系，似乎还够不上被请到这样一家高级餐厅来吃饭的交情。

第一次认识徐姐，是两人碰巧在同一超市购物。徐姐蹲下身在最低一层架子上取一包糯米，看包装大概是五公斤装的，徐姐站起来突然间"哎哟"叫了一声，人半蹲定住，脸上痛得抽搐，手上仍然抱着那袋米。曾白青就在旁侧，看徐姐的表情立时知道这人多半是骨盆错位了。曾家有祖传正骨推拿的手艺，她虽然没认真学，但经常给父亲打下手，这些毛病见多不怪。她走到徐姐的面前，把徐姐手中的米袋轻轻抱起来放下，徐姐还保持着抱米的动作。曾白青站到徐姐的身后，用手摸了摸徐姐的腰骨，果然是左骶骨突起，带累整个骨盆轻度移位，这是刚才下蹲猛然站起用力不均衡造成的。她提起腿，用膝头抵着徐姐的左骶，一手拉着徐姐的左手向下向右带动身子走了个半圈，再用力往上一拉，只听到一声轻轻的"哒"声，就像一只脱轨的齿轮重新回到正常运转的路线上。

曾白青拍拍徐姐的后腰说："你慢慢活动一下。"

徐姐小心翼翼站直，再小心翼翼转了转腰，发现一切恢复正常，面上表情轻松起来，拉着曾白青的手不停地说谢谢。

曾白青说："这几天在家好好躺硬床上休息，刚刚复位，很容易错回来的。"

"你是医生？"

"不是，跟我爸学了一点，我爸会这个。"

"你爸在哪做事，把地址给我，再有不舒服我找他给好好整一整。"

曾父没开有诊所，退休待在家里，熟人知道他有手段会自己找上门。看徐姐真心求助的样子，曾白青就将父亲家的地址和电话给了，徐姐另外又加了曾白青的微信。过得几天，徐姐给曾白青电话说自己膝盖一直有滑膜炎，膝盖用多就痛，问曾父有没有办法，曾白青回复父亲给人治过，应该多少能缓解些。过些日子徐姐向曾白青汇报她到曾父那儿治疗了，曾父的手法和祖传药水都很好，她的膝盖轻松多了。两人逐渐聊上，有几回周末约着一块到超市购物，一边推着推车一边聊天。

服务员不断把菜上来，徐姐把照片装回包里，热情招呼曾白青喝汤吃菜。徐姐盛了一碗由各种香料叶子熬制的海鲜汤给曾白青。曾白青拿起勺子小啜一口，那些香草除了散发异香，还带着辛辣，汤水的味道好不古怪。海鲜汤看起来很贵的样子，曾白青不好浪费，捏着鼻子喝，好不容易消灭了一碗。

徐姐说："好喝吧？我弟弟最爱这个汤了。"说完又把她的碗拿过去，盛满了。曾白青暗暗叫苦，计划不再喝那汤。徐姐兴致勃勃,又给她夹了一块金黄色的酥肉。"我阿弟很会做菜,在外头吃到好吃的菜,回家他都能给你做出来。"曾白青赔着笑:"男人喜欢做菜的不多。""那是的啊,有这份心的男人都是爱家爱老婆的,怎么样,我们算是有缘分的,看有没有更大的缘分做一家人?"

曾白青怀疑自己是听岔了,话是这样说,意思肯定不是字面上听起来的那样。她丧偶七年,这些年找她说亲的不少,她的态度都很坚决,就想一个人过。她偶尔和徐姐聊些日常,徐姐多少了解她的状况,但她不认为她和徐姐是一路人。她俩的家相距不远,但徐姐住的小区是这一带最有名的湖光苑,依湖而建,屋子全是连排别墅,据说那屋里一年四季全部实现了恒温。曾白青住的是老公单位分的房子,建筑面积八十多平方米的两居室,一直有声音说房子是要推倒重建的,到时就能住上三居室的新房。曾白青没敢奢望,推倒重建就意味着要掏钱,就是装修都得好大一笔花费。去年她才刚把所有的外债还清,不想再背债了。欠钱对她来说就像后脊背上漏了一处没遮挡,为了把如芒在背的感觉尽快消除,她能把每个月的开支精确计算到角。徐姐原先在一家药厂当过经理,刚退了休,她的弟弟据说自己开有公司,应该也差不到哪去,看徐姐这样麻利,她的弟弟应该也不差。再说了,没听说她的弟弟是单身,难道离了婚?像他们的条件,再找什么样的没有呢?

徐姐看曾白青没有答复,脸上浮起宽容大度的笑:"怎么,不愿意啊?"

"徐姐,你弟弟这样的人才我哪里配得上,你说笑了。"

"我几时同你说笑过,我认真考虑过,没有人比你更合适了。"

"我好平常的一个人,没想过再成家,下半辈子就守着我儿子过了。"

"你才多大年纪就说这话?你就当帮徐姐,替我去照顾我阿弟,还有我爸,我大概还有半年要去美国,儿媳妇要生孩子了,我答应过去帮他们照看。"

曾白青沉默了,原来是要她去照顾人,照顾人她倒真是合适的,不过,若是这个理由,她更得拒绝了,因为她伺候人伺候怕了。

徐姐捉住她的手说:"你别当我是看不起你,把你当保姆,家里雇有保姆专门照顾我老父亲的,我真正担心的是我阿弟,他没有个贴心的人照顾,我放不下心。"

徐姐说到这里,开始激动,保养得很好的皮肤清晰地现出红潮,额头渗出细油汗。她从包里取出一张面纸擦拭额头下巴和嘴角,看得出来,她下面要讲述的内容非同一般,果然,曾白青接下来听了一个颇为令她震惊的故事。

徐姐的弟弟徐生甘,姐姐嘴里顶顶好的男生,原本经营着一家室内装修公司,生意不错,家有贤妻及一个上大学的乖乖女。三年前,突生变故,在一场车祸中,徐家妻女同时遇难身亡,徐生甘痛不欲生,大病一场,头发落光,每天困在家里,生意也不做了,这半年来才开始出门见人。

曾白青听不得别人受苦的事，徐姐边说边抹泪，她也跟着抹泪。她想这种天降横祸没几个人能承受得了，她男人顾俱全去世之前在医院住了一年多，对她来说如同是慢刀割肉，割到没痛感了才去的。如果儿子顾简义出事，她估计也会疯。她不好直接回拒徐姐，用商量的口气说话："徐姐，我看你弟弟是个重情义的人，即使我愿意，他未必能接受我吧？"

徐姐一听事有转圜，双手一拍说："我前阵子就跟他说定了，他一切由我做主，他说我看得上的，他就能接受。"

曾白青这里完全没有招架之力，她好后悔来吃这顿饭，如同那泛着异香的海鲜汤，她预见如果要将她与这个叫徐生甘拉到一块，注定是看起来好看吃起来硌硬的一种组合。她最后拿定主意，不积极应对，找到合适时机立马撤退，最多就是不与徐姐再做朋友。徐姐那一边却已经在拨徐生甘的电话，挂了电话后跟她说："生甘在家里，等会儿我们吃完饭过去他那里坐坐。"曾白青微笑表示应下，反正迟早的事，早见早了结。

二

徐生甘住在老城区，这有点出乎曾白青的预料。自从十来年前新城区欣欣向荣、轰轰烈烈的打造，城市向四面八方延展，老城区变成城市的一块补丁，灰暗、陈旧、衰破。曾白青好些年没往这头走了。她们乘坐的出租车绕过好几条狭窄破旧的巷子，进入一片私宅地。徐姐解释说："这是我们徐家祖上留下来的房产，房子改造过几回，我和生甘都出生在这里。"

这是一幢独门独户的小楼，三层半，看上去是有些年月了，面阳的墙上有好几条自上而下的裂缝，几条霸王花的枝条顽强地攀爬在上头，像是要修复这些裂缝，又像是要遮掩这些裂缝。每一扇窗户外头都隆重地安了防盗网。门口收拾得干干净净、空空荡荡，不像邻近的几户门口摆了花盆，或是桌椅和小孩子的玩具车。徐姐随身带有钥匙，推开门进去首先是一间小门厅，正墙上是一幅百福图，靠墙一左一右摆放了两只鞋柜。徐姐换了鞋子，给曾白青找了双拖鞋换上。需要绕过小门厅才能看到房子正厅的格局，正厅有一套老木沙发，墙上有电视，厅很大，家具显得少了，有点冷清。正厅通往院子的拉门是敞开的，徐姐走出去，曾白青尾随其后。院子看起来比整幢楼本身要大，大得奢侈，让人惊艳。院子正中是一个鱼池，里头养了红鲤鱼和各色的金鱼，鱼池旁边有两只大水缸，水缸种的荷花已经打苞，能闻到淡淡的荷香。整个院子没留多少空地，到处种满植物，最高大的是一棵玉兰花树，邻近的那一户人家得了三分之一阴凉。其他都是些小枝茎的花木果树，有桑葚、石榴、柠檬、魔芋、百香果，一张四方木几安放在百香果树下，摆了几张椅子，那里坐了两个人。

夜雾已经上来了，院子没亮灯。看到她们进来，有一个人把搁桌上的帽子戴上站了起来，顺手拽了灯绳，百香果架下一盏灯亮了。

"姐，你们来了。"

"来了,来了,给你把贵客领来了。"

徐姐给曾白青和徐生甘做介绍。戴上帽子,曾白青看不清这人的长相,不过,她大致知道长成什么样,和照片总归是像的。徐生甘朝她伸出来,他们的手互相握了握,都凉,没有什么温度。

徐父虽说上了年纪,但身材高大,人也胖,把一张圈椅塞得满满当当的,他朝曾白青挥挥手,脸上带着笑意。徐姐之前跟曾白青说过,徐父有点轻度的老年痴呆,有时糊涂,有时不糊涂。半年前中了一次风,如今走路不太方便。

曾白青打招呼说:"老人家好。"

老人嘴里嘟囔了一句什么,曾白青没听懂,徐姐听懂了:"什么瓜,在哪里?"

徐生甘说:"爸就记得那瓜,我还没摘呢,他让我把瓜摘了给客人吃。"

徐生甘的手指向院子的东南角,那里有一小片瓜蔓攀爬着。徐姐拉着曾白青走过去,在那片瓜蔓中她们看到两个青绿滚圆的西瓜。徐姐大呼小叫,高兴地俯下身要摘瓜,曾白青担心她这一蹲一扯地又把腰弄伤。"徐姐别动手了,我来吧,要摘哪一个?"徐生甘说:"我看那个小的熟得好。"曾白青用力要扯脱瓜藤,怎么也扯不断,徐生甘走过来,在墙边的一个橱架上取下一把剪子,把藤剪断了。

瓜剖开,吃起来不是很甜但很新鲜,籽特别多,大家边吃边吐籽。徐生甘拿了一张报纸过来铺到桌上,让吐报纸上,说明年还可以用这些籽来种瓜。徐姐说来来回回的都没发现家里种有瓜。徐生甘说不是专门种的，原先这块地翻了想种点姜，因为没买到好姜种就放着，没想到地里长出瓜苗，他任由它长，后来开花他自己做人工授粉，没想到真结了瓜，竟一日日大了。曾白青脑子里浮出徐生甘用手捏住花骨朵授粉的样子，不自觉地嘴角上翘，想笑。

徐生甘说："今天要不是你们来，要不是爸说，我都不确定这瓜是不是熟到能吃了。"

徐姐说："赶得早不如赶得巧，这个瓜就是专门为小曾准备的，另外那个瓜留着，下次等小曾过来再开。"

曾白青偷看徐生甘，想看他听了他姐说这话的反应，尽管她事先打定主意，这桩撮合她不会应下，但她还是好奇徐生甘对她的态度。徐生甘没有表现出迎合，当然也不会反对。他说："好啊，留着，瓜这么大要人多才能吃得完。"曾白青可以断定徐生甘几乎没有认真看过她，哪怕是像她这样偷偷地打量都不曾有。

正吃着瓜的徐父突然剧咳起来，曾白青挨着徐父，匆忙扔下手中的瓜，顾不上手黏，拍打徐父的背。徐父吐了一小口黏液，止住了咳，估计是被西瓜籽给呛到了。曾白青拿起另一片瓜，用勺子把上面的籽挑去，再递给徐父。徐父摆手表示不吃了，坐着闭上眼睛，很疲惫的样子。

徐姐说："珍姐呢，怎么不见人？"

徐生甘说："家里有急事，昨天请假回去了。"

徐姐大吃一惊："昨天走的？你干吗不跟我说，就你一个人照顾爸？"

"我待家里又没别的事，能照顾得来，阿爸好像想睡觉了，我先带他去洗澡，等他睡了我再过来。"

徐姐说我帮你，站起来又迟疑了，想到撂下曾白青一个人不合适。曾白青本来想提出先行离开的，但这变相就是不让徐姐去帮忙了，便说："你们忙去，我自己在院里逛逛。"徐姐挺高兴："行，你四处看看，熟悉熟悉。"

两姐弟架着老父进屋去了。

曾白青从百香果树下，沿着院里细窄的沙石路走。花花草草没有一株长得不滋润、不肆意，渗出来的气息表明它们已经在这里生长多年，根深蒂固，住踏实了。站在鱼池边，鱼儿无声地游来游去，有时嘴碰到一块，应该是打招呼，池里的水草也有年月的味道，细叶的、阔叶的、长条叶的，不同种类的根须绞在一块漂浮着。曾白青从池水中依稀看到碎碎的月亮，她抬头看天，月亮升得这么高了，能被月光遍照的院落和鱼池，很容易让人有做梦的感觉。

十来分钟后，徐生甘下来了。"不好意思，把你一个人留在这。"她朝楼上看了看，只有一楼灯是亮的，说明老人是住在一楼。"老人家睡了吗？""还没睡，我爸扯住我姐说话，赶我出来了。"这明显是让他们有独处的机会，徐生甘不避讳说出来，轻笑了一下。看到他会笑，她轻松了不少，毕竟听过那样的故事，她的神经一直绷着。"你家的院子像公园。"他又笑了:"比公园好,宝贝多得很。"他指着墙角一棵昙花说,"那是我曾祖父亲手种的,有过一次开上百朵花的记录。"她刚才没注意到这株昙花,倒是昙花旁边几株绣球花让她认真研究了一下,那一团团的花球开得雍容华贵,大得像碗。"我最喜欢的是绣球花,以前种过,不喜欢开花,花开得小小一朵,还容易掉花瓣。""肯定是浇水多了,听我的,一个星期浇一次,浇一次就浇得透透的,平时有鸡蛋壳埋根下去。""补钙啊?""是这个道理。"两人笑了起来。

"我就是在这个院子出生的,院里有些花草比我年龄还大呢,以前住的是平房,树比现在多,树上还有鸟窝。"

"我家以前住在河边,隔一堵墙外就是河,现在那河填了,变马路了,房子也早拆了。"

"你说的是哪条河?"

"洪福水库上头那条彩架河啊。"

"哦,那我知道,那河我小时候去游过泳,后面填上是因为污染太重,怕影响到水库。"

"你们这院子能留下来真是福气。"

"是啊,好大的福气,就希望搞规划的把我们这里忘得一干二净。"

他们聊起来似乎没有被撮合到一起的羞涩、隔阂。曾白青想他和她一样,并没有把这样的撮合放在心上,他们是在应景地完成某件事。在她这一方,她是小心的,她希望这个男人在与她聊天的过程中真正从失去亲人之痛中解脱出来,而不是强装门面。在这老院子里,有年代的东西上面带着痕迹和气息,她害怕不经意就触及他的伤,虽然她看不出来,但不代表就没有。

他们最后的话题回到月亮上。"今晚的月亮真圆。"

"你这院子里怎么不种桂花树呢,到八月十五的晚上,闻桂花赏月多美。"

"是啊,怎么就没想过要种一棵桂花呢,四季桂一年四季都有花呢,不过还是种金桂好,香。"

三

过后徐姐急着追问曾白青对徐生甘的看法,曾白青硬着头皮回复:"徐姐,我们可能不太合适,我这人静、闷,你弟弟需要一个活泼的人来带动才好。"

徐姐说:"生甘对你挺满意,说你随和、亲切,和我们家的院子很配,坐在花花草草中间看起来很顺眼,还有我爸,嚷着让生甘赶紧把你娶回家。"

曾白青听这话心里热了一下,虽然徐生甘的话是往另一个方向说,说她和院子配和花草搭,没说她与他配,但她知道,对那样一个人来说,这是真实的感觉,至于老人家,当然是希望儿孙万事圆满。可她还是坚持:"我和徐生甘都是苦命的人,我没得那个运气带转他,我和他算了吧。"

徐姐在电话那头长吁短叹,没有劝曾白青再考虑,而是感叹人生聚散无常。曾白青认为这事算是过去了，她到花鸟市场上买了一株绣球花回来，种到阳台上的空花盆里。空着的花盆一共有五只，多年前她种过不少花，有茶花、海棠、绣球花、玫瑰花，后来疏于照顾，也无心照顾，一一死去。这新买回来的绣球花她按照徐生甘说的，水不敢日日浇，一个星期浇一次，浇透去，碰上煮鸡蛋，会把壳埋到花盆里。

儿子顾简义在上高中，除了周末偶尔回趟家，平时住曾白青妹妹家。曾白青的妹妹在中学教数学，离婚两年了，女儿判给男方，她自认为比曾白青能教导孩子，曾白青乐得轻松，把孩子交给她了。周末孩子大多都在补课，曾白青那时间就上妹妹家去，打扫收拾，和妹妹他们吃上一顿饭。她自己平时在家吃得简单，有时是碗面，有时是一个馒头，有时干脆就一个水果。她住得离父母家不远，两站路，吃过晚饭她经常散步走到父母家去。父亲曾正好原先是印刷厂的一个车间主任，退休在家没闲着，如今腰腿不好的人遍大街都是，每天上门来理脊整骨的一个接一个。这是个费力气的活，曾正好性子闲散，不是贪财的人，他给人治病完全是见不得人有病缠身。病人总不断，他也会烦，有时就跑到乡下的表姨家住上十天半个月的。

父亲住的是一楼，门口摆了几张矮凳，凳子上坐满了人，证明屋里头还有病人。曾白青跟大家打了招呼后进屋。客厅就是治疗室，摆有两张按摩床，还有一张长沙发。曾正好在给一位中年男子拍膝盖，手起掌落，"啪啪啪"声响，男人"嗷嗷"叫痛，拍起紫痧后，曾正好往手上倒了药酒，安抚地揉揉男子的膝盖，停得几分钟继续拍，惨叫声再次响起。长沙发上也坐了两个人，看上去像一对母女，老女人的眼睛下面一圈紫黑，一手托着腮帮，愁眉苦脸的样子像牙痛。

曾白青问："大妈好，你哪不舒服？"

老人说："头痛，一抽一抽的，睡不着觉。"

曾白青搬了一张椅子，让老人坐到椅子上。"我先给您放松放松。"

她捏了捏老人的肩膀，那肩膀硬得跟石头一样，她摁了肩颈穴，把肌肉按松，再顺着肩颈理到头上，把那些结了小节的筋慢慢搓开，她的手指很敏感，藏在皮肤下的筋络，凡是绷紧的、扭曲的她轻轻一触就能感觉出来，一点一点搓揉过去，基本都能搓开，那扭曲得太死变形了的，得分好几回，一次一点，由表及里。大部分人的骨头不正，首先就是肌肉筋络紧张僵硬，时间久了，带累骨头跟着弯曲位移。以她的领悟力本来是可以做个好医生的，如果条件允许的话，问题是，她是个女子，曾家祖训那些什么秘方只传男不传女，曾正好只教了她一些正骨的手法，她便把这当作一个爱好，粗浅了解就过去了。回家她总是替父亲打下手，把前头的工序做完，最后再让父亲来画龙点睛正骨复位。

老女人一边叫痛，一边说舒服，等曾白青停了手，恋恋不舍地说头上热乎乎的，现在就想睡觉。曾正好抽个空过来，"咔吧"几下给老人正了颈骨胸骨，老人的治疗就结束了。曾白青到门外叫下一个病人进来。这个病人是腰椎间盘突出，曾白青让他躺按摩床上，先给他用红外线灯照照腰，徐生甘的电话就是这个时候来的。他抱歉这么晚了还打扰曾白青，曾白青抬头看墙上的钟，快九点，不算晚。"我爸刚才洗澡的时候摔了一跤，人是坐起来了，擦破点皮，但我怕他的骨头摔坏了，他自己觉不出痛。我想送他上医院，我姐说先让你来看看，筋骨的问题你能看，严重的话我们再上医院。"

曾白青答复马上过去。她进里屋取了些跌打药水，跟父亲打声招呼，出门打车直奔徐家老屋。徐父躺床上像一座小山，眼睛一眨不眨地盯着她看。曾白青从头到脚给老人理了一遍，除擦伤以外，发现左腿内侧有拉伤，轻微水肿，带来的药水正好用得上。她给老人用药水轻轻拍了拍，交代明后天徐生甘也这样给老人弄。徐生甘一直在点头，这次他没有戴帽子，她想可能是着急忘了，那颗脑袋上头不见一根毛发，掉得可真彻底啊。如果每天用生姜捣成泥敷头上，加上按摩，再配些中药吃，这头发应该能长出来，不过，这和她有什么关系呢？她也不可能给他这样一个揭人伤疤的建议。

躺着的徐父突然说："老二，我明天想去竹江吃鱼。"

徐生甘把脑袋凑近父亲说："好，明天我带你去。"

徐父又说："小曾也去，竹江的鱼好吃。"

曾白青迟疑着，老人的提议她不好意思拒绝。

"明天周末，你跟我们一块吧，江边风景不错，到时你搭把手帮我搀我爸四处走走。"

曾白青答应了。

他们从屋里出来,走到院子里,今晚有凉风。徐生甘说:"吃瓜吧,我把剩下那个瓜摘了。"她顺着他的手,看那百香果树下的方桌上,摆放着一个滚圆的瓜。

"这么大一个瓜我们两个怎么吃得完,徐姐怎么没来?"

"我姐跟我姐夫到广州办签证去了。"

徐生甘把瓜破了递给她一片,她吃起来感觉比前次那个甜,"咦,这一棵藤上长出来的瓜味道还不一样。""我今天把瓜藤除了才发现两个瓜不是一条根上长出来的。"

曾白青朝东南角看过去,瓜藤果然除了,那上头种了一棵与她一般高的树。"种了什么呀?""金桂呀,买了一棵大的回来,明年八月应该能开花了。"曾白青想起前次来他们最后的对话,说到月亮,说到金桂,他是重视她的话吗?

第二天中午徐生甘开车载着父亲过来把曾白青接上。徐父看到曾白青热情地招呼:"小曾,小曾。"曾白青问老人家拉伤的地方还疼不疼,老人大声地回答:"不痛,不痛。"

竹江从市区边上经过,沿江边开有好几家餐厅,选的都是好地段,掩映在江边的树林子里。徐生甘看来是经常来的,到了地头,轻车熟路停车、点菜、说明上菜的时间,就招呼曾白青往江边的石板路上走。徐生甘没让父亲坐轮椅,他搀着父亲慢慢走,曾白青推着轮椅。江中有只小船,船上有人在拉网。徐生甘冲那人喊:"捞的有辣追吗?""有两条,不大。""刚才我点菜说没辣追,你给我送厨房把鱼蒸上。""好的,等下就送去。"

江水浑浊不清，但江边的树好，阳光从间隙里透过来照一照，阴凉爽快。平时这个时间曾白青应该是在妹妹家打扫卫生，今天她跟人到江边来约会了，她认为这算得上是个约会，这样的约会她只在二十来岁的时候经历过，早忘了滋味。现在感觉不急不缓、清清淡淡，和周遭的空气一样。

　　"我以前在这里游过泳，水最深的地方能有五米。"说这话的时候徐生甘有些气喘，老父亲身体有半边压在他身上，父亲头脸上都是油汗，他也是。

　　曾白青问用不用让老人坐到轮椅上，徐生甘摇摇头说不用，再多走几步。

　　"听说以前冬天在这一带搞过什么横江比赛，你不会也参加了吧？"

　　"参加过，不过没拿到名次。"

　　"能参加就好厉害了，一到冬天我都不愿意沾水，不敢想别人怎么能整个跳到冷水里。"

　　"好几年没游了，估计游不到对岸了。"

　　"试试呗，我看没问题。"

　　"好，哪天带衣服来试试。"

　　曾白青手机响了，妹妹打来的，说顾简义爬山摔昏迷了，具体情况还不太清楚，她正在赶往医院的路上。曾白青听了身子一软，孩子没几个月就要高考了，好好的怎么爬山去了。妹妹说昨天晚上就出去在外头露营，与好几个同学一块去的，说是要看日出。曾白青是又气又急，徐生甘了解电话内容后，把父亲扶到轮椅上，推着轮椅跑起来，边跑边回头对曾白青说："快，跟上，我送你去。"

曾白青虽说已乱了方寸，坐到车上才想到搅了别人的周末休闲，老人惦记吃的鱼还没吃上。她说："要不我还是打车去，你带着老人在这里吃饭，菜你都点了。""饭哪里没有吃的，孩子要紧。"徐父也说："看孩子去。"

徐生甘车开得很急，一路按了好几回喇叭。到医院，曾白青打开车门顾不上他们，跑着去找孩子，到了急诊室，看孩子躺在床上，心快跳出嗓子眼。刚想叫唤，妹妹从一旁斜插出来把她拉一边说："刚睡着，外伤医生都处理好了，现在是轻微脑震荡，右腿粉碎性骨折，肋骨断了两根，医生说腿要动手术，等你来做决定。"曾白青心落了地，但眼泪止不住掉下来，她转身趴在儿子床边。儿子的脸灰扑扑的，嘴唇皱干泛白，儿子上学的第一天她就感觉儿子独自去应对的是一个好大的世界，外头车来车往、人来人往，那么小小的一个人是多么容易被淹没呀。很长一段时间，即便顾俱全还在的时光，她生命中也只有儿子这一片绿葱葱的叶子。她沉浸在莫名的后怕中，不知哪年哪月存着的委屈，眼泪鼻涕糊了一脸。

徐生甘找来了，气喘得厉害，看到曾白青扑过来抱住她的肩，曾白青惊了一下。

"小曾，不急啊，现在医疗手段好，都好治的。"

曾白青从自己的情绪中抽离出来，徐生甘那双大眼睛里有强压下去的慌乱，她有些感动，他把她的事当成自己的事了。

她在徐生甘的臂弯里没有移动，也懒得理妹妹射过来询问的眼神。

曾正好到的时候，没跟女儿打招呼，直接跟医生拿了骨头片子看，看完后跟低声对女儿说："没事。"

曾白青也知道没事，曾家的秘方就主治骨伤，粉碎性骨折也不是个大不了的事。曾正好曾经治好过一个双膝粉碎性骨折的司机，那司机不但给他送了锦旗，还磕了头。曾正好当时喝了点酒，骄傲地说："我们家的药酒敷上去能让骨头重新长起来不神奇，那些碎了的骨头片能自动复位回到原来的位置上这才叫神奇。"

曾白青整理好心情，把脸上的泪擦干，对徐生甘说："没事了，你照顾你爸去吧。"徐生甘说："他在外头看着我们呢。"曾白青往外一看，徐父坐在轮椅上，在急诊室外头靠着一堵墙，看她看过来，冲她挥了挥手。"今天我就在医院陪你，你有什么需要我做的尽管说。"徐生甘的话不容置疑。那一刻曾白青对自己产生了怀疑，就这些天的接触，他认可她了？是真的认可？还是将就？她随即又嘲笑自己的较真，不是说好一个人过吗？哪来这么多问题。

四

在外公的精心照料下，半个月后顾简义能下床走路了，虽然还有些瘸，但不需要挂拐，若是动手术，至少三个月才能有这效果。徐生甘对曾家的祖传技艺佩服得五体投地。这段时间曾白青住在父亲那里帮忙照顾顾简义，徐生甘隔两三天会上门一次，上门没空过手，送过水果、鲜鱼还有猪骨头，还毫无心机地向曾正好请教那些敷顾简义腿上的药酒是用哪几味草药配制出来的，就差点没掏出支笔做记录了。曾正好笑而不答，指着墙上一幅字："千古一绝"。徐生甘再看挂在字旁大小不一的感谢锦旗，才发觉唐突了。

曾正好问曾白青与徐生甘是什么关系，曾白青说徐生甘是她朋友的弟弟，替姐姐来帮帮忙的。曾正好眼里露出六分怀疑，四分失望。曾白青不在意父亲的怀疑，她愿意看到他失望。

秉着有来有往的原则，曾白青偶尔上徐家去，给徐父按按摩捶捶背，看老人家平时活动不便，身子肥胖，她就给老人推腹，还别说，一两个月下来，老人的腰腹明显小了一圈。家里的保姆珍姐几乎承担了所有家务事，但曾白青若去，徐生甘必定亲自下厨做菜。曾白青喜欢吃素菜，徐生甘素菜做得用心，炒青菜会搁几朵香菇，烩淮山药配上木耳和一把枸杞，南瓜用咸蛋黄油煸。在吃上随意糊弄自己惯了，曾白青对着这些菜吃出了正儿八经有家有口的丰盛感。

徐父时而清醒时而糊涂，清醒的时候爱说话，闹着要吃红烧肉、香煎鱼，闹着要上街。那天扯着徐生甘不放，不知是闹着要去哪里，徐生甘一会儿摊手，一会儿摇头。曾白青说："老人家是想上街吗？我陪他去。"徐生甘说："他是要跟我去办房产过户手续，这房子老早说要转给我，一直没找到合适的时间去办手续。""那就去办了呗。""今天周末,等到工作日才行,有时想去办的时候老爷子又犯糊涂。""我看他这段时间状态挺好,你抓紧时间。""嗯,星期一你跟我一块去办吧,把身份证带上,过户加上你的名字。"曾白青觉得这话莫名其妙,徐生甘哪里就蹦出这么一句来?不说他们没有谈婚论嫁,就是嫁了她也不会贪人家的房产,难道是抛出这么一个香饵以为她会欣然嫁入?她顿时恼怒不已:"加我的名字,这房子和我有什么关系?"看她态度锐硬,徐生甘慌忙解释:"这是我爸的意思,我爸觉得不能亏待你。"听是徐父的意思,曾白青的怒气消了一半,老人往往是守家业最顽固的那一个,如今这样开明让她心暖,让她敬重,但她不会接受。

徐姐出国前两日,请曾白青上家里吃饭,两人一块逛街买菜,买完曾白青就跟着上徐姐家去了。到家时间还早,徐姐说不忙做菜,两人坐着闲聊了一会儿,徐姐从书柜里翻出好几本相册。这次徐姐没有让她再看徐生甘的个人照,她把徐生甘一家的合照翻出来。那时候徐生甘长有一头乌黑茂密的头发,妻女一左一右偎在他的身旁时,妻子娇小妩媚,女儿英姿飒爽,他一脸慈祥,像拥有两个女儿。

徐姐发出叹息:"当初事情出来,生甘跟疯了一样,要找那肇事的司机拼命,要不是我们拦得及时,真要出人命的。"

"那司机判了刑了吧?"

"没判,调查说是车轮爆胎,引发失误操作,司机没有主观的错误行为,这司机碰巧还是我们的熟人、老邻居,叫马伯乐，原先和我们都住老宅那条街上，后来新城区开发，他早早搬出去了。马伯乐比生甘大不了几岁，两家的孩子小时候是要好的玩伴，经常走动，关系不错，那时哪里想到有一天会变成仇人呢？马伯乐是个本分大方的人，为这事也是闹得痛苦不堪，上门来赔罪给我爸都跪下了，要说人家也不是故意的。当时我做主将官司私了，马伯乐给赔了一笔钱，徐生甘埋怨我多管闲事，不依不饶，有两次跑上门去找马伯乐，一次是将人打了，一次带了刀，把马伯乐堵在楼道里说要同归于尽，要是马伯乐计较他得坐牢呢！马伯乐可能是因为这个原因带老伴悄悄迁到外地，不知道搬到哪里去了。这几年我们为生甘操碎了心，就希望他把怨恨放下，他能约你去江边吃鱼，能上你爸那去，我看是个好兆头，说明他自己愿意走出来了。小曾，不管你们成不成，我都希望你拉他一把。"徐姐不停地抹眼泪，眼睛充血，红得有些惊人，又紧紧握住曾白青的手。

曾白青感觉自己成了徐姐手中的一根救命稻草，但她严重怀疑自己是否有这样的能力。自从前次听徐姐说徐生甘的不幸，她已经很替徐生甘感到难过，如今了解增多，她的难过加倍。她想象徐生甘与人扭打在一起，手执刀子的样子，那么斯文的一个人，理智消失殆尽，恐怕那时就是一具行尸走肉，活着的人被死去的人牵引，朝的就是死亡的方向。此刻，她才有一种明确的认识，死者对生者不带温度的吞噬是强大无情的，她不得不承认，她与徐生甘同病相怜。顾俱全走了七年，七年中她拒绝所有男人和所有能泛起涟漪的事件，可笑的是她并不是因为怀念，她是经历极度厌恶失望之后而惧怕重复，哪怕是一点点重复。无论如何她仍然是在顾俱全的影响中，她越抗拒，越在。曾白青为这样的领悟感到心酸，为她也为徐生甘，那些流走的时光啊，都是灰暗的底色。

"徐姐，你放心，会好起来的，都过去了。"曾白青安慰徐姐，也是鼓励自己，也许她可以从接受徐生甘开始，徐生甘现在也是在做这样的努力吧？曾白青拉着徐姐的手说："走，我们做菜去。"

曾白青刚和徐姐刚进厨房，徐生甘带徐父来了。他挽起袖子说："厨房的活交给我。"曾白青说："我帮你打下手。""好啊，洗菜。"

晚饭吃得挺开心，徐生甘给曾白青夹菜，曾白青也给徐生甘夹菜。他们喝了红酒，每一个人脸上都现出绯红。徐姐预想自己在美国抱孙、洗尿片的日子，笑成了一朵花。徐生甘对自己将要当舅公也是兴奋不已，要求姐姐一定把孩子带回国让他瞧一瞧，这话翻来覆去说了好几遍，像是醉话。晚饭结束，曾白青说自己走回家去，没几步路，徐生甘坚持打车送她，等她坐到车上又说带她到家里去看一样东西，曾白青没有拒绝。

回到老屋，徐生甘把父亲交给珍姐，带曾白青上二楼。以楼道作为划分，二楼一左一右两间大房。徐生甘打开二楼右手边那间屋，推开门，亮了灯："这是我为你专门装修的卧室，你的卧室。"曾白青听清楚了这句话，强调了专属性，是属于"她"的，不是"他"的。之前说房子要添上她的名字，为她装修一间卧室不出奇。曾白青没有表示出惊讶，她步入房内。

新装修过的卧室展示了徐生甘做室内装修的特长，床是榻榻米似的，占了屋子的一半面积，红木、青竹席。靠墙有一条案几，案几上有茶具，一个精美的木架上放了几本书。临窗另有一个花架子，上面摆了花瓶和盆景，旁边的梳妆台很大很奢侈，镜子能照全身。曾白青看镜中的自己，红酒的酒劲还在，脸蛋粉红，嘴唇玫红，眼睛罩着一层雾，她被自己惊艳了一把。

徐生甘站在她身后说："这屋子是按照你的气质来设计的。"

她的气质是这样的吗？从这些家什中她总结不出什么语词，但她喜欢这个设计，也喜悦自己的气质与之吻合。她说："谢谢。"

"为什么要为我装修房子呢？"她不打算放过他，酒精还在她身体里作用。

"有两三年没动脑子搞设计了，重新捡起来，想想不如给你装一间屋子，你若愿长住我高兴，若不愿意，我就当练手了。"徐生甘说得挺自然，示爱的成分被弱化了，他没有追问她愿不愿意长住，曾白青松了一口气，但分明心里又有失望。

徐生甘又领她去参观他的卧室，二楼的左手边那间屋。他住的屋子没什么特别的，床、衣橱，还有一张超大超长的桌子，上边散乱地堆放着一些书和一台电脑。

当晚她没有离开，因为下雨了。

徐生甘说："下雨了，明天我再送你回去。"

她说："好，我睡我的卧室。"

她是睡在她的卧室了。徐生甘一直和她待在一块,他们说着话,后来她说困了,进卫生间洗澡,换上徐生甘给他准备的新睡衣,这新睡衣是什么时候买的,怎么一切都像有预谋?曾白青上床睡觉,过得一会儿徐生甘也跟着上了床。她想说句什么,想想咽了回去。他抱着她,抱了好一阵子才开始抚摸她的身体,她能感觉到自己的身体很硬,七年不近男人,这种肉体的亲近感有让人害羞的陌生。她尽量让自己变得柔软,配合着,他们完成了一次亲密的关系。其间,言语交流不多,好在最后他握住了她的手。他握着她的手入睡,让她觉得这里头除肉欲之外,还有情感的流动。

她睡着了,半夜醒来发现身边没人。她起身打开门,看到徐生甘的卧室有微弱的光透出来,她轻轻走过去,小心不弄出声响。徐生甘屋里没亮灯,他正对着电脑,电脑的光射到他的脸上、后边的墙上,脸与墙都变动着画面。

她轻轻碰了碰门,门发出轻微的吱声,徐生甘朝她的方向看过来。

"你怎么起来了?"

"你怎么不睡?"

"我睡不着,在电脑上看看剧。"徐生甘从椅子上站起来。

"经常睡不着吗?"

"顽固性失眠,吃药也不管用。"

"你躺下,我给你按摩一下,身体放松了人就容易睡着。"

徐生甘推辞着,曾白青拉着他的手,让他躺到床上。他只能躺下，两只眼睛朝上。

"看你这双眼睛，就知道你精神得很，我一边给你按，一边给你讲故事吧。"

"好啊。"

"听故事有规矩，不能说话，不能插嘴，闭上眼睛听就好。"

"行。"

五

"从前有一户人家姓朱，当家人叫朱名荣，朱家人丁兴旺，朱名荣有六个儿子，一家人本分勤快，既种地也做小生意，在当地算得上个殷实人家。这殷实人家是相对别家来说的，那个年月经常打仗，天灾人祸不断，能不断顿，偶尔有肉吃就算是了。有一天，朱名荣在村口遇上一对逃难来的父女，听他们说话的口音像是北方人，那当父亲的生了重病，咳嗽能把肺咳出来，虚弱得随时要倒下去的样子。女儿才十二三岁，拽着父亲的衣服只会哭。朱名荣看他们可怜，接到家里，给请了大夫。吃了好一阵子药，那男人的病不见好，大夫私下里跟朱名荣说是没治了，熬时间而已。那人对自己的身体心中也有数，某日将朱名荣找来，说自己有祖传治骨伤的秘方。朱名荣一开始以为这人是自知来日无多，准备把秘方传给他，以此报答恩情或是托孤。他没有放在心上，只是安慰这人不要多思虑、静心养病。这人看朱名荣不上心的态度十分恼怒，让朱名荣给他弄来一只鸡。朱名荣是好脾气的人,就让人给弄了一只鸡来。这人将鸡的两只腿当场掰断,那只鸡惨叫翻滚在地上,翅膀扑腾着,腿不能站。朱名荣想这人是病的时间长了,行事乖张。只见这人把随身携带的一只小葫芦打开,扯了一块细长的布条将酒润湿绑在鸡腿上,过不了半个时辰,那只鸡站起来慢慢走动,仿佛刚才腿并没有被折断,看起来跟玩魔术一样。朱名荣知道这人有两下子了,便问他有什么想法。这人确实是要托孤,但提出的条件倒像是朱名荣欠了他好大的恩情,他希望能从朱名荣的儿子当中挑一个来当他未来的女婿,并且,这个儿子要随他的姓,姓曾,这样他才会把秘方传给这个未来的女婿。朱名荣问他为什么不传给自己的女儿,他说按祖训秘方只能传儿不能传女,他的儿子早夭,只有一个女儿,如今只能传给上门女婿。当地的风俗倒插门不是件光彩的事,朱名荣不缺吃不缺穿,没有必要平白送人家一个儿子,何况朱名荣对秘方兴趣不大,那时这种手段多半是江湖游医掌握,旁人不会觊觎。那人的女儿原本站在一旁,突然给朱名荣下跪磕头,请求朱名荣同意她父亲的请求,并起誓做牛做马报答朱家。那头是磕得"咚咚"响。朱名荣一是可怜这对父女,二是觉得有六个儿子,有一个掌握这样一门技艺也不赖。他跟姓曾的说,我把我儿子找来问问,如果有愿意的,我就没问题。朱名荣的第五个儿子与曾家女孩年龄相仿,他把儿子找来问话,说明清楚愿不愿意跟别人姓,然后学一手治骨伤的手艺。小五十六七岁,对新鲜事好奇得很,佩服这人的手段,愿意学习,曾家女儿又长得清清秀秀,他打心眼里喜欢，这事就说定了，朱名荣让小五拜称那人为爹。姓曾的撑着虚弱的身子教小五正骨手法，又教了药酒的配制方法，熬了两个多月离世了。三年后曾家女儿嫁给小五，这时族里有人出来说小五没有必要改姓曾，这女儿朱家帮养了好几年，不姓朱已经够意思了，还想捞一个朱姓娃变曾姓人，是不晓得感恩。朱名荣在这个时候没有动摇，他说说过的话便要守信，小五已经磕头认过爹，不能够反悔。小五就一直姓曾，生下来的孩子都姓曾。曾家的祖传秘方从小五的手中一直往下传，传到现在这一代，传承人叫曾正好。"

曾白青嘴上说着故事，手上没耽误，她把徐生甘肩膀连着头颈的皮肉当作一片土地来耕耘，把那久不见太阳的土翻出来，把土上长的草拔出来，至于土里的石头不好夜里刨动，动静大，先将它们的棱角弄得顺和些，不那么硌人。

"曾正好的主业是印刷厂工人，不妨碍他利用些闲暇时间给人治病，在很长一段时间，他给人治病是不收钱的，别人拎来两瓶酒一条烟就算是治疗费了。他不贪财，前阵子还有个药厂的厂长来找他，想跟他买秘方，说是给个一千万的知识产权费，还给股份，他想都没想直接拒绝。他说把祖宗的方子卖了，我没脸去见祖宗也就算了，可你们拿了方子，把药卖出天价，赚那些病人的钱，我是要背因果的。曾正好有两个孩子，两个都是女儿，现在他又碰到老祖宗当时碰到的糟心事了，秘方无后人继承……"

曾白青来来回回地捏拿，能感觉到土渐渐松活，冒出热气和水汽。徐生甘的脑袋软耷地歪到一边，终于是睡着了。曾白青停下手，想回自己的卧室，一转念，她在他身边躺下了。

　　早上，徐生甘醒来，窗外射进来的光将他的眼睛刺了一下，这个光强度怕是有十点了，竟然睡到这个时间真是不可思议。在过去许多夜晚，他一晚上能睡上两三个小时就很难得。那些睡不着的夜晚很漫长，如果没有网剧，他能坐着到天亮。夜很安静，他能听到时间流动的声音，在每一个物件里都有时间流动的声音，如果画出来，地板是涟漪般一点点地扩散再汇聚，墙壁是从下至上抛物线的滑落，灯是间歇性地阶梯形颤动，而他身体里时间的流动像爆竹飞到天空，每一次炸响，他更衰落一分。

　　他翻了个身，发现曾白青躺在身边，他想起昨晚的事，人不敢再动弹，睁大眼睛看这个女人。女人的皮肤很白，是那种长久不经日晒的白，不是天生的白，这种白让她显得更冷，她那双骨节略显粗大的手却能将他的头颈搓出火烧火燎的热度，那热从皮肉渗入肌里，将他硬杵绷着的劲头卸下一半，强制性使他松懈下来。她讲故事的声音很平静，没有起伏，就像一条平缓的河那样流动，她站在故事所牵涉的人与事之外，他却被带到故事之中，进入故事的同时，他硬杵绷着的劲头又被卸掉另一半，全身再无捆绑，悄然入梦。

　　他其实也害怕天亮，天亮以后的日子更漫长，他从来没有准备好一个人度过这样漫长的日子，花了三年的时间都没有准备好，他也没有准备好与另外一个人过日子，即便这样一个女人躺在自己的身边。他担心她迟早会识破他,他不过是一根依着惯性走动的时针。当听到她的儿子摔伤,他是真心着急的,他的孩子可是没经过抢救就宣布没了生命指征,孩子没了,和空气一样看不到又无处不在。为她装修房子他也是真心实意的,这个被他父亲和姐姐都看好的女人,在他看来也是不错的,她是一个看起来不热情却有着韧劲、善良的女人。他欣赏她的不热情,正如他知道自己也热情不起来,两个有经历的人走到一块,各自都带有行囊,哪里会走得轻快?要有一个人走快了,能停下来等一等,就是个好伴了。

刚才徐生甘那一动,曾白青已经醒来,她没有立时睁开眼睛,她知道他醒了,睡在她的身边,静静地看着她。看吧,如若能从皮囊穿透到心里,她倒是能省下许多要说的话。

徐生甘这一天独自往曾正好家去了一趟,提了烟酒水果还有几盒保健品,照曾正好的话说,礼物把客厅占了一半。曾正好给曾白青打电话说这事,曾白青才知道徐生甘见她父亲去了。徐生甘没有说什么,专门就像是送礼去的,搞得曾父有点莫名其妙,问女儿说:"非亲非故的怎么送这么重的礼,他不会是想跟我套秘方吧?"曾白青又气又笑:"人家知道你替人治病收费低效果又好,尊敬你。"曾正好说:"我看没这么简单。""行,那你就继续观察吧。"

晚上,曾白青早早准备了姜末,磨得细成糊状的姜末盛在一只小碗里。临睡前,她把姜末敷徐生甘头上,敷了一会儿开始在上头搓揉,徐生甘叫辣。

曾白青说："越辣越好，这汁最好能渗进毛孔里去。"

徐生甘说："你这是要给我治秃头吗？"

"我可不管你的头发，我只管你的睡眠，头部松了，全身就松了。"她这么说，是照顾他的面子。

"今晚上你还讲故事吗？"

"想听？"

"想听，昨晚上你说曾家秘方后继无人，后来我睡着了，怎么样，现在有眉目吗？"

"能有什么眉目？"

"这祖训都是死规矩，现在什么时代了，还守这个，估计我们国家很多秘方就这么弄失传了。我看你在这方面很有天赋，传给你正好。"

曾白青笑了："你今天给我爸送好重的礼，是不是就冲着这秘方去的？"

徐生甘坐起来："天啊，这一定是你爸跟你说的，我是觉得我们目前这种关系，我应该对他老人家表示一下，我真没有别的想法。"

"我们的事我们知道就行了，不需要让他了解。"

"我想你爸应该会开心，我爸这两天也很开心。"

"我说了，不要让他知道！"曾白青的声音高起来。自从顾俱全走之后，父亲没少给她张罗，就希望她赶紧再找一个，他以为这样就可以弥补他对她的愧疚？她不会让他称心如意。

"没有你同意，我是不会说的。"徐生甘对曾白青激烈的态度感到疑惑。

曾白青捏住徐生甘肩背上两块硬邦邦的肌肉，用大力去捏松，徐生甘"嗷嗷"叫痛。"都认错了，你轻点。"

"你这两坨肉都快结成石头了，一下给你敲碎肯定会痛，但过几天你保证能感觉到清爽。"

她把他头上敷好的姜末取下来，用手搓揉头皮，干掉的姜末不断往下掉，徐生甘的头皮发红透亮。

"好舒服，头皮热乎乎的，快讲故事吧，老规矩，我闭眼不插嘴，只带一对耳朵听。"

六

"1945年大年初一的早上，在一个靠河的村子旁，曾家第三个孩子诞生了，他的名字是早就取好的，叫曾正好。曾正好长得很瘦弱，哭得很凶。那时候各家各户都没有余粮，他母亲怀他的时候吃的是玉米红薯，瘦得没有奶水，正在愁这孩子能不能养活的时候，曾正好的父亲曾长水从外头回来了。那些年曾长水在外头做游医，游荡在城市和乡村。曾正好比曾长水预估的时间早了一个月出生，曾长水便没赶上，但父亲却在儿子奄奄一息的时候带回了救命的东西。那个时候在乡间没有什么东西比大米看着更让人亲切，曾长水捎回来整整一百斤大米，还有村里人几乎没见过的一袋红糖。人们都说曾长水发财了，曾长水也默认了，在曾正好百日那天他买了一口猪劙，让全村人都喝上了肉汤，开了荤。就因为这口猪䐏，抱在母亲怀里的曾正好得到全村人潮水一般的祝福。要说曾长水本来也是计划好提前一个月回村的，为什么没有提前是接了一桩业务，这桩业务着实让他发了一笔横财。曾长水在城里给人治病，靠的是在街头摆摊子，那摊子就是一块布铺地上，布上写了主治的病症，还画有两三幅带人体穴位的图案，压摊布的是两葫芦药酒。那阵子曾长水心上颇为焦灼，老婆要生了，他这半年没挣到什么钱，他知道一家人都指望着他呢。有一天，一个曾经到他摊上来让他帮忙理过颈椎的老伯急匆匆跑来，问他有没有本事治腰伤。曾长水指着布上写的腰腿痛几个字说：'能啊。'老伯说：'你以前给我整过脖子，一次就有效果，我跟我家老爷推荐了你，如果你真有本事给人治好了，少不了你的好处，我也能得主人家一个赞。'原来这个老伯是在一个大官家管厨房的，前两个月下雨路滑，大官出门摔了一跤，当时就不能动弹了，这段时间请了好些正儿八经的医生给治，不见效果不说，腰上还长了水泡，一碰就痛。在老伯的推荐下，曾长水得以进入大官家，但作为一个游医大官家人不是很放在眼里，有死马当作活马医的意思，还让他签了责任书，治得好给二十个银圆，治不好当作乱行医投监。

"曾长水给大官用了半个月的药，大官便能让人搀扶着下床走路了。曾长水说是前面给耽误了时间，如果是第一时间他上门来治，一个星期就能让人下地走路。后面还有半个月他本来是不用在大官家待下去的，他给大官配了药，换着敷就成。可人家不是有权有势吗？非让他留下来，要看到大官行走自如才算好。曾长水只能留下来，每天除了亲手给大官换药，还帮大官推拿一二，这样又过了半个多月，大官走得很是利索了，曾长水惦记家里临产的妻子，跟大官说明情况提出要走人。大官这次没有强留，除了原先说好的二十块大洋，还送了他一些衣料，嘱他过得几个月再上门来复诊。曾长水拿到这一大笔赏钱，欢天喜地地答应了。那一百斤大米、一口袋红糖没花掉几个银圆，剩下的钱曾长水拿回家让老婆存起来，说是将来供儿子读书用。曾正好从小就是曾长水的心头肉，曾长水送他去上私学，还带他去医馆拜师，学望闻问切，曾长水认为自己掌握的医术面太窄，希望儿子能更博学一些，将来能正经开个医馆。曾正好不负期望，除了把自家祖传的本事掌握，中医的基础医理也学得不赖，本来他是有可能成为一个好大夫的，只可惜那年月大多学校关门大吉，他最后上的是一所技校……"

曾白青搓干净徐生甘头上的姜末，人已经睡着，睡着后的一张脸总是那样无辜、安然。空气中是好闻的生姜味道。

第二天徐生甘起床后说："我们去把结婚证领了吧。"曾白青说："不急，等我过了四十三岁生日再说吧。"

曾白青不看重这本证，独自一人过了这么多年，她不需要一本证件来保障自己。四十三岁生日在半年以后，于她是一个有效的托词，她好像赋予那个日子一点什么意义，其实什么也没有。在她与徐生甘之间还缺少一些内容，生动的、有温度的内容，这是她的执守。

"好，我等你，四十三岁生日我帮你过。"

"好。"

"我要开始忙公司的事了，家里就交给你了。"

听起来是新生活的开始，她说："你忙你的，家里也没什么事。"

妹妹那里曾白青还是会每个星期去做一次卫生，和妹妹碰碰头。顾简义高考已经结束，尽管还没收到录取通知书，但分数是上了重点线的，顾简义和一群同学四处旅游去了。

曾白青每天下班准时回家，有时徐生甘会在家，在家他就下厨做饭。如果他不在，珍姐做饭，她陪老人说话。晚上等老人睡了，她在院子里整理花木、松土、浇水。有一阵子她还联系了父亲的一个老病人，那人是开有养猪场的，交代别人帮忙晒干几袋猪粪，等猪粪发过酵，臭味全消后拿来当肥料。她种在自己家里的绣球花也移过来了，到了这长得更快。这些琐碎的活能干一晚上，第二天接着干，还是能干上一晚上。她不爱看电视，也懒得看书，只想做这些不操心的事，能让身体动着就好。

那天徐生甘回到家显得心事重重，背了一个网球包，不说话，他从包里拿出一副网球拍，在院子里挥舞。

曾白青说："你会打网球？"

徐生甘说："不会。"

"打网球不错，运动量够大，运动前先把身体活动开，打球累了晚上睡眠会好些。"

徐生甘盯着曾白青："要不你跟我一块去学？"

曾白青说："我以前学过，会打。"

徐生甘露出惊喜："你会打？我再去买一副拍子，你来教我，明天晚上开始。"

球馆离他们住的地方较远，开车半个多小时。这是一家豪华的运动馆，不只有网球场，还有游泳池、瑜伽馆、篮球馆等等。徐生甘说这里的场地特别不好订，很多人长期定点来打球，所以至少得提前一个星期订场地。

"那这个场地你是前个星期就订的？"

徐生甘愣了一下点头了。

曾白青说："那如果我不来你跟谁打？"

徐生甘说："当时没有想这么多，先订了再说。"

曾白青觉得徐生甘这打网球的劲头来得有点莫名其妙，转念又想可能和他重新拾起公司的业务一样，是迈步进入新生活的一种努力，她得支持他。真正下场打球的时候，徐生甘并不认真学，打不了几分钟停下来休息，拿着水瓶一边喝一边四下转悠，看样子更像是来参观别人打球的。

他们一个星期打两次，星期二和星期六。打了三个星期，在一个晚上，曾白青发现徐生甘来打球是为了一个人。

那是个高大壮实的小伙子，年龄二十来岁，剃了个小平头，人长得阳光乖巧，长手长脚在场上跑起来像一匹马。这小伙子固定星期二和星期六来打球，与徐生甘订场地的时间一样。小伙子一般有三四个伴，轮流下场打，水平接近专业。小伙子打球是骑摩托车来的，曾白青少见那样的摩托车，牛高马大的，在路上奔跑发出的声音震天动地，一里以外都能听得到。正因为这摩托车招摇，曾白青才发现了徐生甘的秘密。每次打完球，徐生甘会把小车从停车场开到路口，到了路口车速会放慢，或者干脆在路边停下来，在车上擦汗喝水打开窗户吹吹风，当听到摩托车的声音从后方传来，他再把车子正常开动。徐生甘回家与来时走的不是一条路，绕了一圈，他跟曾白青解释说走这头路宽、风光好。小伙子摩托车速度很快，在过了二桥头向右拐进一个小区去。徐生甘没跟进去，到了那他从二桥头左拐驶上回家的路。

为了证实自己的看法不是无中生有，曾白青特别注意徐生甘在球场上转悠时的举动，他看看这个，看看那个，最后的目光一定会落到那个小伙子身上，无论他看哪，都是打掩护。有一天晚上，小伙子没来打球，徐生甘在球场上转悠的时候发现了，打完球出停车场他就没在路边等，直接把车开回家。曾白青实在想不明白这个小伙子和徐生甘之间有什么联系，这事在曾白青心上升起一堆比蘑菇云还大的疑云。她按捺不住，有一天下班打车到小伙子住的小区。这是个高档的住宅小区，叫凤凰居，除了有保安守卫，出入都要有门禁卡。曾白青好不容易随一个老太太混进去，问清楚停放摩托车的地点，她就在那附近晃悠，她不确定能不能等到那个小伙子，她计划今晚等不到，明晚她还要来。

九点多的时候，远处传来熟悉的摩托车轰鸣声，曾白青一阵狂喜。等摩托车驶入停车位,她走过去对小伙子说:"小伙子,跟你打听一下,像你这样的一辆摩托车要多少钱,在哪里可以买到,我儿子盯你这辆摩托车好一阵了,闹着要买。"这问话她事先打了草稿,听起来有一定的可信度。

小伙子取下头盔,露出一张笑脸:"这摩托是从上海运过来的,各种手续办完将近十二万。"

曾白青做出惊叹状:"不便宜哦,赶上一辆小车了,有门路是不是价格能便宜一些?"

"我就是托熟人在上海买的,便宜一万多吧。"

"你能不能给阿姨留个联系方式,我们如果决定要买,就劳烦你提供一个联系方式。"

小伙子从背包里掏出一张名片:"阿姨,这是我的名片,你儿子如果想买车直接联系我就好了。"

曾白青接过名片,连声说谢谢。小伙子挥手跟曾白青告别,是个有礼貌的后生。

名片上的名字叫作马尚,读出来是马上,朗朗上口,过耳不忘。马尚开有一家科技公司,自己做老总。曾白青回到家上网搜索这家公司,发现公司法人叫马伯乐。这个名字很熟,到底在哪里听过呢?曾白青想了好几天没想起来,暂时放下了。

徐姐晚间跟她在网上视频,抱着孙子给曾白青献宝,又反复拜托她好好照看徐生甘,说什么心捂久了就暖了,什么事都会过去的。手机视频的效果很好,曾白青在徐姐生动变化的表情中突然想起给徐姐饯行那天,徐姐跟她提过马伯乐这个名字，马伯乐是徐生甘一家惨剧的始作俑者。线索理到这里曾白青骇得差点跳起来，心"怦怦"地跳。徐生甘为什么要跟踪马伯乐的儿子？一定是碰巧。哪里有这么碰来得巧？曾白青不愿意想了，一点也不愿意，可她的不愿意就有了倾向性，怕什么呢？见不得光吗？徐生甘的女儿，离世的时候上大三，年纪和马尚差不了几岁。父债子偿，或者是想让马伯乐也尝一尝失子之痛？曾白青身子发冷，冷到皮肤轻轻一碰就痛。她仔细分辨，这冷不是源于害怕，而是为仇恨牵扯出来的链条感到无奈和心痛，貌似已经走出来和努力走出来的徐生甘，心中埋藏的怨恨暗流涌动，没有停歇。她走得太快，一厢情愿地以为别人和她一样。

曾白青想，她得放弃这段关系，马上退出去，后面发生的将和她无一点关联。

有人在外头敲门，在开门之前曾白青对着镜子看了看，她让她的脸和镜子一样平静，再将门打开。

徐生甘手里拿了一小碗姜末："你是在休息吗？刚才我上来一次，看你门是锁的。"

"我刚在给我儿子打电话。"

"你儿子争气，考了这么个好学校，开学的时候你要不要送去？"

"他不让送，说是自己去。"

"好啊，这才是男子汉呢，南京有我几个朋友，到时候我让他们帮照顾一下，你不用担心的。"

曾白青看徐生甘手里端着的姜末碗,这姜末现在就像一个故事开讲前的开胃菜,效果还真是好。今晚,她倒真是有讲故事的心情,她想讲一个好长好长的故事,讲完这个故事,她就可以离开了。

七

"曾正好在技校上学时结识一个同学名叫顾云飞,他们成了最好的朋友,这种友谊不得不说是天长地久,牢不可破。据说让他们如此交好的最初原因是他们是同年同月同日生,后来他们两人到一座庙烧香结拜,发过但求同年同月同日死的誓言。两人在省城里读书,曾正好家在农村,顾云飞家在省城,平时到了周末顾云飞会把曾正好带到家里去改善一下伙食。顾云飞的父母都是热心的人,把曾正好当儿子一样看待,曾正好的衣服破了,都是顾云飞的母亲帮忙补的。放假后他们是难分难舍,有时是曾正好上顾云飞家去,有时是顾云飞随曾正好到农村去,但多半是顾云飞到农村去,因为曾正好的父亲已经去世,他要帮家里干农活,顾云飞就帮他一块儿干。那一年他们快毕业了,顾云飞随曾正好回家,他们在县城车站买甘蔗吃,买到坏的甘蔗,甘蔗的心变黑了,他们与卖甘蔗的发生口角。曾正好和顾云飞正值二十岁出头,血气方刚,嘴上不输人半句,这场口角后来升级为打群架。那把用来剥甘蔗的长条刀砍向曾正好时,站在一旁的顾云飞下意识地用手去挡,右手手掌当场被砍断。

虽然打架的都被请进派出所拘留，顾云飞的手到底是残了。毕业后没有一个单位愿意接收一个残疾人，顾云飞长期在民政局下属的一个小工厂和别的残疾人一道用脚踩铡刀切中草药。曾正好分进省里最大一家印刷厂当工人，当时那是一份很好的职业，真正的无产阶级工人。如果顾云飞的手不残，应该也能进一家正规的大厂。曾正好认为欠了顾云飞天大的人情，是顾云飞替他挡刀把手掌挡掉的，他不能一个人自顾自地进大厂当工人，当劳动模范，他要把顾云飞捎带上，他愿意和顾云飞平分他的一切收获，比如说他拿了五块钱奖金，他会分给顾云飞两块半，厂里给他发一条肥皂，他能切下半块给顾云飞。那时贫富差距没多大，顾云飞对自己的生活质量没什么抱怨，他最担心的是自己讨不到老婆。曾正好便发誓在顾云飞没有讨到老婆之前他绝不讨老婆，他替顾云飞存钱讨老婆。

"顾云飞二十八岁那年终于讨到老婆了，家里的家具全是曾正好出钱打的。曾正好自己是到三十岁才讨的老婆。报恩报到这里，曾正好好不容易松了一口气。没料到顾云飞的儿子顾俱全刚半岁，顾云飞突然心脏病发作一句话都没有留下就走了。曾正好哭得死去活来，他们是发誓要同生共死的兄弟呢。曾正好在顾云飞的坟前发誓把顾俱全当作自己的儿子养。这他也做到了，月月扶持顾家生活费，顾俱全高考成绩不好，曾正好愣是花钱找关系把他送进印刷学院读委培，毕业后，已经是车间主任的曾正好把顾俱全弄到自己所在的印刷厂。听到这，估计所有的人都会赞叹曾正好大仁大德，对得起结拜兄弟。是的，除了曾家人，估计谁都是这么想的。

"顾俱全喜欢抽烟喝酒，脾气很不好，经常与同事发生争执，还动手打人，若不是曾正好替他出头，处分都要背好几回了。顾俱全后来开始处女朋友，都是因为脾气的原因把女方气走了。曾正好不认为顾俱全脾气坏，而是认为他单纯、没心眼、不懂得花言巧语讨姑娘欢心。那一年赶上印刷厂分房，如果结婚没有房的都能分到一套，为不让顾俱全错失这个分房良机，曾正好愣是强行撮合顾俱全与自己大女儿的婚事，把顾俱全变成了自己的女婿。"

曾白青停下来，倒了一杯水喝，她喝得很慢，她要讲的故事还长着呢。

"大女儿上的虽然不是什么名牌大学，但在大学里是个活跃分子，自己练习播音，做了学校广播站的播音员。就因为能说一口流利的普通话，有演讲的天分，她后来分到博物馆当讲解员。大女儿虽然涉世不深，但并不喜欢顾俱全，她觉得这个她从小叫作哥的男生粗鲁、暴躁，身上没有一点斯文之气。她憧憬过能嫁一名电视台的播音员，这样夫妻俩一定能高度和谐，他们能一起讨论主持演讲的技巧和艺术。她只工作了半年，还未来得及深入地去接触异性朋友，父亲就让她考虑和顾俱全的婚事。她一口拒绝，可父亲说，顾俱全是我看着长大的，知根知底，你们也一块长大，有感情基础，哪里有比他更合适的人选？这不能说服她。父亲又说，顾俱全错过这一回不知道什么时候才能分到房，你也一样，一个讲解员，指望你们单位给你分房得排到什么时候，现在有现成的，不要不是傻子吗？她说，我不会为了房子结婚。父亲说，难道你要我跟你跪下？你知不知道顾俱全的父亲为什么这么早就去世？心脏病。他为什么会得心脏病？心里有屈。为什么心里有屈，手残疾了，让人看贱了。他的手为什么残疾？为了救你爸，为你爸挡了刀。曾正好说着话，手在自己胸口上擂，像擂一张破鼓，把他的脸擂得紫红。曾正好说：'那一刀若是砍我身上我可能就没了，没有我就没有你。'"

曾白青闭上眼睛咽了一口唾沫，把要涌出来的泪咽下去了，这么多年过去，一幕幕仍然清晰地呈现在她面前，有声响，有温度。

"她哭了，把父亲擂打自己的手拉住，她同意嫁了。在她和顾俱全领证后不久，他们住上印刷厂分配的新房，过得三年，儿子出生了。曾正好退休后，顾俱全在厂里的地位一落千丈，他的坏脾气、糟糕的人际关系让他几次面临下岗，全靠曾正好拼命给他疏通关系才保住饭碗。这没有让他反省，他的脾气反而更坏，他开始把火泄到自己的妻子身上，酒后打人是经常的事，她有两颗门牙被他打松后掉了，不到三十岁就镶了假牙。她提出过离婚，被父亲阻止了。父亲说，夫妻间磕磕碰碰是常事。她忍了一年又一年，当她终于下定决心无论谁阻止她也要离婚的时候，顾俱全检查出肝腹水，离婚一事搁浅了。为了让顾俱全得到最好的治疗，曾家凑出所有钱，她带着顾俱全四处找名医吃偏方，只可惜再厉害的名医也救不了他的命。他们在北京住了大半年，北京的医院建议他们回到本地做保守治疗，其实就是让他们不要花冤枉钱了。那一年多她跟单位请了长假，一直伺候着丈夫，他经常呕吐，大小便失禁。在医院里，只要有稍稍不如意，她得到的便是谩骂和巴掌。有一次他想喝酒，她不让，他把一只水杯砸到她头上，那上头缝了五针。他还说，'我爸救过你爸，你以为你有多了不起，你们家欠我们家的。'"

徐生甘坐起来，拉住她的手："你别怪我插嘴，我不知道你受过这么多苦，你别帮我按了，来，躺下，我帮你按。"

她摇摇头："让我说完吧，你要想听就继续躺着。"

徐生甘只能躺下。曾白青没有继续帮他按摩，抱着手坐着说："有一天她觉得受够了，跑到河边去，她想跳进去，她看到水里的倒影，水里边有一个她，那个她在呼唤她与之重合，她跳进去了，冰冷的水浸没她的全身，让她清醒过来，她想到她的儿子，儿子快没有爸了，再没有妈，就是孤儿了。她在水里泡着，她会游泳，她不游，水仍然托着她。她知道为什么沉不下去，因为她不敢死，有一口气在那支撑着，能让她浮着。她拍打着河水大声喊，我不欠谁的，我谁也不欠！"

曾白青这一句喊出了眼泪，忍不住哭出声来。在讲述故事的时候，她回到了过去，她用了很多年来忘记，可一挑起来，她还是动情了。她的初衷并不在于此，她的目的原本是明确的，故事是说给徐生甘听的，她不是倾诉，而是借此告诉他债业不应该传承，她曾经是那样一个牺牲品。

徐生甘说："我想替你喊，曾正好是个混蛋！你把自己女儿给毁了。"

曾白青推门出去，回到自己的卧室，她要好好睡一觉。徐生甘需要一个人面对他自己的心吧。

早上徐生甘没有去公司，他亲自做了早餐，葱油饼、鸡蛋羹、焖青豆、小米粥。隔了一夜，面对面坐着，曾白青感到有些尴尬，她想吃完就收拾行李走人，也不必要做什么解释，她该说的已经说了，她不能与一桩单凭臆想会发生的事件纠缠。她有信心让失去头发的脑袋重新长出毛发，却没有信心把仇恨从人的心里挖出来。她对顾俱全仍然有怨，对父亲仍然有怨，谁敢说谁比谁超脱。

她喝了小半碗粥，徐生甘招呼她吃葱油饼，说葱花是自己种的香葱。她拿起一块，撕成小片往嘴里塞。

"我看你的眼睛，昨晚没睡好吧？"

"你呢，又失眠了吧？"

"没失眠，你走一会儿我就睡着了，这段时间托你福，天天给我讲故事，能催眠。"

曾白青不信，昨晚上她说了那么多，他能不反思一下就睡着了，好意思吗？

"我心里有那么个纠结，正巧你说的故事帮我把那个结给解了，所以我很快睡着了。以后，我想每晚都能听你讲故事。我必须向你道个歉，过去我对你太不了解，只把你当作一个伴，我不知道怎么说才好，反正我俩好好过日子，过去的，就过去了，我会补偿你的。"

收获这一番话不是曾白青的初衷，徐生甘的态度让她疑惑，似乎这个男人很容易被调教，可事实真是这样吗？对于徐生甘的许诺，她没办法应对，她没有奢望他能对她好到哪里去，过去的日子已经将她的想象力消磨殆尽。

"今天星期二，晚上还去打网球吗？"问完这话她想自己的好奇心也是够重的，不是说好吃完早餐收拾行李走人的吗，你还管人家晚上去不去打球？

"不去了，我带你到五福大厦看月亮、听音乐，五福大厦前两天刚剪彩开放，本市最高楼，顶楼听说有露天的旋转音乐厅。"

一听徐生甘说不去打网球，曾白青有不小的惊喜，她终于享受到那种布道者收获的喜悦，五福大厦的旋转音乐厅于她来说是锦上添花。要不，暂且留下来再察看一段日子？

八

五福大厦有五十层，登上五福大厦的顶楼，整个夜空以完全敞开的方式迎接他们。离天空这么近，曾白青看到月亮里头有一团灰色的阴影，她确定那不是云，是月亮内部的某样东西。她问徐生甘看到了没有，徐生甘说："那肯定是桂花树的影子。""桂花树的影子？难道桂花树不是长在月亮里头的？""桂花树长在月亮表面，它的影子落到月亮的心里。"曾白青愿意相信这说得像朗诵诗一样的话语。两人拉着手看月亮，旋转音乐厅在旋转，天上的月亮没有转。

徐生甘说:"你生日还有一个月,你去请公休假,剩下的我来安排。"

直到他们出发那天徐生甘也没有透露他们的目的地。乘坐的是海南航空,曾白青大概知道徐生甘是要带她去看海。她从来没有到过海边,但她认为自己会很喜欢海,海那么宽阔,是远离人群的地方,是可以看到太阳像一只新鲜鸡蛋出壳的地方。她不止一次梦到自己在潜泳,许多鱼儿在身边游来游去,偶尔的鱼鳞鱼尾触碰到她的脸,那些美丽的珊瑚摇曳着、闪烁着和星星一样柔和的光亮。她也想过躺在柔软宽阔的沙滩上,只把脸遮住,让全身沐浴在阳光里睡一觉,天为被、地为床好好睡一觉。

他们的旅游地是三亚,落脚在海边的一家大酒店。他们当天到得晚,吃了海鲜大餐早早睡下,第二天五点不到他们就到海边等着看日出。比曾白青想象的要美,太阳从海里跳出来,让人感觉水是可以孕育火的,从柔和深情的水中生出一枚亮丽的太阳。

曾白青和徐生甘坐在一块岩石上,风很大,他把她搂住挡住了风。他想起也带妻子到过海边,妻子一到海边就生病了,说海边的湿寒气太重,后来,海在他的记忆中就是阴冷湿寒的。记忆在今天得到了修正,这是一片阳光灿烂的黄金海岸。

风吹起曾白青的头发,她的头发是很厚的,他用手撩开,看到那条缝合过的伤疤,那一带不再长毛发,但周围的茂盛的头发把伤痕掩盖住了。

她问他："你怎么知道我喜欢海？"

"你的电脑屏保是一片海，你手机的屏保也是一片海。"

她哑然笑了，这种无意识当真是会渗入日常中的。这么多年来，曾白青只有一次因单位福利旅游到过张家界，她对那些如盆景的山兴趣不大，小时候经常跟随父亲回农村老家，满眼都是大山，见多就不出奇了。唯有海是深不可测、无边无际的。

她换上泳衣躺在沙滩上，用一张毛巾盖住脸，在阳光的照耀下与徐生甘肩并肩躺着，后来睡了漫长的一觉。当她醒来扯开毛巾时，发现太阳似乎变色了，变成紫色的，而且这种紫色的光到处都是，弥漫在海上，弥漫在空中，还有徐生甘的头顶上。徐生甘头上新长出来的毛发柔细得像营养不足的芽，但好歹钻破地表冒出头了。他躺在她的身边，也睡了漫长的一觉，等他醒起来的时候嚷着头晕，怀疑是不是中暑了。曾白青说："你翻身，再把背晒晒就不晕了。"徐生甘翻身晒背，晒了十来分钟说真的不晕了，还感觉挺清爽，问曾白青是什么道理。曾白青笑着说："你是把阳面烤熟了，湿热之气全堆到后背上也就是阴面上，让后背烤烤，湿毒之气就散开了。""那你也是这样躺的为什么不晕？""因为我睡着的时候会翻身呀，不像你这傻子一个姿势千年不变。"

徐生甘哈哈大笑，拉着曾白青的手向大海奔去。

"两节烤熟的炭，跳到海里能发出滋滋的声音吧。"

"仔细听，肯定会有。"

他们泡在海水里,咸苦的海水钻进毛孔,他们侧身倾听,听到"滋滋滋"的声音。他们互相看着,笑得海水翻花。

他拉她的手:"阿青,嫁给我,我要和你做真正的夫妻。"

她没有立时回答,如若她是一个初恋的少女,在此情境会立时应下,义无反顾投入爱人的怀中。她不是初恋的少女,她知道人世的艰难,知道生于其中的人,包括她自己都无法摆脱那个比大数据处理终端还要庞杂高级的命运系统。她若应下,她和他这两组数据必然生长出更多的连接点,产生更多的交集,还有许多相斥的变数。理智上是这么分析,但如果不同意好像有点对不起这么美丽的海岸,理智多半时候都不是情感的对手。所以,曾白青在感觉自己身上每一个毛孔都舒展开后说:"好。"

说好的时候,她已经下了决心,将要来的,她都接下。

他们在海边住了八个晚上,每个晚上,她都把他的头抱在怀里,用一把牛角梳把他的头皮梳出淡红色的痧。她还是给他讲故事,让他在故事中安睡。他们和所有恋爱中的人一样。

离开的时候,徐生甘说:"以后我们每年都到海边来,换不同的地方。""好啊,看看是不是所有的海都一样。""肯定不一样,山不一样,海就不会一样。"

徐生甘回到家里画了一幅画,取材于他们在海边沙滩上晒太阳的情景,画面上的那一男一女面对面躺着,太阳绚烂的光在他们上空形成一个光亮的圈,把他们罩在其中,远处是望不到边际的湛蓝起伏的大海。曾白青被徐生甘的画技惊艳了,把画拿去配框挂起来。她问徐生甘哪时学的画,徐生甘说:"我本来就是艺术学院毕业的,不然怎么会开室内装修设计公司呢。""找你做设计的人一定很有眼光。""当然,我还挑客户呢。"

徐生甘应酬逐渐多了,见了几个过去的合作伙伴,回来的时候挺高兴,说现在市场不错,观念也在更新。曾白青想可不是嘛,天天有人买房,有人买房就有人要装修。她是真心希望徐生甘能回到过去的那种状态,虽然她不知道那时候的他是怎样一种状态,但看他的画大气、开阔、壮丽,她喜欢这样的气质。

那天晚上徐生甘回到家显然是喝多了,吐了又吐,吐得没有可吐的,就趴在院子的长条凳上发呆。曾白青几次劝他回屋,他不理,原以为他会很快睡去,但他一直没有睡,慢慢地,人还清醒了,走到鱼池边坐下,看那里头的鱼,在鱼池边坐到天亮。曾白青给他披在身上的薄毯上凝了一层水雾。曾白青也一晚上没睡,她待在客厅里,偶尔过来瞧上徐生甘一眼。

这时曾白青接到徐姐的越洋电话,这个电话是专门给曾白青打的,徐姐告诉曾白青昨天是徐生甘前妻和女儿的忌日,要她特别关照一下,因为时差,她到今天才想起这事来。知道原因曾白青就不担心了,在忌日里什么不正常的都是正常的。

过了几天后,徐生甘回来宣布他们换个地方住。他说出新居的地点让曾白青头皮麻了——"凤凰居",这是要搬去和马尚住同一个小区了。徐生甘给出的理由是那一带临江,空气好,还挨他的公司很近,还说附近有医院方便老人看病,理由这么充分，不由得不搬。

曾白青以为马尚的事情已经过去，但却不知道那件事正在向他们走来。

房子是租来的一套三居室，与老宅相比，看起来是要时尚明亮。搬过去以后，曾白青每天晚饭过后与珍姐一块带着徐父下楼散步，有时是让老人坐在轮椅上推着，有时是两人齐心合力搀扶着老人活动活动。她很快熟悉了小区的内外情况。

她碰到马尚的次数很少，马尚不属于在楼下散步的人群，他的出现多半是出入经过，要么是到小区外头的便利店买东西。后来因为徐生甘早起到小区游泳池去游泳，曾白青才发现马尚喜欢早起游泳。只要是徐生甘回家后的活动，她是一律要跟着去的，散步跟着去，买东西跟着去，游泳也跟着去。她在水里游的时候，徐生甘多半在岸上看。他不会只看她，他还看着马尚。曾白青偷偷观察过那眼神，很奇怪的，她看到的是欣赏一幅画的眼神。或许，真正的意图已经被修饰和掩盖，剩下来的就是观看了。她不知道徐生甘这样观望能有个什么结果，直到有一天徐生甘带回一只密码箱，她想那是进入实质性阶段了。

那天之前发生了一件大事，马尚结婚了。新婚妻子是个纤细的女孩，皮肤很白、鼻子尖挺、长发染成棕色、刘海剪得齐齐整整，这发型特别配她，看上去是个有混血气质的小萝莉。小萝莉养了一条大狗，每天会牵着狗下楼散步。曾白青一开始遇上小萝莉并不认识，直到有一天看到小萝莉搂着马尚的腰，才知道是一对。曾白青找机会与小萝莉搭讪，问她手上牵的狗叫什么狗，好不好养。女孩说这狗叫金毛，脾气有点坏，但忠诚度高。曾白青笑了，说狗都是护家的。曾白青故意猜说小萝莉刚刚新婚，小萝莉有些吃惊，问她怎么知道。曾白青说看小两口的表情就能知道，结婚久了，就没有表情了，小萝莉笑了。女孩性子开朗，几次聊天下来，曾白青了解到她是个小海归，她跟马尚在国外念书时认识的，现在是回国一块儿创业。原来马尚前些年一直在国外上学，难怪徐生甘最近才把人找到。

　　曾白青估摸着徐生甘应该知道马尚结婚了，因为徐生甘突然早上就不去游泳了。看着人家的儿子生龙活虎立在跟前携着美丽娇妻，珠联璧合、前程远大，曾白青有些心酸，她想象得出徐生甘看到这一幕时眼睛被刺痛、心头被撕裂的感觉。她心里头还有坠重的一块牵扯着，徐生甘接下来会干什么呢？

　　那一天徐生甘拎着一只小箱子回家，回来后直奔卧室，关上门，几分钟后空着手出来了。曾白青在客厅看电视，用眼角余光瞥见了这一切，后来她进卧室，在明处并没有看到那只箱子。第二天她请假早早回家，进卧室后把门关上。从老屋那边搬过来，卧室是她一点一点整理出来的，她床底看了，五斗橱找了，最后就剩大衣橱。这是个四扇门的衣橱，他俩一人一半。属于徐生甘的那边她每天会把洗干净叠好的衣服放进去，照理他不会将东西放在这儿，只有衣橱的顶端那两扇门，很少打开，那里放了两床蚕丝被。她移张凳子站上去，把一床蚕丝被移开，果然看到被子后头的箱子，她把箱子拿下来才发现是只密码箱。她掂量了一下，里头的东西有一公斤左右，她轻轻上下抖一抖，有撞击的声音发出来。她不敢再抖了,她认定了里头是极危险的东西,刀、枪、毒药、炸药都有可能。想到这儿她呼吸变得急促起来,胸口发闷,她想哭又想喊,等把小箱子放回原处,她在床上躺了一会儿,让心跳慢慢平复。

她坐起来给徐生甘打电话:"晚上你跟我去看看我爸,要记得改口叫爸了。"

"你是打算跟他说我们的事了?"

"原本不想让他好过,现在想想,我有你了,以前的委屈不算什么了。"

徐生甘那边停了几秒钟:"谢谢你这么信任我,我是曾家的女婿了。"

晚饭过后,父亲家门口和往常一样还是坐着三四个候诊的病人,曾白青挽起徐生甘的手一块步入家门。曾正好正在给病人起火罐。他们立在一旁,曾正好已经看到他们挽在一起的手。火罐全部起开,病人坐起来。曾正好招呼徐生甘坐,徐生甘冲曾正好叫了一声"爸"。曾白青在旁边做注解:"我们领证了。"曾正好愣怔了两三秒,快速地说:"好,领了好。"曾白青从里屋把母亲唤出来,徐生甘向曾母鞠躬,叫了一声"妈"。曾母立时眼红了,曾白青拉着母亲坐下。曾正好递给徐生甘一支烟,徐生甘说不抽,曾正好问:"那喝酒不?"徐生甘说:"有需要能喝一点。""那改天我们好好喝一个。"

一个在门外已经等得不耐烦的病人探头进来问:"曾医生,轮到我了吧?等半天了。"徐生甘说:"爸,我们改天吃个饭,你先忙,我们先走了。"他们往门外走去。曾正好把徐生甘叫住,他回里屋取了一瓶看起来是药酒的酒递给徐生甘:"每晚临睡前喝一两,好处喝了自己知道。"徐生甘捧着酒瓶说:"谢谢爸。"

当晚,临睡前徐生甘给自己倒了一杯饮尽。曾白青问什么味道。徐生甘说只可意会,他搂着她把酒的好处全发挥出来了。她说:"这酒我爸泡了七年了,听我妈说,我爸管它叫女婿酒,是要给自己女婿喝的。""我得好好谢谢你爸,看到你和你爸和解,我挺高兴的。""与别人和解就是与自己和解,我这里现在再没有什么熨不平的了。""好,真好。"

九

曾白青定时检查密码箱,移开蚕丝被看到还在,心就安定了。

晚饭过后,徐生甘进卧室一趟,换了齐整的衣服,出来手里拎着小密码箱。

曾白青说:"你去哪?"徐生甘说:"给人送件东西。""我跟你一块去吧。""不用,我可能得等好长时间。""行,那你自己去吧。"

徐生甘前脚出门,曾白青后脚就跟出去了。徐生甘以马尚住的那幢楼为圆心,在小区的小道上行走。她悄悄跟在他身后,她想好了,如果看到马尚,她会以最快的速度冲过去拦住徐生甘让马尚离开。紧张让她全身大汗淋漓，她一点也不敢懈怠，盯紧了徐生甘。转了有差不多一个小时，徐生甘抬头看楼上的灯光，曾白青知道那是马尚家大致的位置，徐生甘一动不动站了好一会儿，然后拎着箱子往自家的路上走。徐生甘没上马家的楼，曾白青松了一口气，她赶紧朝小区大门的方向走，走到门口她拨打徐生甘的手机说自己想吃夜宵到外头来了，问他给人送的东西送出去没有。徐生甘说没送出去，曾白青问他要不要吃夜宵，他回答不吃了。

曾白青吃了一碗麻辣烫，还带回了一碗，她坐在客厅看电视，一边看一边继续吃。她把卧室留给徐生甘，在那扇关闭的门里，他会不会懊恼计划没有成功，可他这样来实施计划也太随意了，太没有谋划了，看起来就像一个迷路的孩子瞎蒙乱窜在找一条出路。她得牵着这个孩子的手，带着他走。

曾白青进卧室的时候徐生甘已经躺到床上。她洗漱过后也躺到床上。他不说话。

她说："怎么还没睡着？"

"你怎么知道我没睡着？"

"听呼吸就知道了。"

"可能是今晚你没有给我讲故事吧。"

"我们养一只猫吧。猫爱干净，猫还有神通。"

"哦，是不是想给我讲猫的故事啊？"

"以往给你说的都是家长里短的事，接地气，没有仙气，今天给你讲个带点仙气的故事。要说九尾狐常有，而九尾猫不常有。为什么呢？一只狐狸只要愿意，熬一熬就能修成九尾狐。猫不一样，猫要修成九尾猫不单单要靠自己的努力，再努力的猫修到八尾也就停住了，最后一条尾巴的修成与人有莫大的关系，确切地说与它的第一任主人有关系。因为一只猫要修成九尾，它必须去找它的第一任主人报恩，恩报完以后它才能长出第九条尾巴。不幸的是它要报恩总是要花费功力的，比如说有人希望拥有很多很多的钱，有人希望获得一份爱情，有人希望获得权力，猫儿为了实现这些愿望得舍弃一条尾巴的功力，当主人得偿所愿，在它长出一条新尾巴之前，它已经失去了一条尾巴，所以它总是只能修到八条尾巴。曾家祖上曾经养有一只猫，那只猫在四岁半的时候跑出去，到20世纪20年代那个时间它回来了，算一算那时它应该有一百多岁了。它拖了八条尾巴，是回来报恩的，但因为它的主人已经去世，它的恩就只能报在主人的后人身上，也就是我太爷爷身上。我太爷爷当时正惹了官司，他陪同当地一个富家子弟到外地去收购药材，路上被人打劫，富家子弟被人杀了，我太爷爷捡了一条命回来。可那家人偏说是我太爷爷见财起意把人杀了，把收购药材的钱给吞了，太爷爷被关起来受了许多皮肉之苦。猫到牢里见了我太爷爷，问我太爷爷有啥愿望，那时我太爷爷当然就想还他清白了。猫便张罗这事去了，隔得不久，杀人抢劫的三个真凶因为分赃不均窝里讧，一人被杀，另外两人被官府抓捕，他们供认曾经劫杀过那富家弟子，我太爷爷被无罪释放。在太爷爷出狱之前，猫已经向他报告事情的经过了，等太爷爷出狱后想好好感谢那只猫,但猫早遁回山林修复元气去了。二十年后,猫又来了,还是来报恩,那时候正碰上蝗祸,地里几乎没有收成,太爷爷一家饿得奄奄一息,不消说,当猫提出要报恩的时候,太爷爷要求顿顿吃饱,猫用一条尾巴的功力满足了太爷爷的愿望。在那年月,太爷爷一家个个吃得红光满面,还把太爷爷的大儿子,我的大爷爷吃成了一个胖子。村里的人经常议论,说我太爷爷一家是挖到了千年人参,每天都喝参汤。太爷爷想跟猫道谢,猫又早回山林休养去了。

"太爷爷是个有脑子的人,他特地去找人打听这八尾猫的来历,当知道八尾修来不易,要修到九尾更是难上加难时,太爷爷流泪了,他交代我大爷爷和我爷爷,等下次猫再来的时候,如果他不在世了,不能再向猫提任何要求,两个爷爷都答应了。猫再来的时候,碰上我太爷爷重病快死了,我大爷爷早把太爷爷的嘱咐扔一边去了,那个时候他就想要一笔钱翻修房子。他正跟猫交涉的时候,我太爷爷还魂一样从床上爬起来,走到外屋拾起一条扁担狠狠敲了他一记,一下把我大爷爷打晕了。太爷爷对那只晃动着八条尾巴的猫说,我们现在有吃有住,什么都不缺,我就只有一个愿望,想看你长出第九条尾巴。猫流泪了,它就站在我太爷爷跟前,展示它第九条尾巴长出来的情形。听我爷爷说,猫尾巴长出来跟人生孩子一样痛,猫喊叫着,痛苦地挣扎着,一条粉红色无毛的尾巴从屁股后头长出来,越长越长,长到一定程度停住了。这条新生的尾巴和其他八条尾巴一块向我太爷爷挥动,我太爷爷在那一瞬间心满意足地坐地闭眼了。九尾猫给他叩了一个头，腾空而去。这个故事最神奇的地方是，我太爷爷最后没死，他又活了将近二十年，他说那是九尾猫给他的寿呢。"

"我想，我们就养只猫吧，就当我们自私，说不定哪天它能来报恩，实现我们一个愿望呢。"

故事讲完了，曾白青知道徐生甘还是没有睡着，刚才说到猫长出第九条尾巴的时候，她听到他的鼻腔里有混浊的声响，如果灯亮着，她应该能看到他的眼泪。猫的恩义令人动容。徐生甘没有回应，她就当他是真睡着了。她想，如果遇上一只报恩的八尾猫，他的愿望一定是让死去的妻女起死回生吧！若有神力能企及那样一个领域，她会为他许同样的愿。

第二天一大早，徐生甘把曾白青推醒："你昨晚说的是神话吧？"

"神话是什么，神话是人类未解的科学，你去问我爸、我姑，他们都知道这个有关九尾猫的故事，跟祖传秘方一样代代相传呢！"

"那我们养只猫吧！"

他辗转托人，弄回一只黄白相间的小奶猫。徐生甘亲自给猫设计了一间猫屋，猫屋占地有人睡的单人床一般大，分有卧室、游戏间、餐厅。一开始猫会在餐厅睡觉，在游戏间睡觉，经过徐生甘耐心教导，很快将三间隔屋的功能区分开来，吃饭的地儿和玩耍的地儿不混淆，讲究。

徐生甘夸小猫聪明："我看它根器不错，有仙风道骨。"他给它取名小仙。

徐生甘也带猫下楼散步,他让猫在前头走,猫走哪他走哪,猫钻进树丛里,他也钻进树丛里;猫趴水塘边看鱼,他也趴水塘边看鱼;猫跳到别人窗台上,他没办法跳,就拼命招手,嘴里"喵喵喵"地叫唤,然后做出一个在下面兜底的姿势。猫很清高,看往远方,等徐生甘叫累停下,它突然又跳到草地上。

曾白青没有猫和男人走得快,经常落在后头。看着猫,看着男人,她觉得她就在故事中,她说的都是真的。

徐生甘最近接了一单大活,每天在公司里加班。曾白青独自承担起遛猫的任务。她自认为没有徐生甘那么好的耐心,所以她备了一条绳,用绳子牵着小仙,这小仙便攀不上窗台也爬不上楼梯,刚钻进草丛也会被拽出来。

马尚和他的小萝莉在楼下遛狗,小萝莉见到曾白青很有礼貌地打招呼,叫她阿姨。曾白青眼尖地发现小萝莉的肚子鼓了起来,她不记得有几天没见着小萝莉了,这肚子怎么好像是一夜之间鼓起来的呢?

她问:"几个月了?"

小萝莉摸摸肚子说:"六个多月了。"

敢情小萝莉和马尚是奉子成婚呢!说不准是早就领证了,怀孕怎么还养狗呢,不怕有传染病吗?追究这有什么意思呢?关键是她怀孕了,马伯乐要有孙儿了。

曾白青从地上把小仙抱起来,她抱着小仙围着水池走了一圈又一圈,她心里一会儿有底一会儿没底。她拍拍小仙的脑袋:

"你这家伙,要上山修仙我们也等不及了。"

曾白青回到家又查看了一下,衣橱里那只密码箱子还在。

徐生甘临近十一点进门,带回了榴梿,说是昨天买的,放在车后厢忘了,现在整个车子都是榴梿味。榴梿裂开了一条缝,徐生甘用手掰开,曾白青表示已经刷过牙不吃了,徐生甘抓出一块黄白色的果肉塞她嘴里,那奇香入口,曾白青就拒绝不了了。她也抓了一块塞进徐生甘的嘴里,徐生甘说:"当夜宵,我们把这全吃了。""有喜事?""设计初稿完成了,明天送审。""有喜事也不能暴饮暴食,吃一半,另一半冻起来,明天我给你做榴梿馅饼。""你还有这手艺,感觉你不爱做饭。""大师都是偶尔才露一手的。"

等徐生甘洗完澡,曾白青早已经将姜末备好。徐生甘拿着毛巾擦头,又用手摸了摸头顶。"我头发长了不少。""我能让它们全都长出来。"

徐生甘躺下来,曾白青把姜末敷他头上,手上开始搓摩,这个脑袋上的每一条筋络、每一条血管、脑骨的起伏,她比自己的身体都熟悉。她想到了西瓜,若手上捧着的是一个西瓜,这西瓜早被她摸到瓤了。

"怎么还不开讲啊?等着呢。"

"我肚子里的故事都讲空了,没有了。"

"那不行,等你的故事催眠呢!"

"那就说说我姥姥吧!我姥姥是个柔顺的人,讲话从来都是低声,见人脸上就有笑,我小时候她照看过我,那时候她年纪已经八十多岁了，但做起事来干净利落，一点也不糊涂。她去世时让每个人轮流到她跟前说话，轮到我的时候，她跟我说：'青儿，姥姥一直把你当男孩看，就希望你能跟个男孩一样，大方、大气、不怕事。'我握着姥姥的手，她的手很凉，当时我拼命地点头，心想我一定要像个男孩一样，我认为男孩是天不怕地不怕能为家里扛事的。姥姥年轻时一定很漂亮，否则姥爷不会娶她。那年月姥爷家在当地算得上是个富户，还有亲戚做官，愿意嫁到王家的女孩多了去了。姥姥嫁过来伺候公婆和丈夫，家里家外的活儿是一把好手，几乎挑不出什么错来。她在五年里连续生下两个女孩，我大姨和我妈，在那之后她的肚子再也没有动静，这时她的错就明显了。公婆四下求药方，姥姥自己也偷偷跑到县城看了中医，草药吃了好些年，肚子还是没有任何动静。我大姨十九岁那年出嫁之后，家里人彻底对我姥姥传宗接代死了心。虽然大家都不埋怨了，不再故意摔锅摔盆给我姥姥看了，但那份无法弥补的遗憾一直都挂在那里，挂在我姥爷的脸上，挂在老太们的脸上，他们自觉矮了周围人一截。大姨第一次被姨父揍了跑回娘家，向姥姥哭诉，'他们那一大家子人欺负我没有兄弟撑腰。'这句话把姥姥的疮疤再次揭开了。别人嘲笑她没有儿子她可以忍受，可如果她的女儿因为没有兄弟的扶助而遭人欺负，这个她无论如何也忍不下。姥姥在把大姨劝回后，每天开始了自己的功课。她请回一尊观音像，每天冲着观音像磕108个头。少沾荤腥的她下河捞鱼捞虾，喝鱼汤、吃虾米粥，吃鸡蛋配上自己酿的玉米酒水，她不管公婆如何私下议论她吃独食，明目张胆地胖了一圈。"

"半年后四十岁出头的姥姥怀孕了，我的大姨也怀孕了，母女俩一块怀孩子在四里八乡可是个大新闻。姥姥在给自己孩子准备衣物的同时顺便给孙儿准备了一份。那一年我小舅出生了。小舅满月不久，姥姥带着小舅去大姨家，大姨刚生产完。姥姥将我小舅递给自己的女儿抱，她说，'这是你兄弟，谁要欺负你，等他长大了，那些家伙老了，一并收拾。'姥姥还乘胜追击，两年后又生下一个男孩，只可惜我这个舅舅在七八岁的时候生病死了。我挺佩服我姥姥的，我也佩服我妈，我妈也是在四十岁那年生下我妹妹的，不是我爸期待的男孩。"

"徐生甘你有没有得出个结论，我姥姥，我妈妈，她们都是高龄产妇，她们都很能生。故事暂且讲到这里，今天允许你发表意见。"

徐生甘没有睡着，他翻身把曾白青搂住："我相信你们家的基因，你也给我生一个呗！"

"我去医院做过检查，医生说我一切正常，各项指标就像三十多岁的。"

"真的，原来你自己偷偷做准备了，你真愿意再生一个？这年纪会很辛苦的。"

"哪个年纪的女人生孩子都一样辛苦。"

"谢谢你，我知道你心疼我。"他的头趴在她的肚子上，他孩子的家。

十

曾白青制作了一张备孕生理周期表贴在卧室门后头。徐生甘看了以后说:"我要做一张食谱表,我不在家要让珍姐按食谱做。"曾白青说:"我得严格按照我姥姥的方子来,晚上用醪糟炖蛋。""你平时吃那么清淡,是不是也应该学你姥姥吃鱼吃虾?""有道理,明天有劳你给我把鱼和虾做出没腥味来吧,否则我真吃不下。""没有腥味的鱼虾?世界难题,我要攻克。"

徐生甘带小仙下楼,在小仙最喜欢爬的那堵金钱墙下碰到了小萝莉和马尚。马尚一手牵着狗,一手搂着小萝莉的腰。小萝莉身子还是很纤细,显得她的肚子突兀地往前隆起。徐生甘目光一扫,愣了,匆忙转开目光,慌乱中俯下身抱住小仙走到另一条小路上去。曾白青落后两步,前边的情形看得一清二楚。徐生甘走到小区的尽头坐下,手抚着猫儿脑袋,目光投在远处。曾白青没有跟过去,找了另外一个地方做下蹲运动,有医生介绍说这个动作可以加强盆腔活力。

曾白青的姥姥和母亲都是高龄产妇不假,曾白青并不确定这个基因能否顺利遗传到自己身上。她当然不能让徐生甘看出她的不确定性,她隔上几天就能玩一个花样。比如,她开始购买婴儿服,在网上看到漂亮的小孩子衣物她就下单,家里的橱柜上逐渐摆上了婴儿服、婴儿鞋、婴儿帽,墙上还贴了让婴儿识图的五颜六色的彩画,可以说,家里迎接一个婴儿的气氛是营造得十足了。准爸爸徐生甘很入戏,除了在膳食上下功夫,还往家里扛回一堆木块,说是要亲手给孩子做玩具。

戏要演,功夫也要练。曾白青买了一张瑜伽垫回来,每天在上面翻滚,强身健体,最重要的是保养子宫,将两条腿尽量打开,手往前伸,胸趴地上,静静地待着,血会往子宫聚,滋养子宫。子宫是泥土,到了这岁数泥土肥力严重不足,再好的种子也难定根。每天白天她往嘴里喂叶酸、鱼汤、豆浆,每天晚上,她往肚子里塞醪糟炖蛋。怀孕试纸隔一个星期试一次,都是一条红线没关系,下一次有可能就是二道杠了。

徐生甘做出来的木头玩具有小板凳、小桌子、小房子、飞机、马车、水盆等,在阳台的阴凉处摆了一溜。

曾白青在织一件小毛衣,徐生甘在研究用稻草秸编动物,他已经研究了一个星期,还是没弄出一件成型的作品来。曾白青说是那稻草秸的质量不行,太软,徐生甘说是自己方法不对。他看一眼墙上的钟,停下手中的活站起来说:"十点半了,洗脸刷牙上床休息了。"

曾白青把织了一半的小毛衣叠好,和徐生甘一起进了卫生间。徐生甘把牙膏给她挤好,用盆接了一盆暖水。曾白青洗完脸,徐生甘就着那盆水把脸洗了。

躺到床上,曾白青说:"我最近这些晚上总做梦,这些梦我很小的时候做过,现在竟然又重复做起来了,你说怪不怪?"

"做的什么梦?"

"我梦到当时我是怎么找到我妈的,你信不信每个孩子在投胎之前一直都在找妈妈?"

"不找爸爸？"

"呵呵，孩子是要进到妈妈的肚子来，所以首先是要看妈妈好不好，当然了，如果爸爸不合适，孩子也不会选这个妈妈的，我当时是先看上我爸爸，才选了我妈妈。"

徐生甘捉住曾白青的手："哪个孩子找到你这个妈妈多有福气啊！"

"你躺着，我跟你好好说说我的梦。我记得我们一大群孩子，成千上万地聚集在一座山脚下，所有的孩子都没有穿衣服，一个个赤身裸体，还有很多孩子在哭闹。不知道哪里飘来一个声音说，等会儿有风会送你们去找你们的妈妈，看到合适的，你们就钻她的肚子里去做她的孩子。这话说完不久，就开始起风了，周围漫起迷雾，孩子们除了挨得近的几个，相互之间便看不到了。雾越来越大，风也越来越大，我发现自己飘了起来。那种飘挺吓人的，自己没办法控制方向，一会儿低一会儿高，有一阵子我一直往下落，最后落到一间教室前，当时我不知道是教室，只是听到有人在里头说话，我就进去了。我看到屋里都是比我大的孩子，唯一的一个大人站在讲台上，是个大着肚子的女人，她戴着一副眼镜，手里拿着粉笔一边写一边大声说话。过了一会儿，她把一个男生叫上讲台来，把粉笔递给那个男生。那个男生站在黑板前半天也没有写出一个字，女人笑了，她说你就站在这里慢慢想吧，什么时候想得出来什么时候回去坐。我觉得这个女人笑得很阴险，好像也对我笑了一下，我吓得跑出教室去，出到外边还摔了一跤，把我鼻子撞得好疼。我用手捂着鼻子，人忽然又飘起来了。飘了一会儿，我晕晕乎乎地好像掉到一团软软的棉花上，我睁开眼睛，看到自己是落到一张垫了垫子的椅子上，我的前面站着一个胖乎乎的女人，看她的屁股我就知道她很胖。她正在卖糯米饭，刚蒸出来的香喷喷的糯米饭，糯米饭还配了酸菜和香菇，我闻着就流口水。我想，有这样一个妈也不错，我就能天天吃这么好吃的东西。过了一会儿有一个人骑着自行车来买糯米饭，那人买了两碗，女人给他装好，他递了一张票子，拿起糯米饭一蹬车踏，车就走了。我看到女人快速地把那男人递过来的票子收进裤兜，女人想想不妥，又把钱收到我坐的这张椅子的棉垫下。她这么一回头，我看到她的大肚子，她一下把我掀地下了。她刚把钱收好，刚才那男人骑着车回来了，男人说：'大姐我刚才忘记拿找的钱了？''什么钱？''我刚才给你一张二元的票子，这糯米饭两碗一共才四角，你应该给我找一块六。''你就给了我四角，怎么可能给了二元，你来看看，我的兜里哪里有二元？我做小本生意的，你不要来讹我。'女人说着话把裤兜翻出来，那兜里确实都是一角二角的票子。那男人脸红了，生气但又说不出话来，转身骑车走了。这个肥胖的女人真是可恶！好在我没有进她的肚子。我朝她吐了一口口水，可惜她看不到，她心情很好地唱起歌，真不要脸！

"又一阵风把我刮起来，这一次我飘了很久，我听到有一个小孩子的哭声，哭得好大声，我降下去看，只见一个大人抱着一个孩子冲进一间屋子里，我也赶快跟着进去。大人把小孩子的外衣除开后,对一个英俊的男人说:'小曾,刚才小孩子从床上摔下来一直哭,你看这手是不是断了?'被叫着小曾的人把小孩子的衣服解开,小孩又哭又闹,他摸了摸说:'是肩膀脱臼了。'大人说:'这难不难整?'小曾慢悠悠地说:'一分钟的事。'我在旁边一听就奇了,这人这么厉害?只见他慢悠悠将桌子上放的一只橙子拿起来,递给小孩子说:'要不要吃啊'?小孩被橙子吸引,哭声稍微弱了。小曾一只手将橙子朝空中抛起,另一只手扶小孩子的肩膀就这么拧了一下,橙子落下来,小曾还没来得及伸手接住橙子,小孩的哭声已经止住,接过小曾递过去的橙子。大人惊喜地说:'正回去了?'小曾点点头。另外又从架子上拿了一把草药说:'用三十五度左右的米酒泡了给孩子敷两三天稳固一下,敷药的时间不要过长,孩子皮肤嫩,半个小时就行了。'大人抱着小孩子千恩万谢地走了。小曾拿起一根烟,没有点火,拿起来闻闻又放下了。我好崇拜这个叫小曾的,我看他往里屋走,也跟着他往里屋走。里屋有一个女人,小曾跟女人说:'怎么样,有没有想生的感觉?'女人说:'没有。'小曾说:'怪了,都过预产期了,怎么还没有动静呢?'女人说:'好事多磨。'小曾说:'老天爷呀,赏我一个能继承曾家秘方的孩子吧!'我在旁边听了,心想,投生在他们家能跟这个小曾学刚才那样厉害的手段也不错,我也不想再四处找了,我就向那个大肚子女人靠去,掀开她的衣服,从她的肚脐眼钻了进去,我感觉进入了一个黑洞,最后听到她发出一声惨叫……"

徐生甘掀开曾白青的衣服,看了看她的肚脐眼说:"那个小家伙哪天才能找到这里啊?"

"任凭哪个孩子到了我们家都会喜欢,看看这一屋子小孩子的衣服,这一堆堆的玩具,来了就不愿意走了。"

"是啊,孩子来了看这当妈的会织毛衣会讲故事,当爸的会做玩具还会做菜,都抢着要当我们的孩子呢!"

在他们的孩子还没有进入曾白青的肚脐眼之前,马尚的孩子生下来了。

马尚推着婴儿车在楼下散步。曾白青凑过去看那孩子,眼睛闭着,白净的脸蛋,头发又长又顺。

"一看就是个漂亮的女孩子。"

"是的,是个女孩。"

"取了什么名?"

"马依依。"

"真好听,你家的金毛呢?"

"现在顾不上它了,专心照顾产妇,先寄养在朋友家。"

隔了一天,曾白青推着穿了棉衣、戴了围巾帽子的徐父到楼下晒太阳。在冬天,晒太阳最舒服的时间是十一点左右,周围的空气仿佛都被预热好了,人出来一会儿就能晒出一层浅汗。徐父晒太阳还喜欢盯着太阳看,不过他戴了墨镜,他不糊涂的时候告诉过曾白青,只要盯着太阳,眼睛一动不动看上十分钟,就能看清楚太阳上头燃烧的火焰,那火焰有很多种颜色,就跟彩虹一样。曾白青没敢跟着老人学,她盯着太阳不能超过三秒,超过三秒就会流眼泪。徐父说曾白青可以像他这样戴着墨镜试试，曾白青答应了，但她一直就没有准备墨镜。看到老人盯着太阳看，她就想起自己有点敷衍老人。

今天推着马尚女儿晒太阳的是一个头发花白的男人，曾白青认得那辆粉红色的婴儿车，再注意那男人的长相，与马尚有七分像，年纪在六十岁左右。要猜得没错这个人就是马伯乐，曾白青有一种想晕厥的感觉。

她先是叹了一口气，然后再鼓足一口气，走过去打招呼，"你是小依依的爷爷吧？"

男人笑容满面地说："是的，我是爷爷。"

"以前没见过您？"

"昨天刚到。"

"三代同堂，有福气了。"

"借您吉言，都有福气。"

曾白青与男人告辞时几乎迈不开步，她觉得自己没招了。这个最大 BOSS 的到来，能把她建造的一切砸个稀巴烂，她没有力气再造什么了，就是一级台阶她也造不出来了。她把徐父推到喷泉边，喷泉要到晚上七点以后才会启动，现在的喷泉就是一池死水。徐父盯完天上的太阳，开始盯着她看。

"爸，看出什么了？能看出我是个假的不？"她真的希望她是假的，还有一个真的在另外一个地方，她抽身就退了。

老人说："我把太阳上头的火引到你身上来了，你身上寒气太重，让火烧起来，把寒气烧出去。"老人还努力举起手，做了一个大火烧的动作。

裹得严严实实的老人，笨拙地舞动双手，曾白青笑着笑着就哭了。

晚上，曾白青坐在客厅里看电视，平时她很少看电视，她选择看电视是因为这样她可以不和人说话。徐生甘拿着装了姜末的一只小瓷碗过来，曾白青说："等我看了这一集再去帮你弄。"

徐生甘又搬了一张小凳子过来，把曾白青的腿架在小凳子上，"今晚我开始帮你按摩脚，女人一般寒气都重，要把寒气逼出来得从脚底开始，我是从头开始，你是从脚开始。"

徐生甘用姜末给曾白青搓脚板，过了几分钟曾白青就被辣得叫了起来，曾白青说："我现在的脚像蹬了两只风火轮。"

徐生甘呵呵笑着说："你现在知道我光头抹姜的滋味了？"

"你是在报仇吗？"

"报仇也好，报恩也好，都一起报了，等会儿我还要给你讲故事，从今晚开始轮到我给你讲了。"

曾白青拿起遥控器把电视关了："你现在就给我讲。"

"别急，等我把你两只脚板弄得热热的，你躺床上去，我再开讲。"

曾白青十来分钟后躺在被窝里，脚板上的热从足底一直贯穿她的整个身体，她的身体在微微出汗。徐生甘躺在她的身边，握着她的手。

"我们家老宅那块地在新中国成立前就是我们徐家的，原来的面积更大，那一带有半条街都是，几十年世道变迁，到现在就剩下那么一块了。虽然住人的屋重建过，但院子没多大改变。我三四岁的时候，因为工作关系，我爸爸被调到北方去，我们全家都迁到北方去了。可到北方住了两年，爷爷生病了，医院查不出来具体原因，只说是营养不良，爷爷瘦成了一张纸。后来，爷爷不顾爸爸的劝阻自己从北方回到南方，回到老宅，他说就是死也要死在自己的家里。奇怪的是，爷爷一回来，病就好了一半，不到一年身体就康复了。爷爷得出结论，这老宅有祖宗的荫庇是福地，爷爷让爸爸不要离故土太久，时不时就回来打个地气。我爸有一阵子受人陷害，差点被开除国家公职，索性自动要求降级调回原籍，当爸爸背着大包小包的行李跨进自家的院子时，胸口闷气一下子散开了，他回过身对我说：'儿子，你爸像重新回到娘肚子里了。'我在自家院子里晒太阳就感觉跟在外头晒太阳不一样，即便自家院子里没有遮挡的地方也没有外头那样燥热，这儿就像被围了一层东西，把那热量给削减了、过滤了。我想，如果我的眼睛能够辨别光，一定能看到这屋子外头有一层东西，那是老祖宗们留下来的气息和这老屋的气息。祖宗生活的地方，每一根柱子，每一块砖头，都有祖宗留下来的气息。有一次街上孩子欺负我，拿屎壳郎追我，追上后，把屎壳郎放到我衣服里头，那时候是冬天，我穿着厚厚的衣服，一下没办法把屎壳郎取出来，它在我的后背爬动，把我恶心得趴在地上吐。这时候我听到了公鸡叫，大白天的公鸡叫了，那是我们家的大公鸡，它站在老宅墙沿上，冲着我的方向打鸣。老宅离我还挺远，可我看到了老宅，看到了院墙上的公鸡，突然就一点也不害怕了，我把衣服脱下来，把屎壳郎捉出来。这还不是故事的结尾，我另外去弄了猪粪，用塑料纸包起来，做成一只只炸弹，我一连做了十来个，我拿着这些炸弹找那些欺负我的孩子去了。哈哈哈，那天他们全成了'猪屎人'。他们有的叫嚣着来找我报仇，我说：'来吧，只要你们敢来，下次这猪粪包就砸到你爸你妈身上，也好让他们清楚来龙去脉。'从那以后，没人再敢欺负我，我老祖宗护着我呢，我怕谁？"

曾白青"扑哧"笑了："做猪粪炸弹的创意真不赖！"

"这个创意是不错，今天我另有一个创意，我们搬回老宅住去。"

搬回老宅住是曾白青白日冒出来又被自己否定的念头，因为她认为自己没有办法说服徐生甘，想不到徐生甘自己提了出来。徐生甘的理由可是充分得很，有这么长的一个故事说道。这会是老天爷看她没有办法了来帮她一把吗？

"我原来就不想搬过来，如果在那边住说不定我早怀上了。"她趁机赖上了，难得撒一次娇。

"我也是这么想的，都怪我。"

十一

他们没有耽误，迅速收拾行李搬回老宅。收拾衣橱时，曾白青惦记的是那只密码箱。徐生甘和她一块收拾，等把衣服都收拾好了,徐生甘站凳子上,从衣橱顶上把密码箱子取下来,再摆到凳子上。曾白青喉咙发紧,眼睛看往别处。徐生甘说:"让你看样东西。"他转动密码锁,箱子打开了。

箱子里没有曾白青曾经认为可能存在的东西:刀、枪、炸药或是毒药。

箱子里有两幅画,装在木框里。画的都是人物,看上去跟照片一样细腻真实。上面的一张画主角是两个年轻人,一男一女,男的穿着黑西服,女的穿着白婚纱。男的曾白青认识,是马尚,女的依稀认识,不太敢确定,像是徐生甘的女儿徐悦。

徐生甘把画拿出来,手抚着画面说:"悦悦小时候老嚷着长大了要嫁给这个男孩,这臭小子那时候毛还没有长齐呢就敢吹牛以后要开飞机来娶我们家悦悦,说在天上结婚比在地上结婚气派。"

另一幅画上是一男一女两个孩童头挨头正在逗弄一只螳螂。

徐生甘说:"你看,小时候他们玩得多好,后来老马,也就是这男孩的父亲在新城区买了房子,搬走了,两个孩子就难见上面了,老马早早把儿子送到国外读书,更是见不着了。悦悦到大三还没有男朋友,我有些着急,问她为什么不找一个,她说没有看对眼的,我那时候还调侃她:'你不会是在等马尚吧?'悦悦笑着说:'这小子不知道跑哪去了,如果见到他,我还要问他什么时候开飞机来娶我!'"

"马伯乐啊马伯乐,你开这么好的车车胎怎么会突然就爆了呢?爆了你也要把好方向盘啊,你竟然就能把悦悦和她妈妈坐的车子给撞飞了，车来车往，怎么就偏偏撞到一块了呢？马伯乐把他儿媳和亲家母全撞死了，可恨的马伯乐，我没办法原谅他。悦悦长大后喜欢过谁我不知道，我只知道她小时候说过想要嫁给马尚，女儿喜欢的，我也应该替她喜欢。何况白青你还说过，债业是不应该传承的，我不应该因为恨马伯乐就不接受马尚。我挺喜欢马尚的，搬过来，经常看到他，我就像看到女儿了，看着他打球，我想我们家悦悦也可以这样跳起来击球，可以跑出一身汗来；看到他游泳，我想我们家悦悦游泳的时候，'扑腾、扑腾'就像一只小青蛙。看到马尚，悦悦的样子可以活蹦蹦地出现在我面前，每一次都不一样，我看着高兴，我独自想悦悦的时候做不到这样，我也高兴不起来。"

曾白青想起徐生甘去看马尚打球，去看马尚游泳，像看着自己的女婿，像看到自己的女儿。徐生甘带着这只密码箱，来来回回地在楼下转悠，原本只是想让马尚看一看这幅画。她把头别一边去，偷偷把泪擦了。

"没想到马尚这小子和别的女孩结婚了，那天知道后我又生气又难过，我的悦悦怎么办？我在办公室画了这两幅画，我一直想把画拿给马尚看，问他还记不得悦悦。"

徐生甘抹了抹眼睛，"我的悦悦要活着，现在也能给我带女婿回来，也能给我生外孙了，她不一定瞧得上马尚呢！这些画我再看一眼就烧了，不留了。"

徐生甘把画架到燃气灶上点燃，再放入一只瓷盆里，画燃尽化作一层黑灰。

曾白青站在徐生甘身旁,握着他的手。

"白青,这段时间辛苦你了,你每天晚上给我说的故事,都像是为我量身定制的。好长一段时间我一直在兜圈子,来来回回走不出来,是你把我拽出来了,现在回过头去看,做梦一般啊……"

"是啊,像做梦一样。"

空置一段时间的老宅,树木依旧蓬勃生长,在他们搬回来之后,老宅奉献了浓厚的绿意和清凉的空气。

曾白青在老宅的院子里给徐生甘剃头,剃除那些软毛,像割草,能预见不久的将来长出密密匝匝的一片森林。剃下来的头发被徐生甘埋在玉兰树下。"我妈说我满月时剃的胎毛就埋在这棵树下。""这些毛发日子久了会变成什么?""毛发是很难降解的,花个几十年才能慢慢化在土里。""毛发是人身上的东西,有那么一股精气神,我想在没有化成土之前,这精气神早钻到树身上了。""那你说会变成什么?""有时候站在这里,有几片树叶落到你身上,就是那精气神使然。""嗯,看来这你又能讲一个故事了。"

徐父晒太阳是坐在百花果架下晒,隔着叶子的间隙,他照样看他的太阳。如果碰巧曾白青站在他的身边,他又要把太阳的火焰接引到曾白青的身上。有一天他郑重其事地对曾白青说:"你身上的寒气已经退光了,我不用帮你再接火了。"

曾白青听这话,身上暖暖的,寒气似乎真的没有了。她突然闪过一念,那日在凤凰居小区楼下,老人应该将马伯乐认出来了,他们是多年的老邻居,怎么会认不出来呢?马伯乐认不出老人倒是正常,老人裹得严实,还戴了墨镜。曾白青猜不出老人做了些什么,徐生甘嘴里有关爸爸的故事,难不成是自己晓得的?虽然事情不是原来构想的那样,可老人家和她一块配合,把故事讲圆了。这个会犯糊涂的老人真是个老宝贝。

"爸,改天我带你到竹江吃鱼去。"

"好啊,竹江的鱼,呵呵,前次没吃上。"

"这次一定让你吃满意!"

她低下头在老人的耳边说:"谢谢爸。"

最喜欢老宅的当数小仙。一回来它就瞧不上猫屋了,再没进徐生甘给它打造的豪华猫屋里住过。它喜欢趴在花架边的矮墙上睡觉,也喜欢趴在鱼池边睡觉,抽空还拿爪子撩拨水里的鱼。

八月十五的晚上,一家人在院里赏月,金桂花开了,一院子的蜜香。曾白青看到两个月亮,天上一个,水里一个。

"生甘,你不是买了礼花吗?"

徐生甘点燃烧礼花,七彩的礼花在院中喷射成一朵菊花,整个院子照亮了。

小仙在花丛中窜来窜去,似乎是害怕这突如其来的闪亮,"喵喵喵"地抗议。

徐生甘说:"小仙啊,你好像没有修仙的志向嘛!"

小仙看着主人,眼睛琉璃光溢,无辜又神秘。

曾白青说:"我觉得小仙有鸿鹄之志,你看它每天待院墙上往远处望的眼神就知道了,人家目光长远着呢!"

"我的目光也长远,如果你生的是儿子我能让他姓曾,让你们曾家祖传秘方后续有人!"

"呵,这老曾家还真是有贵人相助,百年传承,旷世寄载!"

（原载于2022年第5期《十月》）

总有人看着我

一

谁没被人用眼睛评估过？专注地、用力地从上至下、从外到里、随意的、飘移的、偷窥的、正大光明的，方式各异，收获不同。

钱光明一米八三，宽肩蜂腰、浓眉星目，有雄性的勃勃英姿与体格，又拥有雄性少有的雪肤和红唇，落到他身上的目光如果是子弹，他早已化作粉尘；如果是石头，他背上肯定背了三座大山。所幸，目光是透明的、没有重量的，轻到落到他身上的一粒粉尘都拍不起。

什么都有例外，钱光明第一次与雷一枝的母亲毕灿然见面，毕灿然的目光在他身上停留不过三秒，一个三步上篮完成的时间而已，他全身的肌肤便有被火燎烧的感觉，然后，就在他额头眉心的部位，也就是毕灿然最后看着他的地方，她"盖了一个戳"。毕灿然似乎不需要花费太多的时间来打量他，她是阅尽千人的，一瞥之下，乾坤朗月、宵小鼠辈立时现形。那个"戳"钱光明当时并未明晰地知晓内容，但他有他的敏感，这个"戳"盖上来就像牧场给那些牛马烙上自家的印记，对他而言，他的"戳"印代表的却不是归属的意义，而只落于牛马的范畴。

毕灿然在一家企业工会当过主席，人长得漂亮洋气，细高个，穿高跟鞋，打扮得很讲究，有舞蹈功底。退休后经常带领一众中年妇女组织旗袍模特队参加各种活动，多次被电视台和报纸采访；旗袍模特队还喜欢出游，在各风景区拍美照、晒美服，从不吝将视频散播在各大小平台，粉丝是不少的。要说雷一枝，长得像爸不像妈。

果然，在见过他第一面之后，毕灿然就勒令女儿与钱光明马上分手。雷一枝护母，没有将母亲的言论评价告知钱光明，当然也是考虑到男方的自尊。钱光明从雷一枝给他鼓劲表决心的态度里，看出自己在毕灿然眼中的大致模样，"凤凰男"的结论是逃不掉的，一定也还有"绣花枕头""风流种子"的附加值在上头。摊上这样一个丈母娘，钱光明一时间感到愤懑焦虑、危机重重，过得几日方理出一点头绪。既然已选定雷一枝作为终身伴侣，任何的委屈冷眼他都要承受，何况"凤凰男"本就是事实，他不能辩解，更不好去掩饰，唯一能做的好像只有光明磊落、不卑不亢、自强不息，撑也要撑成这样的。

钱光明在读研阶段就与本科生雷一枝认识，算起来有三年多的时间，确定关系却只在这两个月。在大学里钱光明是风云人物，学霸、运动健将、大帅哥，喜欢他的女生不少，雷一枝算是暗恋队伍中的一员，但钱光明对这个长相普通且无特长的师妹大部分时间是视而不见的。在雷一枝之前，钱光明有两任女友，第一任是雷一枝的同班同学云南姑娘刘芷芊，刘同学长得白净漂亮，与钱光明在一起有一对璧人的即视感，只可惜刘芷芊临毕业被一公司高管挖了墙脚，毕竟美好的事物是有目共睹的，小女生的眼界不会一直被校草牵扯着。钱光明郁闷之际与亲切友善大一届的师姐迅速好上，两人理智恋爱，共同规划未来，师姐早一年毕业，偶获机会前往美国深造，出去半年与钱光明分手，说自己不是脚踏两只船的人，不想把钱光明当备胎才诚实相告，让他在未来规划中剔除与她有关的部分。遭遇两次分手，钱光明虚高的傲娇心态遭受到一定打击，有些心灰意冷，对所在的繁华都市不抱太多期冀，产生毕业回家乡所在地级市谋一份安稳职位的心思。这时一个关系较好的同乡来找他借钱，这位同乡留在本市工作两年，没存下什么钱，家里急用钱只能找人借，钱光明看同乡一脸倦容、寡淡的唇色和干枯的头发，问对方何苦强留异乡。论起这个话题，同乡眼睛晶亮、生机立现，说像他们这样的出身只有留在当地才会有改变命运的机会，还举了几个例子：谁找到风投了、谁发了、谁提拔为正处了，他们老乡当中凡有出息的，他脑袋瓜里全有备案。钱光明觉得自己各方面都优于这个同乡，人家尚且立志坚定，他自然不能退缩，便打消了回家乡工作的念头。后来同乡升任公司小经理，租下一屋请钱光明去吃入伙饭，畅谈鸿鹄志时少不了感慨不知多久才能买得起自己的一方天地，又自嘲若有钱光明的样貌说不定还可以捞份"软饭"吃，找个本地姑娘能解决好多实际问题。说者无心，听者有意，钱光明突然就想到了雷一枝。就在前两天，雷一枝刚跟他吃了一顿饭、看了一场电影。他为在这个时候想到雷一枝感到羞耻，马上"正念加持"，就算有一天他真和雷一枝有了什么，他一定是爱她那个人本身而不是其他，自认是一个有责任感能挣钱养家愿意给肩上加担子的纯爷们。

雷一枝工作快满一年，实习阶段结束做结题报告，她来找钱光明帮忙。钱光明那时正和不同的用人单位见面，虽不算忙，但心情有些焦虑。雷一枝来找他帮忙，他顺手帮弄了弄。拿到报告，雷一枝欢天喜地请钱光明看电影，他找不到可以拒绝的理由。开影时间是在晚饭时间之后的一个小时，这里明显是空出一个时间来吃饭的，电影票雷一枝买了，钱光明就请雷一枝吃饭，女方爽快答应。雷一枝说想吃某网红火锅，到了那地头，排队的人蜿蜒十来米长，钱光明担心赶不上电影开影，建议换家餐厅，雷一枝嘟嘴撒娇说就想吃火锅，钱光明不好再劝，吃就吃吧。雷一枝虽然人偏瘦，但胃口不瘦，她是认真吃火锅的，鸡猪牛羊鱼一件件上，电影果然是赶不上了，姑娘也不在意，抢付完餐费，直接订了另一个场次的电影票。那份潇洒从容、不拘小节，钱光明都不好意思问赶不上的那场电影票可不可以退、需不需要退？要真问出来怕是小家子气了。钱光明当时开了一句玩笑说："一枝，看你是小富婆啊，现在一个月能领多少工资？"雷一枝娇俏一笑说："工资只够充流量吃几份快餐，我是没羞没臊的'啃老族'。"

看完电影，钱光明送雷一枝回家，雷一枝犹豫着前往哪个家，说明天不用上班，应该回父母家过周末。可自己的家刚住进一位新朋友，她得好好照顾它。钱光明送她到那豪华小区门口，问雷一枝一个月租房得花多少钱。姑娘答说房子不是租的，是父母前些年买下的，房子太大，空荡荡的复式楼，要不是离上班的地方近她可不爱住，所以现在她要请一些朋友住到家里陪着她。钱光明被邀请进豪宅参观，他才发现原来雷一枝口中说的新朋友是一条黄金蟒，长约两尺半，十来斤重。此时黄灿灿的大蛇安逸卷曲在一只宽敞的玻璃笼箱里，旁边放了一碗水。钱光明诧异于一个大姑娘为什么要养蛇，雷一枝笑说黄金蟒可以长到六七尺，她要让大蛇来镇宅。她表哥养了三条，还不是关在笼子里，是随意放养在屋里，特牛气。黄金蟒的常规食物是活鸡，吃一顿可以管好几天，还要喂些鸡蛋牛奶等补充营养，甚至为防止大蛇皮肤长癣，还要用某种特配的药水定期进行皮肤护理。回到宿舍，钱光明出于好奇心上网搜了一下有关于黄金蟒的资讯，再次咋舌，一条黄金蟒市价六万至十万元，每月伙食费加护理费得花大几千元，不比养个孩子便宜。

彼时钱光明尚无半点投机取巧之心，尽管他知道雷一枝来找他帮忙是有企图的，但他从未主动表示过什么。后来他被录入一家500强企业，从底层的物流管理做起，一星期只有一天休息，一天工作超过十二小时，剩下的时间除了睡觉并未做过一件拎得起的事情，他体会了那种在流水线上奔忙的感觉，停不下来，停下来也仍然有置后等待的惯性。每天在地铁站拥挤的人群中穿行，他有被抛在海里淘洗的迷惘与失重感。他试图找到更清晰的方向，结果只是徒劳。不知不觉，他已经和雷一枝看过三场电影，还去过葡萄庄园和水上乐园玩了。带着一个姑娘过休闲的时光让钱光明在迷惘和失重当中暂时获得了一份安稳和安慰。他一直没有和雷一枝表白，甚至没有做出任何容易让人误解的举动，比如说握一握姑娘的小手，搂一搂姑娘的软腰，他帮她打伞，她的身体向他靠近，手放在他的腰后，他依然挺直腰板，没有倾斜，不拒绝、不响应。姑娘的耐心很好，好像能跟他在一起就很满足了。他探究过自己的内心，之所以不敲定关系，是不想做违心之事。另外，他似乎有想这样不明不白地走下去的隐秘想法，反正自己没有任何"舔狗"之举，如果这样能与雷一枝成了，是不是表明姻缘天成，他不带任何功利之心呢？当他有这样一个念头出来的时候，他知道自己已经是个功利之人了。

　　钱光明住的是公司统一安排的宿舍，研究生一人能有一间独立的卧室，但厅和厨房要与另外一名同事共用。钱光明没想到自己有一天会惹出祸事来。周末下午他在厨房用砂锅炖了一锅骨头汤，汤炖好他熄火下楼去买几个馒头。这期间室友的女朋友进厨房来做饭，想移开钱光明架在灶上的那只砂锅，把两个灶口腾出来好双管齐下一边炒菜一边煮汤。没承想姑娘把砂锅端起时，砂锅底突然碎裂，一锅热汤洒姑娘腿上，造成不小面积的二度烫伤。同事恼极钱光明，把责任算到他头上，要他赔三万块医疗费。钱光明委屈又无法完全推卸责任,他才上班几天,别说三万块了,就是一万块都拿不出,就算是拿得出,这不是冤大头吗?又不是他把汤泼到别人腿上去的。钱光明就这么跟雷一枝诉的苦,说他最多按实报实销给对方补偿医药费,对方要想跟他打官司他就奉陪了。说话间钱光明的手机振动了两下,雷一枝给他转过来三万块。雷一枝发语音说如果对方没有端那锅汤,肯定是他来端,伤的就是他了,她可不希望受伤的人是他,有人替他受过,三万块不亏。这一番话轻声慢语如清泉流水、酥手拂面,钱光明心尖尖颤了颤,眼睛润了、鼻子酸了,他在那一刻认定这辈子不可能再碰上这么善良可爱真心相待的姑娘了。他当即向雷一枝表白:"一枝,我的好姑娘,我可以爱你吗?"电话那一头很安静,像午夜乡间的晒谷场。钱光明有些慌了:"不可以吗?""哥哥,我等你说这句话很久很久了。"电话那头传来抽抽搭搭的哭声。

二

毕灿然对钱光明的否定起不了什么作用,她自己也知道,但作为母亲,她得尽到本分,得为女儿的终身幸福保驾护航。女儿毕业后她就没闲着,寻访佳婿是心头第一挂。女儿有两大硬伤,长得不漂亮和家务不会干,最大的优势是家里能给足嫁妆,能保一世衣食无忧。雷一枝的父亲雷中行相貌普通、少言寡语,原来在市工商局当过领导,后称病辞职回海边老家与弟弟一块投资搞虾场蚝场，做海产生意，因为做得早，门路又清，垄断了一定的市场份额。雷中行本分，挣来的钱全交到漂亮老婆手中，老婆换成一套套的房子和一些硬通货。有家产打底，毕灿然觉得在婚姻大事上女儿这头可以操控全盘。"我们女儿就算是不工作，房租都用不完，一枝心思单纯，就怕碰到个心术不正的，便宜了别人。"她跟自家老头来来回回叨叨的就是这一套，老头没啥意见，全听她的，让她替女儿把好关。

毕灿然没想过攀那些高官富户，她怕雷一枝受压制、受委屈，她也没把外地人特别是小地方人员列入考虑范围，女儿犯不着倒贴，更不能让人算计，还是本地人稳妥，家世人脉一清二楚。毕灿然曾经相中雷中行前同事的儿子，小伙子也在工商局工作，人长得敦实，看起来稳重又实在，毕灿然把这男生的照片发给雷一枝，雷一枝一脸鄙夷："怎么长得跟只西红柿似的。""西红柿？能长得像西红柿不好吗？""我宁可找个长得像茄子的。""长成茄子是啥样的？""就老爸这样的。""你这没大没小的，满嘴胡说。"

雷一枝死活不去与"西红柿"见面，毕灿然一点办法也没有。后来她又看中帮她做理财的一个年轻经理，觉得小伙子脑子灵活，有见识，而且人长得还好，应该不能再拿来和什么动物植物类比。她直接把人带回家，强行让小伙子与女儿见上面了。女儿和小伙子聊得还好，还说以后要跟着学理财，毕灿然听着就高兴，估摸着有戏。小伙子与雷一枝约会过，交往不到一个月再无动静。毕灿然问女儿是不是出啥问题了。雷一枝说小伙子请她吃饭，她说 AA 制，对方就 AA 制了，说明老妈眼光不错，小伙子稳赚不亏的。还有，这男生笑起来褶子跟老爸一样多。毕灿然不太信雷一枝的话，小伙子不像是这样不通晓人情世故的，笑起来褶子可能是多点，可不至于这么夸张。她主动约小伙子出来吃饭，故意抢着买单，小伙子果然没跟她抢，还笑眯眯地说让阿姨破费了。毕灿然略有失望，暗叹这搞理财的果然是不会吃亏的，保不准就能把女儿算计了。她看那小伙子的笑，是有几条深深的褶子，像一把蒲扇扩散出去的纹路。

等毕灿然看到钱光明，才明白之前女儿为什么对谁的长相都那么不屑一顾，这小伙子长得也太好了吧！好到毕灿然心中升起如临大敌的危机感，她知道这个时代不仅女的可以靠颜值吃饭，男的也可以，这不，女儿就被迷得五迷三道的。能把女儿迷成这样，自然也可以迷倒其他姑娘，要命的是这家伙还是个农村人，不知道吃了多大苦才考上重点大学留在大城市。她觉得这种人身上背负的内容太多，就算不是苦大仇深或攀龙附凤之辈，算计、自卑、虚伪等品质也少不了，怕是等女儿自己发现时悔之晚矣！

"女孩要矜持一点，赶着往上送，别人是不会珍惜的。""我可没有主动，主动表白的是他。""你觉得他很爱你，他爱你什么？""什么话，你觉得自己女儿很差，不值得人爱？""你们成长经历太不一样，以后磨合起来会有问题的。""我们认识三年多了，早就磨合了。"

毕灿然说不过雷一枝，只能发出强制警告："你们不能在一起，我和你爸坚决不同意。"为了管束雷一枝，她搬去和雷一枝一块住，在时间上进行管理。女儿若不回家吃饭，她要问明原因，问明女儿在何地与何人就餐，若晚于九点不进家门，她就让老头出去接。她用这种手段最大程度减少女儿与钱光明接触的可能。女儿似乎没有强烈地与母亲对抗，该回家回家，偶尔不定时的晚归，会说明去向。另一方面，毕灿然加大了搜寻佳婿的力度，亲朋好友都发动起来了。雷一枝隔三岔五地相亲去，每见完一个都给差评，用词犀利刻薄，不给对方留余地，她的策略是"非暴力不合作运动"，谁都见，最后还是得黄掉，拖到老妈没辙为止。女儿的行为让老母亲心里发慌，她感觉女儿在和钱光明暗度陈仓，她又不可能一整天都跟在女儿身后。果然，有一天雷一枝来跟毕灿然坦白自己怀孕了："妈，我怀孩子了，钱光明的。"雷一枝若无其事，面如桃花。"这个流氓，真想给他几耳光。"毕灿然感到大势已去，悲痛不已："你太不争气了，年轻人谈恋爱没关系，怎么就不懂得珍惜自己的身体呢？""妈，你想多了，这个孩子我不想要，我要好好玩几年再说。""你真是气死我了，你当打胎是件小事，头胎孩子能随便打掉的吗？钱光明分明就是故意的，他是给你设圈套，逼你下嫁。"

母亲气急败坏，雷一枝心里笑出了皱纹，钱光明那边是谨慎小心的，是她自己不管不顾、巧取豪夺。钱光明偶尔轮休会提前到雷一枝公司楼下等她，两人碰个面喝个奶茶，他把她送回家，不敢耽误。钱光明特别在意毕灿然的态度，他冥思苦想，如何能让未来的丈母娘接受自己。他在雷一枝那儿是得不到任何有效信息的。雷一枝成天黏着他不放，根本没有任何谋略，他没那么乐观，一直严阵以待。雷一枝弄了一辆车让钱光明开，那辆车成了他们约会的场所，尽管车内逼仄，但省了很多麻烦，比如说不用开房，不用另外找时间、找地方，只要钱光明开车来接她回家，她就提前半个小时下班，两人绕到某个车库热情洋溢地绞在一起……有几次雷一枝都回到家了，借口下楼买罐饮料，其实是跟钱光明在车库里亲热。钱光明是担心过怀孕这事的，但雷一枝说有了不正好吗，奉子成婚。钱光明觉得这样很不妥，毕灿然对雷一枝的严格管理就是冲着他来的，雷一枝怀孕不更坏事？所以他是小心翼翼的，但扛不住雷一枝的百无禁忌。雷一枝隔三岔五还去相个亲，钱光明偶尔会想雷一枝说不定在这个过程中会碰到一个看对眼的，想到这他就焦虑，慢慢地，他也不再考虑什么怀不怀孕的问题了，有今天不一定有明天呢！

　　有一次雷一枝见了一个海归回来，有些兴奋，说对方在大学任教、文质彬彬、知识渊博，唯一不足是离过一次婚。钱光明既吃醋又愤怒，在毕灿然眼里他真的是一文不值呢！离过婚的都比他强。"好端端的为什么回国呀，又为什么会离婚，光看外表靠不住的。""他说就因为他想回国发展，女方不愿意回两人就离了。""要不你就跟这个海归好吧，我们一天到晚见不得光，我也累了。"雷一枝抱着钱光明说："我谁都不要，我就要你。"雷一枝心里是甜甜的，终于看到钱光明为她吃醋了，心里跟喝奶茶一样甜美。钱光明心里愁苦，不知道这样的生活啥时是个头，他生出一股狠劲，把雷一枝运回宿舍，两人关在屋里大战一夜，不再像车里那样动作受限，好痛快，好解恨。他不再考虑雷一枝要不要准时回家，不再考虑毕灿然的感受，决心要和她对着干，他才不怕什么呢！雷一枝看钱光明那么勇敢，她就更勇敢了，说："如果妈不同意，我就搬到这儿来跟你住。"这不，很快就怀孕了。

毕灿然单独约见钱光明，地点在某美容中心贵宾室。未来丈母娘显然刚做完一次皮肤护理，脸上容光焕发、眉头舒展，让钱光明忐忑的心稍稍放下，只是在这样女人来来往往的地方被接见他总是局促的。他面前的茶几上摆了果盘、酸奶、茶水。"这家美容院租的是我们家的房子，我来这里做美容是免费的，让一枝来她总说没有时间，我看是争分夺秒和你在一起。""阿姨，我是真心喜欢一枝的，希望你能接纳我，给我时间，看我的表现。""我承认我不看好你，原因你自己清楚，一枝肚里有了孩子，她对你的心我就不用说了，眼下这种情况，做父母的还能怎样？我信佛，平时杀生的事都少做，不可能同意一枝打胎。你们好好过日子吧，以后的日子是你们自己的，我们再操心也替代不了，好好对我的女儿，否则——"，说到这儿毕灿然停顿了几秒钟，似乎是在积蓄着某种力量，"我是能拼命的。"毕灿然的眼睛里流出来的分明是传说中的"杀气"，一股寒气袭上钱光明的背，他知道现在是法治社会，知道丈母娘至多是有几个钱的小市民，不是黑社会，但他还是心惊胆战，这个至暗时刻他记了一辈子。他拿起杯子喝了一口茶,想要将"杀气"驱散一些,脑子里又蹦出"暗杀""灭口"这样的词语,茶水在通过他喉咙的时候一下失去控制,呛出水花,从鼻子和口腔喷出些许。他捂住脸,含糊而急切地发出承诺:"阿姨,你放心,我要对不起一枝,老天爷都不会放过我的。""听说你还有一个哥哥?""是的。""你在的企业虽然不错,但没有背景的,想升职可不容易,你知道的,方方面面复杂得很,所以啊,你的重点还是放在照顾家庭,照顾好老婆孩子是第一的,我们也不指着你升官发财。""照顾好家人,孝敬好老人,这都是我的本分,我会做好的。""你们的第一个孩子可不可以跟我们姓雷?年轻人不要太在意这些,姥姥姥爷不会亏待自己外孙的,现在国家都提倡三胎了,往后你们再要几个,我们雷家不抢了。""没事,姓什么都可以。"

那一场漫长的谈判尽管艰难屈辱,钱光明坚持下来了,他赢得了最后的胜利,他是这么认为的。他和雷一枝领了证,住进雷一枝一直住着的复式楼,房子没有重新装修,只是添了一些新家具和电器。这笔花费是钱光明出的,管家里拿的钱。钱家虽然在乡下,老父母还是攒了些钱给儿子娶媳妇用,听说女方家出了房,觉得占了天大的便宜,生怕儿子低人一等,把所有积蓄掏出来,除了买家具电器,一定要给媳妇礼金首饰。礼金和首饰雷一枝拿到后塞进一只抽屉里,她后来还忘了。

对于婚礼这件事,毕灿然没有像别的父母那样张罗着大办,还请上五湖四海的亲戚,这与她一贯张扬的作风是背道而驰的,她遗憾大了去了，可她只能这么低调。她私下跟老伴是这么商量的："这请酒席肯定要把男方的亲戚请来，占个两三桌人是少不了的，可那些都是什么样的人啊，到了这儿恐怕不会给女儿脸上争光吧？再说了，这酒席真要办起来，档次不可能低的，要么不办，要么办得风风光光，钱家掏这笔钱怕是吃力，我们再掏这钱的话，钱光明的脸还要不要？所以，不办最妥。"老头照样是点头称她言之有理。毕灿然去跟女儿女婿打商量，问钱光明有没有想过婚礼怎么办，钱光明说听雷一枝的。雷一枝没有母亲想得那么多，她主要是从钱光明的收入来考虑的，能和心爱的人在一起她已经很满足了。"妈，我想找家影楼，让他们给我和光明设计一套游行方案，好好拍一组旅游结婚照，这样我们既能度蜜月又能拍美照了。酒席来往的都是人情，让别人欠我们的好了。""你们想明白就好，以后不要相互埋怨，也不要埋怨我们做长辈的不好。""不埋怨，只有感谢。"

　　毕灿然停了女儿无上限的信用卡，说小两口都领工资，就先用自己的，实在不够，父母再帮他们一把。雷一枝没有任何意见，毕灿然说希望钱光明也不要有什么意见。"你们的日子自己过，我们老人不掺和。"雷一枝跟钱光明把这事说了，钱光明心里稍稍掠过一丝不快，岳父母这明显是考验他，也是防着他，他就不信不能把这日子过好了！

　　黄金蟒继续养着，因为雷一枝之前的积蓄还有，暂时显不出短缺。半年后，雷一枝让表哥来把黄金蟒取走了，理由是怕以后吓到孩子。

钱光明利用休假时间，把四个阳台中的三个变成菜园，决心让老婆吃上自己种的有机菜，只剩下一个阳台留来种花。他把工资卡全交给老婆拿着。拿着只是一个形式，他们没有房贷的压力，按钱光明的意见，共同收入分成三份，三分之一做理财，三分之一存定期，另三分之一就痛快花。只有三分之一痛快花的钱真正掌握在雷一枝手上，她非常高兴，开口闭口"老公的钱随我花"。毕灿然自然是把数目打听得一清二楚的，每次听完眉头蹙起，女儿也太好哄了吧？不过，她暂时挑不出女婿的错来。那给女儿当嫁妆的复式楼加起来得有好几十平方米的阳台，女婿天天摆弄，种上西红柿、生菜、黄瓜、香葱、大蒜、韭菜、小白菜、红薯苗，看上去美感差点，可女儿每天碗里都能吃上无公害蔬菜，时不时还给他们老两口捎上一点。钱光明说很多实用的东西就是不怎么好看，他就是这样的，说给谁听呢？

几个月后雷一枝生下一个大胖小子，举家欢乐。出了医院门，娘儿俩直接住进本市最高级的月子中心，费用是毕灿然提前三个月预缴的，孩子的名字提前取了的，若是男孩子叫颂文，女孩叫颂诗。钱光明没有将岳母提出孩子姓雷的事告诉雷一枝，按照钱家的族谱他的孩子名字中间得用"颂"字，无论姓什么，"颂"字先定下来。雷一枝更关注孩子的小名，她说："小名就叫来来吧，我们钱来来是个好小孩儿。"钱光明听着是蛮好，来来适合姓钱的孩子，若是雷来来，这该影响天气了吧？在孩子姓氏这件事情上钱光明有蒙混过关的心思，月子里小孩子的名牌上只写着小名来来。在最后填报孩子出生证的时候，钱光明把这事推给雷一枝，雷一枝就报了钱颂文的名字。等事情完成钱光明才说起岳母之前表达过第一个孩子姓雷的愿望，雷一枝不以为然。"第一个孩子怎么能不跟爸爸姓呢？后面我们再要孩子姓雷好了。""你爸妈肯定觉得我言而无信，会不高兴的，我都不知道怎么跟他们解释。""一家人不用解释，他们要有意见来跟我说。"

毕灿然从来不叫孩子大名，只叫孩子小名来来。钱光明想丈母娘没有大张旗鼓把孩子的姓拿出来说道，肯定是觉得她自己的要求过分，原以为跟他提了他会照办，他没有照办，她也拿他没办法，等于吃了个哑巴亏。如果一开始岳母就把这件事放明面上说，他还躲不过去了。不过，钱光明还是心虚的，他觉得亏欠岳父母家，他占了老大的便宜。

孩子出生后小夫妻原来的理财计划彻底被打乱了，头个月住的是月子中心，出来以后继续雇用保姆，保姆一个月五千多元的薪水，还只负责照顾孩子，像打扫卫生这样的家务是不碰的，还得落到钱光明头上。再加上孩子的日常生活用品，雷一枝的各种产后订制，他们实现了月光。雷一枝为了产后身材修复开了一张私教卡，费用三万元。钱光明觉得太不可思议了，这恢复身材出去跑跑步、游游泳不就完了，还非要人教，整出这么虚高的价。再说了，人也没胖几斤呀，这瘦一斤对等得花费买一头猪的钱。雷一枝笑他"out"，说单单一个私密处恢复就值这个价。雷一枝又色魅一笑说："老公，这钱是为你花的，幸福的人是你。"钱光明没有幸福感，他只有危机感，不但有危机感，还害怕雷一枝跟她父母张口要钱，这无疑是非常打脸的一件事，孩子都养不起，还好意思让孩子跟着姓钱？

钱光明的父母在小来来满月后来过一次，住了半个月。母亲一来钱光明就舒坦了，母亲里里外外搞卫生，做的饭菜全是钱光明爱吃的。父亲带了菜种来，给阳台上的菜培新土，给瓜搭瓜架子，再播了新种子。晚上有母亲监督保姆照看孩子，他可以安安稳稳睡觉，不用再定时起来查夜。他动了让母亲留下来的心思，父母不可能两个都留下来，家里还有许多活要做，母亲留下来不会影响什么。母亲带孩子每个月可以省下五六千块钱呢。他跟雷一枝一提，方案马上被否决了。雷一枝说婆婆常年生活在乡下，有些不良的生活习惯会影响孩子，关键是婆婆不会说普通话，孩子刚开始说话就学方言不好。这些钱光明不好反驳，母亲确实是地道的乡下妇女，在很多方面没城市人的讲究，比如洗菜洗肉要分盆、切菜切肉要分刀和案板，母亲做着做着就混了，说了也记不住。母亲一直说方言，说普通话是有点吃力，说出来旁人也听不懂，和孩子常待保不准孩子的第一语言就是方言了。

岳父母是定期上门看外孙的，亲一亲、抱一抱，当个小玩具逗着玩。毕灿然退休后一点儿没闲着，晚晚有活动，不是打麻将就是教人走台步，和一群中老年妇女喝茶、盛装、比美。照理说有了外孙是可以拿出一点时间来帮忙照顾的，钱光明这个念头只是轻轻飘过，他很难想象丈母娘哄孩子睡觉、给孩子喂奶的样子，一点也构不出图来，他真不知道雷一枝是怎么长大的，问雷一枝是不是爷爷奶奶带大的，雷一枝说不是的，她就是妈妈带大的。

钱光明较为严肃地跟雷一枝进行一次谈话，谈到钱的用度，希望夫妻同心培养健康节制的消费心态，雷一枝心不在焉地答应。没过几天钱光明看到雷一枝张罗几个工人在楼上装修健身室，说是家里有了健身房以后就不用出去了，可以多一点时间在家陪孩子，听起来没毛病。整个健身房搞下来花费将近十万元，添了好些器械，钱光明能说什么呢？话头还没扯开，雷一枝就堵上了："我不是问我妈要的钱，钱是我爸给的。"这有区别吗？钱光明生气，他生他的，人家照样开开心心、没心没肺。这样的事情相继出来，雷一枝买回两条秋田犬，说是要陪伴来来一块长大，再换了一辆七座奔驰车，说一大家子人包括狗出行，没这么宽敞的车不行。这些花费无论是雷一枝去跟她父母讨要的，还是岳父母主动给的，在钱光明这里都没区别，他承担家庭重担的承诺和坚持早已溃不成军，他像被扇了一记又一记耳光，脸都被打肿了，干脆破罐子破摔。每次岳父母上门来，他端茶、送水、切水果，他发现自己的腰好像都没有直起来过，这用的不是比喻，他真是感觉自己的上半身自动往前倾，膝盖是微屈的。

三

儿子长到一岁,钱光明换了工作部门,从物流部换到经营部,这是个好大的飞跃。在钱光明看来谁都可以做物流,干这行没有技术难度,与此相对应,做下来也没有什么成就感,最多得到一个"责任心强"的评语。经营部就不同了,要在经营部做出业绩来的,需要个综合素质,策划、理念、勤奋、野心缺一不可。更重要的是,业绩做出来能马上与绩效挂钩。很多人都想挤进经营部,钱光明也想,如果在别的部门兜转七八年能调到经营部,那就是最好的晋阶了。他完全没有想到,一个偶然的机会让他与马丽云认识,彻底改变了他的人生。

钱光明在物流部门上班是三班倒,他虽然不在一线,但要随时抽查和跟进数据,晚上通宵加班是常事。公司有个职工小饭堂专门夜间通宵营业,是员工通宵工作的福利。钱光明一般过了凌晨两三点会去小饭堂吃点东西,主要是为了提神。他最喜欢吃醪糟鸡蛋糖水,偶尔要一碗云吞。那天晚上他要的是醪糟鸡蛋糖水,小工在给他准备的时候有人进来也要醪糟鸡蛋糖水。小工说醪糟已经没有了,让换别的。女人叹了一口气,说好不容易有胃口想喝一碗醪糟鸡蛋糖水,竟然就没了。钱光明回头看一眼这女的,应该比他大上七八岁,瘦得像一块玻璃,嘴唇发白,像是天冷被霜冻了一样,眼下还是夏天的尾巴呢!"我点的是醪糟鸡蛋糖水,让给你吧,我另外点别的。"钱光明觉得这女的比他更需要这碗糖水。"啊?谢谢了。"

钱光明另外要一碗绿豆粥，端着碗坐到一张小桌旁，那位女士端着醪糟鸡蛋糖水跟他坐一张桌。钱光明礼貌地点点头问："您是哪个部门？""我是经营部的。""加班做方案吧？""是啊，国庆快到了，你们物流部忙，我们也忙。"节庆前夕，经营部是要策划大大小小的活动，方案做得好，货走得快，物流就有得忙了。钱光明好生羡慕对方能在经营部工作，经营部的人也经常加班，但通宵加班的不多。那段时间钱光明和马丽云经常在小饭堂见面，聊几句，互相都熟识了。她了解他的专业学历后，说分在物流部可惜了，不过都得走过场，职场就这样，谁生来都不是太子爷。他很好奇她这么年轻怎么就能做到经理的位置，很厉害。经营部下边有好几个组，各分设了经理的职务。她苦笑着摊开手说，身上的所有油水都被榨干了，停不下来。

有一天钱光明带了一罐醪糟给马丽云。醪糟是他自己做的，在家里隔得一段时间就得做，这是雷一枝坐月子养成的习惯，隔三岔五要喝醪糟红糖水，快吃完一缸，钱光明就再做。"这东西对女人好，我们家里都不断货的，我几乎每个星期都做。""你做的？""是的。""家里有你还在外头吃？""在家里有些不好意思吃，这是给女人吃的。""你是不是很怕你老婆呀？"她笑着问，他呵呵笑着没回答。国庆过后很长一段时间马丽云没有加班，钱光明好些日子没碰到马丽云，他特地多做的醪糟没能送出去。马丽云在一个下午突然给他电话，问他家里还有没有醪糟，有的话第二天给她送一些。第二天，他给她送了一大缸子，后来，隔三岔五的，他做了新的就主动给她打电话，约个地方给她送去。他们偶尔也会打电话聊聊天，说的多半还是与公司有关的事情。

当人事处找钱光明谈话，问他想不想到经营部，他兴奋得不知所措，以为是单位终于发现人才了。他扬眉吐气，大胆给马丽云打电话，约马丽云出来吃饭，他们要变成同一个部门的同事了，他有许多想法要跟上级汇报。马丽云欣然赴约。钱光明订的地方是一家炖汤店，特地为马丽云点了虫草鸡汤、白果羊汤、花胶鱼汤，虽然每盅汤都很迷你，但把马丽云逗乐了。"哪有你这么点菜的，全汤宴呀。""这些汤好，我前一阵子来尝过，汤不是调出来的，是真正小盅熬出来的，我那时就想一定请你来喝，你需要好好补一补。"马丽云好些年没有被男人感动了，眼下坐在她对面的这个男人感动她好长一段时间了。一个男人长得这么好又这么暖，堪称奇迹。他能坦然地在她面前说起他的妻儿，说起他种菜、育儿、做醪糟的琐事，这是纯友谊心态的表现。作为一个女人，这份友谊虽令她心中稍有不平，但她知道这是最好的状态。相反地，如果他不是这样，她早就闪开了，她愿意把他当成自己的弟弟去扶一把。她喝着他为她点的汤，称赞着，他很满意地笑了。他问马丽云知不知道自己要去经营部的事，她很淡定地点点头，就在那一会儿钱光明突然意识到自己能去经营部跟马丽云应该有关系。他有些尴尬："是你帮我推荐的吧？""嗯，我是推荐的，但你自己也给力，物流部的领导都夸你踏实肯干，是个人才，你的学历也摆在那儿。""我不会给你丢人的。"他跟马丽云谈了很多对未来的构想,马丽云说:"干我们这行想做好,必须得拼命,你要有思想准备,你以为我不想长肉啊?长不出来!"钱光明哪里会怕拼命,他摩拳擦掌,好机会来了,他岂能不大干一场?"我希望能为你分担,让你长肉。"

来来两岁生日,钱家父母又来了一趟,带来许多新鲜瓜果。钱父说他们村的温泉旅游开发已经推上日程。钱光明生长的三合村附近有好几个温泉眼,早年村委会把泉眼租给一个老板经营民宿,因为路不太好走,生意一般,现在县里出台了政策,路修起来了,村委会也把温泉收了回来,乡里出了规划,要把整个三合村打造成养生民宿基地。现在村里经济条件稍好的都开始按照规划打地基起楼房了,这次他们上来就是要跟钱光明敲定起楼的事情。二老跟大儿子商量,计划起一幢装电梯的七层楼,一步到位,一二层可以拿来做铺面和饭馆,三层自家人住,上边四层做民宿,连带装修预算要一百万元左右。政府的贷款资助是有限额的,能贷出五十万元,自家还得准备五十万元。钱光明很赞成这个计划,他打电话回去向在县政府供职的同学了解情况,老同学说他们村有前途。就算是前途不十分明朗,像钱光明这样从乡村里走出来的孩子,都有一个愿望,有朝一日回乡也要起一幢房子,哪怕那幢房子自己一年住不上几天。但房子会是自己在外头讨生活、混得还不错的一个见证,也是自己生命起源的一个见证。

正像政府的同学说的,这楼反正是迟早要起的,起得早产生经济效益就早,钱光明决定干!他手上没钱,到经营部以后收入是提高了,但还如往常一样,他只留下一点零花,剩下的全交到雷一枝手上。他知道增加的收入解决不了什么大问题,家里的开支基本上还是入不敷出,他不闻不问,知道雷一枝有能力把账平过来。起房子是大事,钱光明打起精神跟雷一枝商量。他详细解说三合村的开发和前景,雷一枝听懂了,意思是他们出钱等于投资,将来的收益是他们的,房子更是他们的。钱光明知道说通了雷一枝,她就会去跟岳父母要钱。在这件事情上,他虽说有点厚颜,但还算理直气壮,觉得不算占雷家的便宜。雷一枝跟父母说了,雷中行说五十万元不算大数,可以拿,毕灿然坚决反对:"在那种穷乡僻壤起房子有这么大的价值?你们一年能回去几趟?这旅游搞不搞得起还另说呢。"这话听起来不无道理,雷中行让雷一枝再考虑清楚。"钱光明还有一个哥哥,这楼起了最后算谁的?还不是近水楼台先得月?""大哥早就分家了,有自己的地,也计划贷款起新屋呢,是不会来跟钱光明抢的。"毕灿然嘴角向左撇了撇:"你还上的名牌大学呢,这起楼的地皮是属于钱光明父母的,你说有没有他哥哥一份?现在人家是不出声,等他们起好了就跳出来了,农村这种事常见的。再说了,就算是他父母把房产全给了钱光明,又和你雷一枝有什么关系?那是人家父母给儿子留的家产,就像现在你住的房子是我们给你留的,房产证上没有钱光明的名字,和他一毛钱关系也没有,他若敢对不起你,只能拎箱子走人。""钱光明是我老公,是我儿子的爸,你们为什么一直把他当外人？你们这样我怎么会幸福？""我的傻女儿哟，幸福不是倒贴出来的。"

那一晚上雷一枝跟父母软的硬的全来了，结果都没戏，母亲坚决不同意拿钱，父亲一切听母亲的。雷一枝第一次后悔自己的大手大脚，这些年若是省点，五十万元她自己能存下来。如果这五十万元筹不到，钱光明与她父母更加生分了，她父母怎么看钱光明她管不了，但她不能让钱光明难受。雷一枝一急之下打电话向爷爷奶奶求助。爷爷奶奶跟小叔在海滨城市住着，隔一段时间他们全家都会过去。二老对钱光明的印象不错，还让雷一枝不要欺负他。老人们心疼孙女，没二话就把钱转给了雷一枝。雷一枝让爷爷奶奶不提这事，老人让孙女放心，他们不会说的，心里还想着儿子儿媳妇有点过了，五十万元又不是大数，为了孩子的幸福怎么就不能洒脱一点。雷一枝拿到钱就给公婆转过去了，本来她不想告诉钱光明钱是爷爷奶奶掏的，又怕钱光明在父母跟前说漏嘴，还是实情相告了。钱光明虽不是很意外，但心头一口气堵着，使劲咽没咽下去。

毕灿然没给女婿拿钱，算定女婿是恨死自己了，她本不在意女婿怎么想，可发现女儿对他们冷淡了。偶尔过去看看孙子，给孙子买礼物，女儿会客气地说"姥姥破费了"，还会说来来以后长大挣钱了，得把钱还给姥姥姥爷。女儿也没有再跟他们伸手要钱，他们主动提，女儿会说还过得下去。钱光明就更明显了，他们一来，他不是出门买东西，就是鼓捣他的一亩三分地，基本不和他们打照面。这让毕灿然十分不舒服，他们做长辈的没倒贴钱，就这个态度？还挑拨女儿与他们的关系？女生外向，果然是胳膊肘往外拐的，能怎么办呢？还只能给女儿打感情牌，说父母无论做什么都是为孩子做最好的打算。"知道，你们都是为了我好，我呢，得为我男人好。"

毕灿然更加瞧不上钱光明了，人穷点没啥，有点志气不好吗？之前还装了一阵子，现在彻底不装，翻脸了？说好的大孙子姓雷，悄没声地把孩子的出生证户口报了，大名钱颂文，这么阴暗算计还能长一副好皮囊，"人不可貌相"只能这样解释了。孙子的姓氏毕灿然虽然从来不提，可一直是扎她心上的一根刺呢。她不怕与钱光明翻脸，她笃定钱光明就算混得好，在公司混到个经理级别，也不算个事，他能挣来钱，可他们雷家不缺钱。眼下她和老伴还健健康康的，他就摆这态度，要是他们以后不能为女儿撑腰，女儿就受苦了。毕灿然在跳舞、秀旗袍、打麻将之余，这份愁恼还是会冒出来的。

钱家大院按部就班，找人做设计，买材料，很快就动工了。起屋期间，钱光明逢公休假就往老家跑，回来还挺兴奋，钱家大院的设计格局在村里如鹤立鸡群，别家能起个四层楼都了不得了，钱家可是带电梯的七层楼。钱光明每次回去都被亲朋好友围绕，有关于他在大城市飞黄腾达的传言被他一一否定，他知道别人自是不信，他也不需要别人信，他享受这种否定之否定、似是而非的感觉。他站在自家的楼基旁，叉着腰，跟家人朋友商量房子建好后要在周围多种花多种树，还要引一条活水绕村走。他作为三合村有出息的能人，得将三合村未来的发展系于心上。他也幻想等孩子能走能跑了，假期就带回家，让孩子过过乡村生活，亲近大自然，再往后，等自己老了返乡养老，种点菜、爬爬坡，再养一两条大狗，如落叶一般归于大树之下。钱光明每每从村里回到大城市，会把乡村里的气息带回去，他跟雷一枝谈他想到的这些，雷一枝"嗯、嗯"点头应付着，一个在大城市长大的千金小姐，哪里会对他的乡土畅想有过多的回应，他悻悻收了话题。雷一枝严肃认真地来了一句："家里开客栈一定要把卫生搞好，城里人去住最主要看的就是这个。"

　　钱光明怀有美玉，在周围却找不到一个可以将这块美玉分享的人。有一次他又利用节假日回村，回来时马丽云问他老家的父母身体怎么样，又说自己有将近两三年没回过家了。马丽云的家在外省的一个小县城，他们有好多共同的话题。钱光明兴致勃勃从手机上调出照片，让马丽云看看自己的父母，看看三合村的温泉、山野河流，当然还有即将完工的钱家大院。"钱光明，你们家是地主吧，能盖这么大一幢楼，好有实力！"这句话让钱光明有点心虚，他摇头苦笑："打肿脸充胖子。"马丽云由衷赞美三合村和钱家大院，说等钱家大院落成开业，她一定会去泡温泉，以后还可以把部门的人拉去搞团建。

　　到装修阶段原来的预算不够，缺口大概有十万元。钱光明不愿意再跟雷一枝开口，他想到马丽云，马丽云在他心目中有一个崇高的地位，不仅对他有知遇之恩，还是个能说知心话的朋友，马丽云知道钱家大院，还表示喜欢三合村，他很笃定马丽云会把钱借给他。马丽云果然很爽快地转给他十万元，他给她打借条,她没收,"以后我去泡温泉住店,就不付钱了,钱从这里头扣。""泡一辈子也花不了这么多。""想花就能花得完,我是省钱高手,也是花钱高手。""走,我请你喝汤去。""你先好好看看,我是不是长点肉了?"马丽云不知道什么时候把短发留到了中长,发尾烫了小卷,说这话的时候,悄然偏头一笑,电闪雷鸣地,钱光明头次发现马丽云长得不丑,这肉色水色不知不觉圆润顺滑起来。"姐,你越活越年轻了。""真的?走,喝汤去。"

钱家大院竣工,钱光明有点膨胀,凑九宫图发了朋友圈。雷一枝转发了他的朋友圈。钱光明又把照片发给爷爷奶奶,邀请老人家到老家给新楼剪彩。毕灿然一向关注女儿女婿的朋友圈,她放大照片细细研究,琢磨这钱家大院是怎么建起来的,他们没有拿钱,钱家大院还是建起来了,钱光明还大张旗鼓发朋友圈,不消说是炫耀来的。毕灿然还在疑惑当中,雷中行接到弟弟来电,说是让哥哥劝一下老父老母,都八十多岁的人了,还非得到孙女婿那偏远的农村去搞什么剪彩仪式。毕灿然一拍大腿说:"我知道钱家起楼的钱从哪来了,这钱一定是爸妈掏的,一枝开口,老爷子能不给吗?钱光明啊钱光明,真不要脸,把心思动到老一辈头上,还给我们守口如瓶,爸妈的钱也是雷家的钱,钱光明你好有骨气!"雷中行尚不敢信,亲自给老爷子打电话,用的是迂回法,说女婿家起房子给老爸添麻烦了,老爷子以为儿子这头已经知道情况,没再瞒着,就问他们是不是一块儿去剪彩,雷中行说肯定要去的。毕灿然听老伴这么回答,非常不满意:"我不会去给他捧场,占了这么大一个便宜我还得给他庆祝吗?""人家楼都起来了,用的还是雷家的钱,你生这份闲气有用吗?还不如大大方方上门,让所有人知道,这楼是雷家资助建起来的,我们不去,那楼就真的姓钱了。"虽然雷中行一贯听老婆的,但毕竟当过领导,站位更高,毕灿然不得不服。

钱光明邀请了爷爷奶奶,岳父母这里他知道是绕不过去的,怎么邀请都有炫耀的意思,他还猜想岳父母铁定是不会去的,思前想后,跟岳父母只说是请他们去泡温泉,没说搞新楼剪彩仪式。钱光明意外的是,岳父母满口答应。岳母说:"我们得陪爷爷奶奶去的,老人疼孙女,要什么给什么,看你们有出息,一大家人都高兴呢。"钱光明听得一愣,岳父母知道爷爷出钱的事了,他也是天真,老人出钱怎么会不跟自己儿子说呢?在这个大家庭里,只有他一个人是外人。钱光明高涨的热情迅速降了温。

一行人乘飞机到最近的城市,再租车直奔乡下。爷爷奶奶八十多岁了,钱光明小心翼翼照顾着,生怕哪儿出差错成千古罪人。这一趟回来,他是铆足了劲要让雷家人好好看看自己的家乡,面子是要的,他私里给大哥打了好些电话,事无巨细地交代各项接待事宜。到了自家地头上,一众亲戚迎出来,打出红色横条幅——祝雷爷爷雷奶奶身体健康!欢迎雷先生雷夫人到三合村指导工作!除了标语,还放了一排腾空散花的焰火。本来是想放鞭炮的,考虑到雷家老爷子年岁已高,听那鞭炮的响动保不准引发心脏病，焰火好看响声小，用焰火更妥当，这些都是细节。村支书头天晚上送了两瓶好酒到家，再加上也是亲戚关系，就站在迎接队伍的最前头，除了握手迎客，更是拉开嗓门放声歌唱，把陈年功底亮出来，唱了一曲声动四野的民歌，这是只有县上领导来才能享受的待遇。雷爷爷雷奶奶在孙女和孙女婿的陪同下，享受着一个粗糙又热烈的欢迎仪式。老人很感动，站在钱家大院跟前非常满意地点了点头，如主人一般挥手招呼众乡亲："都到屋里来！"院子里很快挤满了人。钱光明首先带领大伙参观楼内的房间布局。二楼自家人住的房，钱光明指着一间屋说是专门留给爷爷奶奶的，一间是专门留给岳父母的，当然还留了一间给自己和一枝。岳母说："长期把房间这么空着不浪费？有生意做就放出去，别搞虚的。"钱光明说："做民宿上面五层足够了，房间就是专门给你们留的，会永久留着，欢迎你们每年都过来住。"雷中行说："好，来泡温泉好。"

在三四天时间里，老老少少泡了温泉，住了新房，吃了农家菜，充当第一拨客人。钱家的好些亲戚都过来帮忙做饭菜，每天弄得热热闹闹，阵仗很大。大伙都夸那温泉水好，说除了泡浴还能口服。毕灿然说闻起来一股硫黄味，可不敢喝。但她听说连续泡温泉能够减肥，自己这段时间长了几斤肉得好好泡泡。她是早也泡、晚也泡，从温泉出来看自己面色红润，神采飞扬，摸着水滑的皮肤，听老头的赞美，终于也说"这温泉是不错"。爷爷奶奶年纪大，不敢长时间泡浴，就用来泡脚。老人家胃口好，和旁人都能聊上天，夸这儿人杰地灵有发展前途。

钱光明获得了从未有过的认可，觉得这幢楼起得值了。他问雷一枝是不是对三合村很满意，雷一枝说好是挺好，就是路途太远，两三年来一趟差不多了。这话稍有点打击钱光明，他在岳父母跟前夸了一下海口，说等三合村的旅游业做大，他大哥那头也要修一幢钱家大院，大哥喜欢做菜，那一个钱家大院可以做餐饮为主，和他这个钱家大院相辅相成、相互照应。他还说"等我退休了，我要回这里养老"。他看到毕灿然嘴角咧了一下，像笑也不像笑，他的心突然就没了底，后悔自己得意忘形，真是不把别人当外人了。

　　总之，整个三合村之旅还是在一种热闹轻松的气氛中圆满结束的。回城后，爷爷奶奶和小曾孙又住几日才返小叔家。钱光明像刚完成一个大策划案一样，身心疲惫，全身无力，抽空就补觉。岳母打电话让他上家里去取点东西，他呵欠连篇而至，岳父岳母正襟危坐，岳母起身给他泡了一杯茶，让他坐沙发上。岳父对三合村之行来了几句总结，肯定他老家的风光人情和目前的局面。钱光明深受鼓舞，困意消退，逮住岳父畅谈发展前景，比如他已经在网上加入不少平台的联盟，他们的钱家大院会成为当地旅客的首选，现在乡里的一些接待指定由他们家来做接待。岳父岳母频频点头，岳母把茶水递到他手上让他喝，他停下来喝了一口水，岳母插话了："爷爷奶奶都希望你们出息，特别疼一枝，要什么给什么，小叔有两个儿子，都没有我们家一枝家受宠，这不小叔有意见了，我们得平衡一下。看样子你们用不了几年就能把爷爷奶奶的钱还上，但首尾得有个手续，得让人无话可说，你给爷爷奶奶打个欠条吧，这样小叔看了就没话说了。"钱光明放下手中的杯子，他为先前滔滔不绝的发言感到羞耻，他的理想展望可能在岳父母眼里就是一摊踩在地上的烂泥，他有摔门出去的冲动，有捶胸顿足的冲动，有大喊几声的冲动。头脑风暴让空气静默，他看到雷中行的嘴唇动了动，他不想再听他们的声音，他抢在前头发声："欠条我写。"毕灿然把纸笔推到他面前，看着他写。"这钱应该从将来钱家大院的收入中支取还上，平时不要抠巴地攒钱还债，这对一枝不公平是不是？她又没有义务降低生活水平来还债的。""是，应该是这样的。"钱光明有力地点头。

钱光明从岳父母家出来，没有打车回家，他是走回家的，十来公里的路程，暴走也就三个多小时。他一路上打定了主意，这钱他是一定要还的，一分不欠地还干净，他需要一个完全属于他的东西，姓钱的东西。

马丽云没跟钱光明打招呼，休假去了一趟三合村，住进钱家大院，不但泡了温泉，还把三合村上上下下了解了一番。等回来她就跟钱光明谈营销思路，不愧是经营部的经理级人物，分析得有理有据，还有可以落地的方案。钱光明感激不尽，怪马丽云不打招呼，要把她在钱家大院的花费还回来。马丽云说她这一趟去除了想放松几天，也是为自己的借款负责。钱光明怀着欠意说为了起楼他欠了一屁股的债，得慢慢还，希望马丽云不要着急。"我不急，就当我入股好了，你欠谁的钱都可以折股计算，愿意让利才有更多机会把事情做大。"钱光明苦笑，这一来钱家大院该姓雷了,为了不让马丽云误会,他实话相告,他还欠着雷家五十万元,是打了借条的,他两手空空,只能指着这一幢楼姓钱了。马丽云在那会儿彻底了解这个美男子的困境,他这点小小的野心实在可怜,她深表同情。感情归感情,做事归做事,她说:"这样吧,那五十万元我先出钱替你还上,等于我一共投了六十万元,钱家大院的收益还是你占大头,我只占个小头,我们三七开怎么样?"

钱光明做出一个大胆的决定,他接受马丽云的投资,把雷家的钱还清楚,只要不姓雷,别的姓无所谓。

到岳父母家还钱那天钱光明特别有范,右手用手机银行把钱转过去,左手把借条拿回来,当面撕烂扔进垃圾桶里。他看得出他们很想问他突然哪里去找来这么一大笔钱,他们问不出口,他当然也不需要解答,反正以后钱家大院就跟他们没有关系了。在他走后,雷中行叹了一口气说:"你女婿把这钱还上,明显是和我们雷家划清界限了。""我倒希望他有本事划得清清楚楚的。""你说他到哪找来这一大笔钱,还真有人愿意给他借钱,他不会是借高利贷吧。""他敢弄这些,我就敢让一枝跟他离婚。""你说的女儿要听才好,我们又不缺那点钱,算得太清会伤到人的。""你不要以君子之心度小人之腹,我们的女婿是能屈能伸的人才。"

四

　　钱光明前往青岛出差,飞机刚落地,打开手机,收到雷一枝好几个消息。来来的保姆家里有丧事,请假回老家了,这有孝在身之人,按当地风俗,办完丧事得至少停七日才能重新进门。眼下来来是最难看管的时候,跌跌撞撞四处乱走,一刻不消停,保姆有事,雷一枝上着班,钱光明出差,雷一枝说她只能把孩子放到父母家,央求母亲帮看几天,父亲若公司没事也可以帮忙看看。钱光明认为雷一枝这样的安排挺合理的。首先岳母这边是空闲的,岳母的基本日程是早上出去附近的公园锻炼、跳舞、散步,回来吃早餐睡回笼觉。临近中午起床后弹上半小时的古筝、画几笔画、练几笔书法。午饭后就到小区棋牌社打牌玩麻将,下午三四点去菜市场买菜回来做饭。晚饭后就是和旗袍姐妹们的各种活动了,有做美甲、梳发髻、化妆等小课堂,也有旗袍排演、形体锻炼等活动。钱光明猜想岳母牺牲一个星期来照顾外孙肯定是不太乐意又不得不勉强为之的,他心中有点暗喜,好像是可以借机捉弄一下丈母娘,他希望这个星期毕灿然仍然能每日化上精致的妆容,穿着漂亮的衣裙和外孙愉快地玩耍。

　　钱光明那时一点也不知道,他将为这个促狭的心思抱憾终身。

　　毕灿然突然接到女儿指派的带娃任务,她这边没有任何可推脱的理由,她也没有想推脱,不就是陪外孙玩上几天吗,有什么大不了的。外孙肥嘟嘟圆滚滚的，相当可爱。与来来相处半天下来，她发现她的想法过于简单了，这小小孩除了睡觉，几乎不能离开视线。她到厨房里给孩子煮面条，进去时来来正在玩小车，一边玩一边在地上翻滚，很投入的样子。她中间时不时从厨房探个头出来观察，孩子嘴里呜呜发声，随车子行进。在她用筷子把面条盛出锅时，孩子凄厉的哭声从客厅传来，她碗一推，快步从厨房冲到客厅，孩子捂着头，趴在地上大哭。她抱起孩子，发现孩子左边眉骨肿起一个包，隐透着紫黑。女儿家里的家具边角全是包了边的，她这里没有做过这些处理，刚才孩子是看到车钻到桌子底，急着去取，一下就撞到了。来来眼睛盯着茶几边角全是委屈，她举手敲打茶几角，边打边骂："敢撞我们家小来来，等会儿把你劈成柴烧了。"雷一枝跟她念叨过，孩子摔倒撞到，一定要教育孩子提高安全意识，千万不能跺地拍墙赖到这东西上，这会让孩子学会推卸责任，不利于身心健康成长。她这会儿是顾不上了，小孩子一哭她心里就烦躁，只要能把哭声止住，劈桌子都可以。小来来看姥姥把茶几教训得这么厉害，果然不哭了，依在姥姥的怀里说要吃肉肉。毕灿然找来万花油给孩子涂到伤口上，又怕孩子乱摸伤口，干脆在上头又盖了一层纱布，做完这些，她牵着小孩手进厨房，再把面条捞出来。肉是提前在烧烤店买的叉烧，来来特别爱吃肉，得藏在面条底下，吃两三口面条再给一块肉。给来来喂完面条，她放弃了洗碗收拾的打算，把孩子带进卧室，放到大床上，跟孩子说话逗乐，可孩子不愿意待在床上，还是要到客厅里去玩,她拧不过,跟着孩子在客厅转来转去,等熬到老伴下班回来替她,她腰酸脖子硬,只想上床睡觉。好在女儿回来协助帮忙给孩子洗了澡,老头帮忙洗小孩衣裤。这时"旗袍女神"们来催她去参加活动,她是一点参加的兴趣都没有了。

第二天早上,老伴和女儿上班后,她既枯燥又热闹紧张的一天又开始了。带孩子吃完早餐上公园溜达、在游乐场玩,回家再伺候他拉屎、洗澡、午饭、睡觉,然后洗衣服。等孩子睡醒,她又开始跟着小来来转。毕灿然盯着来来的眼神有点迷离了,她暗暗庆幸她现在做的只是暂时的,自己不需要为孙儿辈当保姆,想想那些和她年纪一般的女人,成天带着孙儿,哪里还有自己的生活。她再庆幸自己的人生圆满,家境富足、老公体贴,非挑个遗憾来说就是女儿嫁了个不匹配的男人,无法预料女儿到了她这个年纪能不能像她这样享清福。

下午,毕灿然接了一个老同学电话,这同学刚得一个孙子,特地向她报喜,并约她一个月后的满月酒,她愉悦地答应了。这位老同学的女儿身体不太好,做的试管婴儿,好不容易抱上孙子,她都替她高兴,满月酒是一定会去参加的。等将近二十分钟电话打完,毕灿然愉悦的心情告终。来来刚才一直站在鱼缸边看鱼,时不时走动一下,她打电话打得入境,没注意观察,来来把缸里的五六条金鱼捞出来,湿淋淋地排地板上,有一只估计抓得太过用力,一小截肠子从肛门处冒出来。金鱼是毕灿然特地挑的,鱼缸所在之处正是所谓风水局中的财位。金鱼一共九条,也是按照吉数来养的。她手忙脚乱把鱼儿拾起放回缸中，有三条没多会儿恢复正常，另外三条浮浮沉沉，看样子是撑不过去了。毕灿然拿起来来的小手打了三板子："你看，鱼儿死了，你不难过？它们再也游不了泳。""它们可以坐车车。""它们不能坐车车，它们只能在水里生活。""姥姥可以给它们喂药。""它们已经被你弄死了，喂什么都没有用了，我们要出去重新买三条补够九条。"

毕灿然把那三条死鱼埋在花盆底下，带上来来打车直奔水族馆，好歹买回三条类同的补上。一路上她反反复复叮嘱来来再不能玩鱼，让孩子知道随便捉弄活物会把小动物弄死的，死了的动物只能埋在土里再也见不着了。晚上雷一枝回来，看来来没精打彩，躺在床上吃手指头，她问来来怎么了，来来说他怕死，怕死了会被埋在土里。雷一枝一听心揪起来，问是谁告诉他死了会被埋在土里的，来来说是姥姥说的。雷一枝就这事和老妈理论了半天，说老妈不应该和这么小的孩子谈论生死，小孩心里会有阴影的。毕灿然原本不想和女儿较真的，看雷一枝越说越激动，还说她教育孩子没有耐心，就懂得用吓唬的手段，她就是这么被吓唬大的。"你是吓大的？怎么就没见你怕你妈？怕我带不好就不要让我带！"雷中行看吵得厉害了，出来劝架。"明天我不去公司了，在家帮你妈看孩子，你妈这两天够累了。"

公司临时有一车皮的海鲜出了问题，雷中行没能留在家里，急匆匆出门处理去了。毕灿然已经跟旗袍姐妹们约好到吕师傅那儿去看新进来的一批面料，只能把来来带上。吕师傅进的面料是很讲究的,讲究品种多数量少,一块料只做一件衣服,让旗袍姐妹们免除撞衫之尴尬。吕师傅前几年搞了个工作室,招了几个弟子做帮手,生意是越做越大。吕氏工作室不在闹市,在一家写字楼的五楼,租了半层,有工作间、有展示间,还有会客室。工作室有两三个搞接待的姑娘,分别叫小黄小高小芳什么的。毕灿然在来的路上就想着这些搞接待的姑娘可以帮她看一看来来。到了吕氏工作室,发现会客室里有一群姑娘,一个个身材傲骄青春逼人。毕灿然的旗袍姐妹属于中老年的范畴,保养得宜、生活优渥、气质上是不输人的。小高小黄正在招呼客人,看阿姨们来了,等同于财神来了,顿时喜笑颜开,殷勤招待茶水。来来被夸为小帅哥,长得像奶奶。毕灿然纠正了一下,不是奶奶是姥姥。姑娘们又说姥姥疼外孙。小来来看这一大堆人吵吵嚷嚷的,不乐意待在会客室,看里头的展示室里立着一个个做展示的模特,就溜了进去。他那双小手毫无顾忌地摸索模特身上的衣裙,一个模特的手臂还被他扯下来了。毕灿然追了一圈,把孩子抱出来,来来蹬腿闹着还是要进展示室。小黄姑娘牵着小来来的手说陪他玩,来来欣然跟着小黄走了。毕灿然安下心来喝了杯茶。小高抽空对阿姨们说这群到处走动的姑娘是空姐,单位要搞活动,都来订制服装。吕师傅在里头轮流给她们量尺寸,让阿姨们耐心等等,先喝茶。毕灿然笑笑说不急。但另外一位阿姨急了,扯着小高的衣袖说,新进来的料子她们要先看,不能让别人抢了先。说话间,另外一位接待已经将十来块面料样本呈给空姐们。空姐们凑头翻看布料,有的直接说:"这块料我要的。"阿姨们急了:"我们这边呢,干坐着?"小黄急匆匆抱出一叠料子让阿姨们挑选。阿姨们稍稍气平,那一头的空姐却又不服了:"我们早来的呢,就这几块料供我们选?"年轻人仗着年轻,多半是不把年纪大的人特别是韶华易逝的人放在眼里的。老的这一边想表现自己的涵养和见识,作出不屑争论的态势。旗袍姐妹配合默契,一个阿姨说:"小白,这几块料我们看起来都不错,全拿了,秋天到了,每人多做两身。"毕灿然手指空姐们看的面料说:"我们也为女儿们挑几块吧,她们挑剩的,我们都要了。"空姐们皱着眉头说:"显摆啊,有钱了不起啊,有本事年轻啊。"阿姨冷不咪一笑:"我们都年轻过,就怕你们没机会像我们这样活到老。""咒谁呢,老妖精。""老妖精"马上跳起来扇了"小妖精"一巴掌,后面就变成了两代"妖精"的混战。里面的人全跑出来拉架劝架。吕师傅脖子挂着软尺也跑出来了:"来的都是客,看得起我老吕,这样今天大家下的单,我都打八八折,我招待不周给大家赔不是了。"吕师傅这里几时有过打折,有钱的没钱的听了都心上一爽,摆上一副笑容:"谢谢吕师傅了!"

毕灿然在人群中看到小黄来回走动,问:"来来呢?"小黄在人群中看到了小芳,她之前是把小黄交给小芳看着的。"来来呢?"小芳愣了好一会儿回身往里屋奔,一会儿跑出来说来来不见了。毕灿然心里"咯噔"一下,抛开手中的料子:"姐妹们快帮找找,来来不见了。"有的人奔出屋去,有的人继续在屋里找。毕灿然在屋里几个来回地奔跑,突然她瞥到阳台上有一簇粉红色的气球，气球挂在一盆水瓶树上晃呀晃，拉门是关着的。她拉开门奔到阳台上，心脏已经跳到她的胸口，她有预感却又抱了侥幸，她探头往下一看。楼下的灌木处有几个人围成一堆，正在议论着什么，他们仰着头朝上看。毕灿然一屁股坐到阳台上，全身发抖，她猛地又站起来，冲着楼下喊："赶快救人啊！"若不是看到有一辆救护车从远处呼啸而来，她已经想纵身往下了。

　　钱来来被送往太平间的那会儿，毕灿然伸长脖子往走廊坚硬的墙壁撞过去。老伴早发现她眼神不对，死命把她拉拽住。两人翻滚到地上抱头痛哭："灿然，别这样，你走了，我还能活吗？"雷一枝麻木地走在父母跟前，原本她是恨的，回头看父母这样狼狈的模样，她的心又笼上一层恐惧，她失去了孩子，还有可能失去父母。她崩溃了，跪坐到地上，抱着父母哭喊："你们谁也不能离开我，你们想让我死吗？"一家三口抱成一团，哭声像石头不断砸到深井里，泛上来的是阴冷不见天日的绝望。

　　当钱光明从外地赶回来，见到的只是小来来冰冷的身体。他捧着儿子小小稚嫩的脸，使劲叫喊孩子的名字。那个女人怎么可能用心对孩子，这孩子不姓雷，姓钱，这些年他忍气吞声换来就是这样一个结果？一头能吞没一切的怪兽在他身体里窜动，直到把他的身体充盈，让他变成怪兽本身。他大喊一声如旋风一样冲出去，冲向岳父母家。心怀愧疚的雷一枝被钱光明怪异的样子吓着了，她赶紧追着出去。

钱光明站在雷中行和毕灿然面前，前所未有的笔直挺立，雷中行看出他眼中的怨毒，下意识地挡在妻子前面。钱光明用最难听的言辞责骂他叫了几年妈的女人："毕灿然，你怎么还好意思活着，我是你早就去死了，你配做孩子的姥姥吗？你的心里有过别人吗？你是不是因为看不起我，连跟我姓的孩子都看不上？这世上怎么有你这么蛇蝎心肠的女人……"

毕灿然一言不发，雷中行企图用长辈的威严震慑钱光明："发生这件事谁也不想，谁都难过，你发泄一下我们可以理解，但不要有过激行为。""我不要你们理解，你们没法理解，你们欠我一个孩子，你们欠我的。""没有人想这样，来来身上有我们的血，要有可能，我们能替他去死。""替他去死？在他身上花上几天时间都做不到，裙子更重要吧，钱更重要吧，你们什么时候有人的感情！"钱光明抑制不住冲动，他想把雷中行扒拉开，他要面对面，拽住那个女人说清楚。他们扭打着，后来赶来的雷一枝插在他们中间，她要推开钱光明拉扯父亲的手，拉不脱，她咬向那只手。吃痛的钱光明用力把她推开，他冷笑着说："在这个家里你们谁都跟我没有关系，只有来来有，他不在了，我和你们不是一家人了！""光明，你别这样，我们还这么年轻，我还能生，我一定再给你生个孩子。"雷一枝抱着钱光明，用力地抱着他。钱光明推开她，虚脱地晃出门去。

钱光明提过离婚，雷一枝坚决不离："我是孩子的母亲，孩子是我生下来的，我不伤心？我不难过？我不需要安慰？钱光明，你不可以这样对我！"雷一枝披头散发，眼睛发红，她想自己怕是快疯了,她也愿自己疯了,疯了就可以什么都不管不顾了。钱光明看着邋遢的雷一枝,好陌生的女人,她的话有一部分是击中他的,她似乎没有错,错的是他,他当初为什么要娶一个自己不爱的女人?她是可怜的,但他不可怜她,他清楚地知道自己厌恶这个与自己同床共眠的女人,当然还包括她的父母。

雷一枝胖了将近十斤。她吃坚果吃鸡鸭鱼吃海鲜,不熬夜少用手机勤做排卵测试。海鲜是直接从海边运过来的,不是自家养殖场养的,全是毕灿然托小叔采购的野生鱼虾。雷一枝做好备孕准备,只是钱光明不与她过夫妻生活,他们一人睡一屋,算是分居了。好几个夜里雷一枝溜进房间,爬上钱光明的床,讨好地抱住他。钱光明的心里涌上来一股带着鱼腥味的嫌弃,他们雷家是想向他借种吗?他们是想制造孩子吗?他们是否还想让孩子姓雷?来来不在以后他发现自己特别讨厌鱼腥味,包括那些喜欢吃海鲜的人。他不要另外一个孩子来替代来来。

五

钱光明把精力投入职场中,他热衷于出差和加班。他做的每一项提案调查深入、数据充分、思路开阔、布局缜密,给部门带来很好的业绩,马丽云能提为副总经理有他的一份功劳。他在工作中进入一种无人之境,乐趣就在其中,一直往前冲,人变成一只穿云箭。他想马丽云肯定也能体会这种乐趣,否则不可能把工作做得这么出色。马丽云想把他尽快提为部门的副经理，他说顺其自然，升不升职他一样做事。钱光明沉浸于工作的愉悦当中，外在的形象悄然变化，原本有棱角的脸虚化了，像发面一样溢开，五官因此趋于平面，人并没有胖，骨架子显得很单薄，走路低着头，两条腿不爱抬起，拖着脚板走路。若说这位曾经以帅气闻名的小伙子过往若朗月悬空，如今便是泥潭孤枝。

钱家的事马丽云早听说了，摊到谁头上都是难以接受。钱光明曾经很得意地谈及他的孩子，他说孩子长得像他，比他聪明。那个小小孩当若仙童一般可爱，好在她没有见过，见过会有更大的遗憾。她相信钱光明是个有爱的父亲、有爱的丈夫，从那随时能供应的醪糟就能看出端倪。她没怎么安慰他，他们之间早超越了口头加持的友谊，她尽量在他加班的时候也加班，偶尔，他们还能到小饭堂吃上一碗醪糟。他们是战友，工作上她的思路她的资源只对钱光明一人毫无保留地敞开。他们共同为三合村钱家大院的经营出谋划策，说到钱家大院，钱光明说我们家，马丽云也说我们家。有一次马丽云应酬回到家呕吐得厉害，打电话让钱光明送她去急诊，钱光明很快就到了。起码有十年了，他是第一个进入她卧室的男人，他背着她上车，送到急诊守了一夜。除了战友，他们不知不觉成了亲人。

马丽云把埋头加班的钱光明拖出办公室，她说他不能再加班了，再加班就该发霉了。她载着他朝往市区的边上走。她在远离市区的云上城买了一栋别墅，偶尔周末过来住住，这一带边沿连着果园高尔夫球场和乡下的蔬菜基地。车子在高尔夫球场附近停下来。马丽云把后座上一套跑步的行头扔给钱光明。"陪我跑一跑，看我们谁的体力更好。"钱光明被动地换上衣裤，马丽云把外衣除去，露出早就穿在里头的运动衫，她从后车厢取了双鞋子换上，率先在前头跑起来。平时她会绕着这一带跑，一直跑，比走稍快一点的迅速。等她跑得精疲力竭，回屋把自己放倒在吊床上，一晃一晃的，看着窗外的夜色渐渐黑下来，汗液变成一层薄薄的白碱附在皮肤上，她获得比性更通透的快乐，身体变得极其薄，那些沉着在身体里沉重的东西，会因为这样一场酣畅淋漓的跑，全被排空了。等她洗完澡，喝上几杯果汁，一个新的身体上线了，她能清晰地感觉到复活的过程。这么多年，可以说她就是依赖长跑来释放压力、整理身心的，一个单身女人的自我修复。

  钱光明没有方向，没有目的地跟在马丽云的身后，觉得自己体能是积累了一大堆浑浊的体能，他比马丽云跑得更远，远很多，绿色收进肺里，蓝色收进眼里，跑出天际，仿佛能跑到另外一个世界。他返回时，马丽云把吊床让给他。钱光明全身发出浓郁的汗味，他的汗一直在出，他与马丽云不同，马丽云忍着不喝水，等汗出透了再喝，他一直喝着温热的水，喝下去的又排出来，他的周围有一团暖流，持久地分泌扩张，当暖流被分散和吸引，他的身体凉下来，他的心里也通畅了，他毫无抵抗地睡了一小觉。等他醒来，马丽云已经做好菜，有鸡汤、烧排骨、红烧豆腐。她沐浴了，穿着休闲的背心和热裤。马丽云可真瘦呀，从侧面看，胸部就一点点小起伏。她指着沙发上的两件宽大的衣裤说那是她弟弟以前住这儿的时候穿的，他可以先去洗个澡，出来就可以吃饭了。他洗完澡出来，看到她正从冰箱里拿出四听啤酒，他是饿了，但他并不缺少水分。他走过去，站在她的身后，他把她抱住了。她的背后一热，没有吃惊，没有抵抗，没有隔阂，她任由他把她抱着、揉搓着。他把她抱到卧室的大床上。高潮时分，他说："给我生个孩子吧。"

后来他们经常在一起马拉松，然后是做生孩子的运动。马丽云通过钱光明恢复了做女人的自信。她问钱光明有没有觉得自己的胸小、人瘦、骨头硬，他摇头又摇头，她自我否定的部位，他报以极大的热情去亲吻、去抚慰。

钱光明晚归和在外留宿的次数越来越多，理由是加班或应酬，还有和朋友一起越野跑。雷一枝和钱光明一个月过不上一次夫妻生活，她有过怀疑却又不敢怀疑。她参加过钱光明部门的聚会，老老少少、男男女女，钱光明不像和谁搞办公室恋情的。如果在外头有了人，工资绩效不可能一分不少上缴。也有可能是对方倒贴，毕竟钱光明是容易让女人喜欢的。她对钱光明实施过三次跟踪行动，第一次跟丢了，第二次跟踪到钱光明进一家快餐店吃饭，一个人吃，点四个菜，两瓶啤酒，吃得磨磨叽叽，吃完直接回家了。第三次钱光明是到一家健身中心跑步，在跑步机上挥汗如雨、气喘如牛，跑得那么卖力不像还要干别的事情。

第一次跟丢是因为钱光明在地铁口附近转悠，但没有乘地铁，而是转身上了马丽云的车。在快餐店吃饭那次是钱光明发现雷一枝了，他发信息让马丽云不要来了，自己吃四个菜喝啤酒。第三次雷一枝如果再耐心一点会发现钱光明在健身中心跑步，马丽云也在健身中心跑步，他们跑完步再换一个地方运动，她不了解钱光明跑步已经跑出职业水平，有的是力气。

钱光明跟马丽云说起雷一枝跟踪的事，马丽云问钱光明如果被发现了打算怎么办。"大不了就离婚，我最多就是净身出户。""你最好不要离婚，你老婆我感觉人还是不错的，岳父母虽然势利，但他们不会跟你一辈子，你老婆是能跟你过一辈子的人。"马丽云的话有一种将钱光明推远的生分和理智。"你不愿意跟我在一起？""我们怎么可能在一起，我们在同一个部门工作，这种关系不能见光。"他不说话了，和马丽云长时间的亲密相处让他以为他们是相爱的。"你觉得我们是什么关系？"马丽云听出钱光明的懊恼，她抚着他的手说："我们是朋友，是姐弟，是亲人。""你说过想要个孩子。""我倒真想怀上个孩子，如果怀上了，我一定生下来，把他好好养大。"

钱光明对马丽云已经怀有一分依恋，躺在马丽云的怀里，他会睡得特别安稳，就像完全放心身后有一分依靠和支撑，可从今天开始，他意识到他身后靠着的有可能只是一片云雾。他问过马丽云为什么不结婚，马丽云说从来没觉得婚姻有多重要，女人和男人一样都需要经济独立，其他的在这个基础上就是选择的问题，要或不要自己说了算。单身多年的马丽云在他这里可能图的是一份性爱，最多还想借个种，他离了婚会一无所有，他跟哪个女人好像都两手空空，钱光明越想越灰暗。

如马丽云所愿，她怀上了孩子。她患有子宫前倾，极难怀孕，这也是她不积极踏入婚姻关系的另一个原因，正常的家庭都会想要孩子，她不想有压力。有一个自己的孩子是她的愿望。以前短暂地交往过几个男人，强势的弱势的，她发现都交不了心，分了也不难过，她知道自己长相普通，胸脯平得跟门板似的，有男人会真心真意爱她吗？她在肉身上首先否认了自己。然后，她再想到自己挣下的身家，若交往不慎，这些身外之物反而给她惹祸。她在和钱光明有实质性交往之前，差点把自己对男人的欲念给熄灭了。钱光明是一个绝佳的情人人选，外表俊朗，不是奸猾之人，虽不够大气但也不算小气，而且，他对她崇拜感激依赖，他能让她放心，放心到她认为可以用他的精子来生一个孩子，但他们没有必要伤筋动骨成为伴侣，这点她永远清醒。

毕灿然发现自己的女儿出问题了。自从外孙出事后，钱光明与他们撕破脸，他们就不上女儿家了。女儿偶尔回来看他们俩老，女婿照例是不见踪影的。后来，女儿回来的次数越来越少，一个月都难见上一面，偶尔有一通电话也是短促应付的。毕灿然现在不参加旗袍姐妹的活动了，什么出头露脸的活动都少参加，早晚和老头出去散散步，买菜做饭平平淡淡过一天。他们隔一两月都会回海边老家住上一段时间，换个环境他们好像自在一些，能下海游泳，能到自家的养殖场去捞捞虾捕捕蟹，也能找家茶馆喝一下午的茶。雷中行还提出干脆就在老家住下，公司的事情他隔几天回去打理一下。毕灿然知道老伴的心意，有时候离开那样一个时时能唤起回忆的现场，人是能活得更舒展些，只是她放不下女儿，她不介意钱光明恨她，她可以远离女儿女婿的生活圈，但她担心钱光明把恨转嫁到女儿身上，女儿承受不起。她从女儿的态度就感觉到了，女儿远离他们其实是怨他们把她的幸福毁了。

毕灿然到女儿家附近，给女儿电话，邀女儿出来吃个饭坐一坐，女儿匆匆来，脸僵得像铁板，还有细碎的不耐烦："我得早点回去，光明说他今晚没应酬。""他是不是经常不回家？"雷一枝犹豫了一下，眼泪下来了，虽然对母亲有怨，但她的委屈到底只能跟母亲说。听了雷一枝的哭诉，毕灿然觉得女儿与钱光明的感情已经无法挽回，她从来就没有看好过这个男人。"你们离婚吧，听妈的，离了。""妈，我爱光明，我是不会离开他的。""如果他外头有人，你也不离？""如果我们的孩子还在，他不会是今天这个样子，他真出了轨，我也能原谅他。"毕灿然哑了声，女儿有负罪感，替她在负罪，底线在哪里都不知道了。

毕灿然请了专业人士去查钱光明，一段时间后，专业人士的报告来了，钱光明和他的上司一个叫马丽云的女人有着隐秘的暧昧关系。毕灿然计划找马丽云来谈一谈，如果马丽云愿意放手，钱光明那一边自然是敲山震虎免了难堪，人和心往家走。如果马丽云不愿意放手，她会让对方给个痛快后，该离的离、该结的结，只要不干耗着女儿她的目的就达到了。毕灿然万万没想到，她见到的是怀了孩子的马丽云。马丽云穿着宽松的衣裙，脸上有一层柔细的油光，小腹尚未隆起，一般人看不出是孕妇。毕灿然一眼看出对方的孕相，心中燃火。她们的交流直接而短暂："你知道我是谁，我就不拐弯抹角了，你肚里的孩子是钱光明的吧？""无可奉告。""我既然能找到你，就是手里有证据，你不认也没关系，请你转告钱光明，他没有享齐人之福的命，赶紧和我女儿离了，否则我让你们身败名裂。""看样子你很想让钱光明离开你女儿，我好像听说是你女儿不愿意离呢？钱光明离不离是他自己的事，你最好找他去说，他离或不离都跟我没有关系，我和他没什么。"马丽云的强硬让毕灿然吃惊，她一下子失去了主张，她指着马丽云骂了一番以前她听到都会脸红的污言秽语，马丽云在她的怒骂声中从容离去。

马丽云在与毕灿然见面之后马上布局防范，她没有告诉钱光明毕灿然找她的事。她肚里怀了孩子，自己还是未婚身份，又是公司的中层领导，有人出来闹很难说得清楚。她把以前交往过的一个男士翻出来，这男的刚离婚不久，她和他签了个协议，他们领证，她给他一笔钱，然后在需要的时候他随时出现，不需要时不露面。男的在公司公开露过一次面，请部分领导同事吃过饭后，没有再出现，马丽云可以堂堂正正让肚子大起来。毕灿然对新情况没有进一步了解，她就想着这女人把孩子生下来也好，生下来证据更明确。有了这个想法，毕灿然松懈了一阵，当听到马丽云结婚休假的消息时颇为吃惊，怀疑自己搞错了，马丽云和钱光明是清白的？前头委托的专业人士咬定马丽云用的是瞒天过海之计，他根本没查到马丽云跟钱光明以外的男人交往。毕灿然起了一个心思，既然马丽云在郊外的别墅养胎，她就自己亲眼去瞧一瞧，如果能在那地方碰到钱光明一次就够了。她是要面对面跟那个"凤凰男"理论，他这么吊着雷一枝有什么企图？她要生剥了他的面具。

她按照专业人士提供的地址找上门去，那个别墅小区算不上高级，小楼的式样有些过时，安保管理疏松，只要跟门卫打声招呼打车可以直接入内。真正住在这儿的住户估计不到一半，好些小楼还是毛坯的样子。毕灿然进入小区的时间是周五下午五点左右，她选周末是觉得这个时间钱光明过来的概率大，作为一名准爸，探望应该是每天的必修课。她很快找到马丽云的房子，转了两圈观察情况，有一幢离马丽云住址不远的楼房正在进行装修，那一家的院门敞开，装修工人进进出出，切割瓷砖的声音十分刺耳。小区中央有一座小木楼，能将进小区的路径看清楚，毕灿然到楼上去，她准备了一本书和一副望远镜，她在楼上看书，若有人靠近马家，她的望远镜就会举起来。等过了六点，装修的声音停了，工人们陆续离开。也是这时间，马丽云从屋里出来，散步四十分钟左右后返回。七点小区路灯亮起，十点左右毕灿然打女儿电话，旁敲侧击问钱光明在不在家，得知在后，她叫了一辆出租车过来接她离开。第二天是星期六，毕灿然来得早，九点半就到了。她以为周六装修是要停的，没想到装修队伍继续干活，噪声控制得还好，偶尔有几声钉锤敲击的声音。毕灿然这一天盯得有点辛苦，下午有一段时间太阳照进木楼里来，她只能躲在一个阴凉的角落里。若是一直躲阴凉就看不清马家附近的情况，她来来回回把自己折腾得够呛。有一阵子靠着墙睡着了，等醒过来吓了一跳，看马家大门还是紧闭着，就不知道刚才是不是有人进去过。她很是懊恼，现在只能一直盯着，没看见人进去，能看见人出来也好。到了下午六点，那些装修的队伍又陆续撤出去了。没多会儿，马家门打开，马丽云穿了一身宽松的运动装出来，和昨天一样，人朝别墅大门口走去，看样子又是要走到小区外头散步。毕灿然见人出去了，自己放松一下，她掏出背包里的桃子小口啃着。

一个黑影不知道是从哪里冒出来的，快速地攀着马家前院堆放的一堆木料和砖块，扒上二楼窗台，跳进敞开的窗户去了。毕灿然的望远镜举起来，人还没看清就不见了。她嘀咕会不会是钱光明，两人搞浪漫，不走正门跳窗户？再转念一想，打了一个冷战，她一心挂着钱光明犯糊涂了，刚才那个分明是入室盗窃的贼人，怎么可能是钱光明？那人是看到马丽云出门才进去的，时间把握得很准。毕灿然脑子正在快速地转动，她发现马丽云从小路那头走回来了，这刚出门不过十分钟怎么就回了？走得还挺急的。马丽云打开房门进去了。不一会儿毕灿然看到二楼亮了灯，而灯又在几秒钟之后灭了。毕灿然心扑腾跳得加快，她待不住了，看来马丽云是与入室的小偷撞上了。一个大肚子的女人哪里斗得过坏人，要出人命的，还是两条人命。毕灿然急了，钱光明的孩子不能再出事了，她不知不觉跑起来。从木楼赶到马家门口不到五分钟，她拍打房门呼叫马丽云的名字，没有人答应。她的腿够长，长期练功的身手是敏捷的，她沿着刚才小偷行进的路线，一鼓作气攀上去了。

从窗台跃进屋内。她看到两个黑影，一个站着的，一个半躺着，站着的那个手里有一道寒光。毕灿然这才想起上来太急了，刚才应该在外头呼叫保安，于是，她返身冲着外头大声喊叫："快来人啊，抓小偷啊，快来人啊！"站着的黑影冲过来，刀子往毕灿然身上捅了一刀，黑影从窗台跃下。

马丽云脱困之后马上拨打110和门卫的电话。刚才躲藏在屋里的人，刀子架在她脖子下面，一直在逼问她保险柜的密码。她苦苦哀求对方拿了钱放她一条活路，她刚要把保险柜打开，就有另外一个人从窗户进来，那个人救了她。马丽云亮起屋里的灯，那个人躺在地板上发出呻吟，鲜红的血流了一地。

钱光明赶来医院，弥留之际的毕灿然见到他立时精神重聚，她的眼睛一如既往地闪着精明的光芒："钱光明，我让你丢掉一个孩子，给你护住一个孩子，算是扯平了。"

钱光明痛哭流涕跪在岳母跟前说："妈，对不起，我一定会好好对一枝的，你放心，我们会好好过日子。"

毕灿然摇摇头，挣扎着要坐起来："既然我们已经不相欠，你答应我一件事。""说吧，妈，我答应你。""和一枝离了，放了她吧。"雷一枝惊诧莫名，看着他们。

钱光明颓跪在地上，在毕灿然的心里他永远配不上她的女儿，她拼了命只是让他放过雷一枝，仿佛她的女儿过得水深火热生不如死。她的眼睛瞪着他慢慢合上了，没有死不瞑目，只有让他不敢违背的决断。钱光明走出病房,身后传来雷一枝惊天动地的哭声。他走到医院的小花园,倚着一棵树掩面哭泣。

为了完成毕灿然的遗愿,他告诉雷一枝他已经跟别的女人有了孩子,他不会再跟她生孩子了。他还告诉她,她的母亲知道那个孩子的存在,就是为了护着那个孩子挨了致命的一刀。这风霜刀剑一般的话一经吐露,必定有流血疼痛的结果。结果钱光明是满意的,雷一枝终于如她母亲所愿,投向他鄙视痛恨的目光:"我最大的错误不是认识你,是我没有听我妈的话。"钱光明接受那目光的刺杀,他在心里说:"我也一样,我一早就应该信你妈妈的话。"

入室抢劫犯很快抓到了,是进别墅小区做装修的一个工人,他观察马丽云的房子多日,发现平时只住着一个孕妇,生活还很规律。他本来只想快进快出搞到点值钱的东西就出来。马丽云半道上接到公司的电话,问她以前一个方案的数据,她返回家上二楼找文件正与贼人撞上。装修工人说他没有想伤人,他拿刀只是给自己壮胆,那人叫得太大声,把他吓到了,他只想着让对方闭嘴,刀子扎上去了。

马丽云生下来的孩子姓马,她和钱光明恢复为单纯的同事关系。有一段时间,她和钱光明的传闻在公司蔓延,她和她的合约丈夫给孩子办了百日宴,传闻渐渐消散。孩子将满周岁时,她解除合约办了离婚手续。与此同时,钱光明和物流部一个姑娘约会,高调地谈了一场恋爱,只是后来分手了。

三合村的旅游火了，钱家大院的房间就是在淡季也没几间是空闲的。钱光明大哥的楼房在紧锣密鼓地筹建中，马丽云仍然入了股。钱光明想辞职回村专心做民宿，爸妈年纪大了，打理不了这许多的事，他回去能整个撑起来，还能替三合村开发其他项目。他跟马丽云讨要意见，马丽云说："来去随心。"

钱光明追寻自己的心，发现他的心散落在很多地方，他好像无法自己做主，或者说他怕自己的心不安于停留在一处。有一天，他亲眼看到雷一枝牵着一个男人的手，悠闲地靠在一家火锅店外排队，他想起他和她吃火锅的情形，那时她的胃口真好，她看向他的眼睛总是漾着笑。他的心好像有一部分回来了，泪水溢了出来。他对自己说："钱光明，你真差劲！不过，你已经很努力了。"

（原载于2022年第8期《长江文艺》）